HENRI-PIERRE ROCHÉ

Werke in zwei Bänden

Herausgegeben von Klaus Völker bei Zweitausendeins

HENRI-PIERRE ROCHÉ

Die beiden Engländerinnen und der Kontinent

Deutsch von Wolfgang Sebastian Baur

Zweitausendeins

7., durchgesehene Auflage mit einem erweiterten Nachwort, April 2005.

Erste deutsche Übersetzung.

Umschlag Sabine Kauf, PubliContor, Hamburg,
nach einem Entwurf von Hannes Jähn, Köln,
mit einem Motiv des Films »Deux Anglaises et le Continent/
Zwei Mädchen aus Wales« von François Truffaut.
Das Foto kam aus dem Filmbild Fundus Robert Fischer GmbH.

Druck Gutmann + Co GmbH, Talheim.
Einband G. Lachenmaier, Reutlingen.
Printed in Germany.

Dieses Buch gibt es nur bei Zweitausendeins im Versand, Postfach, D-60381 Frankfurt am Main, Telefon 069-420 8000, Fax 069-415 003.
Internet www.Zweitausendeins.de, E-Mail service@Zweitausendeins.de.
Oder in den Zweitausendeins-Läden in Berlin, Düsseldorf, Essen, Frankfurt am Main, Freiburg, 2 × in Hamburg, in Hannover, Köln, Mannheim, München, Nürnberg, Stuttgart.

In der Schweiz über buch 2000, Postfach 89, CH-8910 Affoltern a. A.

ISBN 3-86150-717-X

FÜR
MURIEL UND ANNE

CLAUDE
(1899–1955).

MURIEL AN CLAUDE.

9. Juni 1901.

Ich glaube, für jede Frau ist ein Mann erschaffen worden, der ihr Gatte ist. Es kann mehrere Männer geben, mit denen sie ein geruhsames, nützliches und sogar angenehmes Leben führen könnte. Aber nur einer von ihnen ist der ideale Gatte für sie.

Er mag sterben, er mag ihr nie begegnen, er mag sogar mit einer anderen verheiratet sein. Dann allerdings täte die Frau besser daran, überhaupt nicht zu heiraten.

Auch für jeden Mann gibt es die eine und einzige Frau, die nur für ihn geschaffen, die seine Frau ist.

Anne und ich, wir denken so von Kindesbeinen an.

Was mich betrifft, so werde ich wohl nicht heiraten, weil ich eine große Aufgabe vor mir sehe, die ich besser im Alleingang bewältige, aber wenn Gott mich *meinem* Mann begegnen läßt, dann werde ich ihn heiraten.

MURIEL.

Erster Teil Das Trio

1 Die Begegnung

CLAUDES TAGEBUCH.

Touraine, Ostern 1899.

Ich sitze auf einem Trapez, ohne mich an den Seilen zu halten, und bin umringt von Kindern. Eines davon zieht mit einem Ruck am Strick, der zum Schaukeln der Kleinen an der Sitzstange befestigt ist, und ich falle hintüber. Ich möchte meinem Spitznamen, »Stahlknie«, gerecht werden: mit einem kräftigen Schwung versuche ich mich wieder aufzusetzen. Meine Knie knacken, und ich winde mich mit stechenden Schmerzen auf dem Boden. Sie lassen etwas nach, und ich zwinge mich zum Gehen. Tags darauf fühlen sich meine Knie an wie Melonen und lassen sich nicht mehr beugen.

Der ärztliche Befund lautet: »Sehnenriß. Sechs Wochen Bettruhe. Lebenslange Gebrechlichkeit beider Knie möglich.«

Meine Eitelkeit ist bestraft. Ich habe mir das Beste, was ich hatte, ruiniert. Ich kehre nach Paris zurück, ein halber Krüppel, werfe mich aufs Krankenlager und fange wie ein Besessener an zu lesen.

15. Mai 1899.

Französische Freunde kommen mich besuchen. Eines Tages werde ich, während ich auf Krücken den Salon von Claire (das ist meine Mutter) durchquere, auf eine junge Engländerin aufmerksam, von der sie mir schon erzählt hatte und die mir gefällt. Ich grüße mit einem Kopfnicken zu ihr hinüber und zögere. Sie gibt mir ein offenes Lächeln zurück, das mich zum Stehenbleiben zwingt. Ich gehe auf sie zu und stelle mich vor. Sie ist nicht so hübsch und lebhaft wie manche meiner französischen Freundinnen, aber sie strahlt sehr viel Sensibilität, Entschlossenheit und Verantwortungsbewußtsein aus. Claire kommt herein und regt an, daß wir uns doch gegenseitig Stunden geben sollten. Anne Brown ist neunzehn, so wie ich. Sie trägt ein Lorgnon. Beim ersten Mal, als sie es von den Augen nahm, vermittelte sie mir den Eindruck einer schamhaften und irgendwie erheiternden Nacktheit.

Ich verbrachte über einen Monat auf dem Krankenlager blieb der Schule und meinem Atelier fern. Anne Brown kam mich besuchen. Mal unterhielten wir uns englisch, mal französisch. Sie weckte in mir die Neugier auf ihr Heimatland, das für mich unbegreiflich und voller Widersprüche war: Bescheidenheit des Einzelnen und Nationalstolz, Konformismus und Shakespeare, Bibel und Whisky.

Sie knüpfte bei jedem Gespräch dort wieder an, wo wir unterbrochen hatten. Sie saß immer zwei Schritt von meinem Bett und kam kein einziges Mal näher heran.

Ein kleines Mädchen von vier Jahren unterbrach uns eines Tages, vertraute mir seine Puppe an und erzählte mir, wie ungezogen ihr Töchterchen gewesen sei. Ich hob das winzige Röckchen und verhaute den kleinen Popo aus Karton.

Anne Brown wurde rot und verlor die Fassung. Noch am selben Abend sagte sie zu Claire, daß eine solche Geste, auch einer Puppe gegenüber, in England für einen Gentleman undenkbar wäre.

Anne hat eine Berufung: die Bildhauerei. Ihr widmet sie alle Kräfte. Sie ist ganz neu hier angekommen und weiß noch gar nichts von der Kunst auf dem Kontinent.

»Kennen Sie die englischen Maler?« fragt sie mich.

»Ein wenig. Burne Jones, Turner. *Die Hoffnung* von Watts, das Mädchen mit den verbundenen Augen, auf der Weltkugel sitzend und der letzten Saitenschwingung ihrer Leier lauschend...«

»Mein Gott!« sagt sie da, »das ist ja mein Lieblingsbild.«

25. Juni.

Nach langem Widerstreben konnte sie sich schließlich, wie ich auch, für den *Balzac* von Rodin erwärmen. Nach weiterem Widerstreben (ich liebte diese Widerborstigkeit), begleitete sie mich schließlich sogar zweimal in die Opéra Comique, um die *Louise* von Charpentier zu hören.

Sie findet es bedauerlich, daß Louise mit Julien zusammenlebt, ohne mit ihm verheiratet zu sein. Ich wende ein, daß sie dann entweder aufeinander verzichten oder aber sich über diesen Umstand hinwegsetzen sollten. Anne entgegnet: »Im Zweifelsfall muß man sich selber opfern. Julien hätte warten können, bis Louise volljährig gewesen wäre.« – »Es ist doch ganz gut«, werfe ich ein, »daß es Wesen gibt, die dem Gesetz voraus sind.« – »Das mag sein, aber dann muß man erst recht bereit sein, sich zu opfern.«

Ich las ihr Ausschnitte aus den *Moralités Legendaires* von Jules Laforgue vor, und der schiere Brechreiz schüttelte sie angesichts der Fülle ausgestochener Augen, in denen sich Hamlet die Hände wäscht.

»Ich bin«, sagt sie, »in Ihr Land gekommen, um es kennenzulernen, das Land und seine Kunst. Wenn sie Vergleiche ziehen wollen, müssen Sie in mein Land kommen, dann werde ich es Ihnen meinerseits zeigen. Die

Menschen dort sind zwar weniger lebhaft und offenherzig als hierzulande, aber vernünftig und auf ihre Art sogar Phantasten.«

»Geben Sie mir ein paar Beispiele.«

Sie gab einige drollige aus ihrer eigenen Familie und aus ihrer Schule zum besten, und ich bekam Lust, mit ihr in ihr Heimatland zu gehen.

Claire sah unsere Freundschaft mit wohlwollendem Auge. Sie nahm Anne mit ins Theater und zu Abendgesellschaften, und gab Mrs. Brown, Annes Mutter, wöchentlich Bericht von ihren Neuigkeiten.

Ohne zu flirten, lasse ich sie merken, wie sehr ich sie schätze.

»Ich bin«, sagt sie, »eine Durchschnittsengländerin, aber Sie müßten meine Schwester Muriel einmal kennenlernen. Sie ist zwei Jahre älter als ich und mein Vorbild. Als kleines Mädchen nannte man sie *Goldknospe,* wegen ihres Haars, oder auch *Sonnenstrahl,* wegen ihres Lächelns. Sie ist viel lebenslustiger als ich und auch viel gescheiter. Sie kriegt alle Preise, schafft alle Prüfungen, die sie will, inszeniert Shakespeare, spielt selber die *Ophelia.* Sie hält alles in Trab in unserem Dorf. Wir sind uns überhaupt nicht ähnlich. Ich habe nur meine Bildhauerei. Muriel geht mir sehr ab. Mit ihr würde ich Sie gern reden hören.«

Anne zeigte mir ein Bild von Muriel mit dreizehn, rundes Gesicht, Aussehen einer jungen Prophetin, strenger Mund, klargeschwungene Augenbrauen, ein Blick, in dem sich Pflichtbewußtsein mit Humor vermischen.

Ich war hingerissen.

»Wie geht es ihr jetzt?« sage ich.

»Kommen Sie sie doch besuchen!« sagt Anne.

Nach und nach kommt man überein, daß Claire und ich unsere Sommerferien in Wales bei der Familie Brown verbringen sollten.

2 *Muriel, Anne und Claude*

CLAUDES TAGEBUCH.

Wales, August 1899.

Kleine grasbewachsene Berge, deren Wände lotrecht zum Meer abfallen, ein gewundener Küstenstreifen, Watten, Golfgelände, ein paar verstreute Häuser.

Anne empfängt uns allein, Claire und mich.

An eben diesem Morgen hat man Mr. Flint, dem Besitzer unserer Villa, sein kleines Boot gestohlen. Der mit den Nachforschungen betraute Polizist bittet ihn, eine Strafanzeige zu erstatten.

Mr. Flint aber erklärt: »Der Dieb wird das Boot dringender brauchen als ich. Ich denke nicht daran, Strafanzeige zu erstatten.«

Ich war verwundert. Ich hatte dann noch ein längeres Gespräch mit Mr. Flint, er ist Tolstoianhänger, genau wie ich, aber kann das besser in die Praxis umsetzen.

Anne sagt dazu: »Eine solche Denkungsweise ist auch bei uns außergewöhnlich.« Sie fügt noch hinzu: »Morgen abend werden Sie Muriel sehen.«

Am nächsten Tag, beim Lunch, lernen Claire und ich Mrs. Brown und die beiden jüngeren Brüder Alex und Charles kennen. Wir spüren an ihnen eine massive britische Reserviertheit. Anne hat ihnen schon von uns erzählt. Wie dem auch immer sei, seine Meinung soll man sich selbst bilden und sich nicht von einem fremden Urteil beirren lassen.

Die Zeiten Faschodas und die Gefahr eines französisch-englischen Krieges gehören der Vergangenheit an. Das immerhin ist dem Gebaren der beiden Jungen abzulesen.

Anne erscheint und verkündet ganz niedergeschlagen: »Muriel hat Augenschmerzen. Sie werden sie heut abend sehen, aber schauen Sie sie lieber noch nicht an.«

Muriel erschien zum Dinner. Etwas kleiner als Anne, mit weichem goldfarbenem Haar, wie das von Claire, als sie noch jung war, darum herumgeschlungen eine grüne Taftbinde, auf den Augen Wattebäusche. Sie mußte arge Schmerzen haben und leistete keinerlei Vorschub zu einem Annäherungsversuch. Bisweilen hob sie die Augenbinde mit einem Finger etwas an, um den Teller zu sehen. Ihre Stimme klang guttural, verschleiert. Sie hielt sich sehr gerade. Ihre Hände waren breit, weiß und anmutig anzusehen.

Die ersten Tage waren etwas frostig. Jeder tut ganz korrekt nur das, was er muß. Mrs. Brown führt die häuslichen Geschäfte.

Eines Abends sagt Anne zu mir: »Ich brauche Sie nach dem Abendessen. Haben Sie etwas Zeit?« – »Selbstverständlich.«

Als es soweit ist, geht sie mit langsamen Schritten aus dem Haus. Doch plötzlich fängt sie an zu rennen, zischt davon wie ein Pfeil und ruft mir zu: »Fangen Sie mich doch!«

Ich brachte es fertig, indem ich nicht an meine Knie dachte.

Wir kommen zum kleinen Hafen, sie springt in ein Boot: »Das darf ich mir ausborgen. Damit fahren wir jetzt übers Watt.«

Mondschein. Flut, breiter Strand. Wir rudern jeder mit einem Ruder, sie vorne. Endlich läuft der Bootskiel auf

Sand. Anne springt mit ihren Strandschuhen ins Wasser, wir nehmen das Boot ins Schlepptau. Sie geht auf die Lichter des Dorfes zu, hält dann aber inne und sagt: »Dort drüben habe ich heut abend ganz entschieden nichts verloren. Ich möchte viel lieber ein wenig mit Ihnen plaudern, wie damals in Paris. Ich muß Ihnen etwas sagen, aber ich weiß nicht wie.«

»Das wird sich schon ergeben.«

»Nun denn«, sagt sie und setzt sich auf einen niedrigen Felsbrocken. »Es läuft nicht, wie ich vorausgesehen hatte. Unsere Mütter schätzen einander und kommen gut miteinander aus. Die Jungs sind pausenlos auf dem Wasser oder im Sumpfschlamm mit Flinte und Angel unterwegs. Dann werden wir beide eben anfangen zu malen, Sie und ich. Gut so.«

»Der einzige wunde Punkt ist Muriel. Sie hat sich die Augen wirklich verdorben, wie sehr weiß man noch gar nicht, indem sie ohne Wissen von Mama für ihren Professor, den sie vergöttert, nachts Vorarbeiten zu einem Buch über Darwin gemacht hat.«

»Mutter steht auf dem Standpunkt, Muriel hätte sie erst fragen und ihr nichts verheimlichen sollen. Zuerst kommt die Pflicht. Muriel sieht auch ein, daß sie ihren Augen zuviel zugemutet hat, auch daß sie selbst dafür verantwortlich ist, aber sie beharrt darauf, daß man bereit sein muß, ein Risiko einzugehen, um seine Grenzen kennenzulernen, und daß sie Mutter nicht wegen jeder Kleinigkeit fragen muß.«

»Bravo, Muriel!« sage ich.

»Mutter hält dagegen, daß Muriel ein Versteckspiel getrieben hat. Kurz, das ganze Haus ist in Aufruhr. Und ausgerechnet da habe ich Ihre Mutter und Sie herkommen lassen zu einem Aufenthalt, der sich eigentlich nicht lohnt, zumal die eigentlich treibende Kraft der Familie, Muriel, im Moment gelähmt ist. Sie ist unzufrieden mit sich selbst, und das bedrückt mich. Heute abend habe ich mich davonmachen können, um Ihnen das zu erklären. Sagen Sie es auch Ihrer Mutter, ich bitte Sie darum.«

»Versprochen.«

»Und außerdem... außerdem...«, sagt Anne, ohne den Satz zu vollenden. Dann Schweigen.

»Ich hätte nur gar zu gern ihre Hand genommen. Ich hörte nämlich in meinem Kopf die imaginäre ferne Stimme von Anne sagen: ›und außerdem... küssen Sie mich jetzt sofort.‹

Aber gleich warf ich mir diesen leichtfertigen Gedanken vor und sagte: »Es ist nur zu natürlich, daß wir alle unter Muriels Mißgeschick leiden. Ich kenne sie zwar noch nicht, aber ich bin sicher, es ist so, wie Sie sagen. Wenn ich erst ihre Augen gesehen haben werde...«

»... dann wird alles anders sein!« sagt Anne und läuft wieder zum Wasser hinunter.

Der Meeresspiegel ist gesunken. Wir schieben das Boot an. Die Strömung zieht zum Meer. Wir kämpfen ausgelassen dagegen an, werden aber mitgerissen und laufen auf schlickigem Grund auf.

Am nächsten Tag gehen wir auf die Steilküste zum Malen.

»Nun ja«, sage ich zu Anne, »ich werde mich eben gedulden, bis Muriel wieder gesund ist, und wenn ich sie auch nicht sehen sollte, so bin ich doch recht glücklich hier. Wollen Sie, Anne, mit mir heut nachmittag das Spukschloß besuchen?«

»Ja«, sagte sie nach einigem Zögern.

Das alte Schloß, das über dem Watt aufragt, besitzt ein großes Spiegellabyrinth, in dem man sich ernstlich verirren kann. Wir betreten es und sind allein in den unendlichen Spiegelfluchten. Wir spazieren drin umher, verlaufen uns, verfehlen uns um zwei Schritte, sind plötzlich voreinander verschwunden, finden nicht mehr zueinander, obwohl wir unsere Stimmen hören. Unvermutet prallen wir schließlich aufeinander und setzen den Weg gemeinsam fort. Ich sehne mich langsam wieder nach dem Freien. Anne legt sich meine Hand auf die Schulter. »Halten Sie sich an mir fest. Ich finde den Weg nach draußen.« Sie macht sich daran, den unteren Teil der Spiegel mit der Sandalenspitze abzutasten wie eine Tänzerin, wie ein freundlicher Führer. Sogar in England müssen in einem solchen Labyrinth allerhand Küsse getauscht worden sein. Fünf Minuten später sind wir draußen.

Alex und Charles führen mich in die Kunst des Kricketspiels ein. Auf der Wiese ist ein Dutzend Spieler versammelt, Anne ist auch darunter. Ich begreife das Spiel nur sehr langsam. Alex notiert, wie weit jeder die Kugel schlagen kann. Ich schaffe 81 Yards. »Das ist nicht mal so schlecht für einen...« Charles führt den Satz nicht zu Ende. »... Der Rekord liegt bei 130 Yards«, sagt Alex. Wir spielen Tennis, aber die wahre Leidenschaft der beiden Jungen gehört der Jagd und der Sportfischerei. Wir mähen gemeinsam den Rasen, der hellgrün gehäckselt aus der Mähmaschine fliegt.

Wir baden im Meer. Muriel auch, an einer Hand von Anne geführt, wie eine Blinde. Jungen und Mädchen baden nackt, zweihundert Meter voneinander entfernt. Wer hinschaute, würde sich selbst disqualifizieren. Obwohl meine Neugier sie umschwirrt, lasse ich mir diesen Zwang zur Anständigkeit gefallen.

Nach und nach läßt sich Muriel im Hause sehen, nicht die ruhmverklärte Muriel, wie sie mir von Anne geschildert worden ist, sondern eine genesende Muriel. Ihre

Augenbinde ist durch eine große dunkle Brille ersetzt. Dahinter habe ich ihre geschwollenen Augen sehen können, die ohne richtigen Blick waren. Sie hat mit einem Golfschläger trainiert, ohne Ball, und ohne etwas zu sehen, aber ihr Hüftschwung war geschmeidig und flink.

Am Abend sammelt sich eine Schar junger Leute im Salon. Wir spielen Stühleeinnehmen, Rätselraten, Stegreifszenen. Muriel setzt dem Abend ein Glanzlicht auf, als sie aufgrund einer Wette mit geschlossenen Augen eine Ophelia-Szene für uns spielt.

Eine gelinde Verschwörung herrscht zwischen Anne und mir, und man hat uns im Verdacht – aufgrund der zahlreichen gemeinsam verbrachten Stunden – ein Liebespaar zu sein, dem man wohlwollend gegenübersteht, oder das man zu necken hat. Sogar Mr. Flint tut mit. Schon in aller Herrgottsfrühe ziehen wir mit unseren Staffeleien los, und auch unsere Stunden geben wir uns noch. Anne ist bisweilen etwas muffelig. Sie merkt es aber selbst und lacht dann darüber. Ich habe nie eine Schwester gehabt. Ich fange an eine zu haben und finde Geschmack daran.

15. August 1899.

Anne hat zu mir gesagt: »Ich werde Muriel einladen, morgen mit uns zu kommen. Malen wird sie ja wohl nicht können, aber von der Wanderung und dem Gipfelwind wird sie etwas haben.«

Wir steigen alle drei im Gänsemarsch den langen Bergpfad hoch, Anne voraus, Muriel in der Mitte. Sie trägt einen breiten grünen Augenschirm, und ihre Stimme klingt warm und geschmeidig. Ihr Gang ist eigenartig. Sie läßt bei jedem Schritt die Hüften schwingen. Das sieht athletisch und eigenwillig aus. Bei einer anderen könnte es provozierend wirken. Sie ist zum erstenmal richtig fröhlich und ausgelassen. Ich sehe ihren weißen Nacken unter dem massivgoldenen Haarknoten. Von da an habe ich sie, nur für mich selbst, Nuk genannt.

Auf dem Gipfel angekommen, setzen wir uns nieder. Sie sagt zu mir: »Anne hat mir oft von Ihnen erzählt. Sie hat mir auch, als ich noch gut sah, die Bücher geliehen, die Sie ihr geschickt haben. Ich verstehe sie zwar nicht alle und bin auch nicht mit allem darin einverstanden, aber im großen und ganzen haben Sie uns damit aufgerüttelt. Wie können wir uns erkenntlich zeigen?«

»Ich möchte«, antwortete ich, »gern hinter das kommen, was ich das englische Geheimnis nenne. Für einen Franzosen ist das schwer. Anne hat mich darauf gebracht.«

»Muriel wird Ihnen da wohl eher behilflich sein können als ich«, sagte Anne.

»Wie dem auch immer sei«, erwiderte Muriel, »man muß die Sache mit frischem Mut angehen. Ich möchte gern bei Ihnen französisch sprechen lernen, lesen kann ich es schon. Als Gegenleistung biete ich Ihnen an, zusammen mit Anne, Ihr Englisch aufzupolieren. Wollen Sie?«

»Mit Freuden!«

»Wollen wir sofort anfangen? Möchten Sie gern Ihre Haupt-Aussprachefehler kennenlernen? Ja? Also gut, hier sind sie!« Und sie führt mir sie, indem sie langsam und lustig meinen Akzent nachmacht, der Reihe nach vor und läßt mich bestimmte Satzteile so lange wiederholen, bis ein annehmbares Ergebnis herauskommt.

»Was meine französische Aussprache betrifft, so werde ich Ihnen jetzt eine Kostprobe davon geben: *Der Wolf und das Lamm*. Zuerst rezitiere ich es, dann Anne, dann Sie.« Und sie fing an.

Es war sehr gepflegt in der Diktion, weil aufgelockert durch die abwechselnd grimmige und unschuldige Mi-

mik von Wolf und Lamm, und überdies drollig anzuhören wegen der beinahe unverständlichen Aussprache. Anne und ich brachen in ein schallendes Gelächter aus, und Muriel lachte mit. Anne spricht die Fabel wie eine Engländerin, die schon Pariserin geworden ist, und ich schließlich zerhacke alles in Silben. Dies war der Beginn unserer Arbeit zu dritt.

5. September 1899.

Muriel nimmt den Platz ein, den Anne ihr zugedacht hat: den ersten, dank ihres Erfindungsreichtums und ihrer Energie. Wir sind vorbehaltlos damit einverstanden. – »Ich habe Sie mir genau angesehen, bevor ich mich Ihnen genähert habe«, sagt sie, »sonst hätte ich mich nicht getraut.« – Wir werden unzertrennlich.

Ich schätze dieses völlig uneitle Wesen an ihnen, ich mag ihre sportliche Seite. Sie reden nie schlecht über jemanden. »Man darf sich nicht immer feige hinter dem warmen Ofen verkriechen«, sagt Muriel, »wenn es gilt, sich nützlich zu machen.« Sie zitiert die Bibel, Anne zitiert Verlaine, und ich Sancho Panza.

Eines Tages, Anne hat gerade zu tun, fragt mich Muriel, ob ich mit ihr zum Schloßlabyrinth hinaufkommen wolle. »Verlaß dich nicht allzusehr auf Claude, wenn du wieder herausfinden willst«, sagt Anne zu ihr. Wir machen uns also auf den Weg.

Diesmal durchschaue ich schon langsam die Täuschungseffekte und Aufstellungswinkel der Spiegel, ich verirre mich absichtlich. Verloren in den Spiegelfluchten, tappen wir auf gut Glück mit kleinen Schritten voran, prallen gegen Spiegelwände, als wären wir im Inneren eines Kaleidoskops. Als wir genug davon hatten, sagte Muriel zu mir: »Geben Sie mir Ihre Hand«, und sie führte mich an ihrer ruhigen und festen Hand, mit der anderen, deren Finger sich dabei grübchenbildend zurückbiegen, an den Spiegelwänden entlangtastend; und in dieser Situation, die jener vor einem Monat aufs Haar gleicht, bin ich entzückt von den wechselseitigen Ähnlichkeiten und Unähnlichkeiten zwischen Anne und Muriel und muß mich sehr wundern, daß sie mich beide wie einen Bruder behandeln. Muriel führt mich noch schneller ans Tageslicht als Anne.

Muriel und ich, wir steigen eines Tages ohne unsere Wettermäntel auf den Gipfel eines kleinen Berges. Ein starker Regenschauer geht nieder, wir flüchten uns in eine niedrige, nur zwei Schritt tiefe Felshöhlung auf ein Lager aus verdorrtem Gras. Man muß sich ganz dicht an die Felswand schmiegen, um überhaupt trocken zu bleiben. Der Regenschauer wird stärker und will gar nicht mehr aufhören, wir sitzen schlecht auf den Steinen. Zum Spiel tun wir so, als säßen wir in einer prähistorischen Felshöhle, die uns so manches Problem aufgibt. Ich wage nicht, von unseren Kindern zu reden, so als hätten wir welche.

Der Himmel wird wieder blau, und wir machen uns nur ungern auf den Rückweg ins Tal, zumal wir zum Essen schon viel zu spät kommen. Die Mütter waren schon sehr in Sorge, Anne jedoch nicht.

Muriel brennt darauf, Paris kennenzulernen, und Anne ist begierig, mit Muriel zusammen dort zu sein. Sie haben ihre Mutter dazu gebracht, ihr Haus auf der Insel zu vermieten und für acht Monate ans linke Ufer der Seine, die *Rive Gauche,* zu übersiedeln. Die Jungen sollen auf ihrem Internat bleiben, ausgenommen in den Ferien.

3 *Rive Gauche*

CLAUDES TAGEBUCH.

Paris. Oktober 1899.

Nun sind sie also in Paris gelandet, haben eine Vier-Zimmer-Wohnung gefunden, zwei Minuten von uns, mit einer prachtvollen Aussicht, und haben bereits angefangen, alles selbst anzustreichen und einzurichten.

Sie haben schöne große leere Kisten gekauft, ganze Rollen von grobem Sackleinen, sie sägen und nageln drauflos, schneiden zu, bauen Schrankfächer, Sitzgelegenheiten, polstern und tapezieren, stellen Bücherregale auf. Anne, die weniger kräftige Handgelenke hat als Muriel und ihre Mutter, macht hauptsächlich die Malerarbeiten und besorgt die Einkäufe.

In drei Wochen war alles fertig. Sie luden uns, Claire und mich, zur Wohnungseinweihungsfeier ein: in Form eines schönen einfachen Essens. Schließlich sind sie nicht hierher gekommen, um zu kochen.

Die Rundgänge durch Paris, das Muriel und Mrs. Brown noch nie gesehen hatten, haben begonnen. Ich habe Muriel zur Venus von Milo geführt, zu den Impressionisten, die man bei uns wie Aussätzige behandelt. Dann kamen die diversen Kirchen dran, und schließlich Notre-Dame.

Stunden und Aberstunden bringen wir darin zu. Muriel hält eine lange und stumme Zwiesprache mit dem Teufel, der von einer Plattform des Turmes aus auf die Stadt herunterschaut. Auf jeder Seite des zinkblechernen

Turmdaches läßt sie sich lange nieder, ich mich hinter ihr. Wir betrachten die Flanken von Notre-Dame, ihr Rückgrat, die gebogenen Strebepfeiler, die grünen Gestalten, die vom mittleren Glockenturm herunterkommen, wir lassen uns vom Hall der großen Glocke erschüttern. Werde ich Muriel eines Tages lieben?

Anne bildhauert die Nachmittage über und geht abends mit uns ins Concert Rouge. Runde Tische, Café Crème, Raucher. *Touche* spielt Violoncello und dirigiert gleichzeitig mit den Schultern und dem Haarschopf!

Muriel fragt Anne über die jungen Frauen aus, die sich in Begleitung der Maler befinden; sie kommen ihr zwar sehr liebenswürdig, aber doch auch etwas sonderbar vor. »Sind diese Mädchen denn verheiratet?« fragt sie. Anne entgegnet: »Nicht alle.«

Muriel blüht richtig auf in Paris, sehr zu Annes Freude. Ihre Mutter geht mit ihren frankophilen Streifzügen sogar so weit, daß sie – auf englisch allerdings! – *Die Elenden* von Victor Hugo liest. »Ich habe in meinen englischen Büchern«, vertraut sie Claire an, »noch nie eine schönere Gestalt angetroffen als die des Bischofs.«

Ihre Töchter lesen Rodenbach und Samain. Sie belegen einen Literaturkurs an der Sorbonne. Molière versetzt sie in helles Entzücken, Racine dagegen ist ihnen ein Ärgernis. Claire führt sie in die Gesellschaft ein, ich nehme sie auf Bälle mit. Sie aber ziehen dem allen das Treiben auf Straßen und in kleinen Cafés in allen Stadtvierteln vor. – »Wir sind ja nicht allzu lange hier«, sagen sie. »Wer weiß, wann und ob wir je wieder hierher kommen? Da schauen wir uns lieber das an, was uns anzieht.«

Eines Tages, als wir schon zu viel gelesen hatten und es zudem regnete, schlägt Muriel ein Rennen zu dritt vor: die sechs Treppen ihres Hauses hinunter und wieder herauf. Wir preschen in vollem Tempo los. Mit meinen langen Beinen liege ich aufwärts in Führung, abwärts jedoch werde ich abgehängt. Die Mädchen flitzen wie die Mäuse und kommen gleichzeitig unten an.

Muriel schlägt vor, sie, die beiden Mädchen, sollen jetzt um den ersten Platz weiterrennen. Ich will gerade das Startzeichen geben, als die Hausmeisterin, die Einbrecher vermutet hat, dem Treiben Einhalt gebietet.

Sie haben eine lustige kleine Zugehfrau, sie heißt Claudine, ist jung und frisch verheiratet, tüchtig, und hat etwa die Statur von Muriel. Diese borgt sich Kleidungsstücke von ihr aus, ein Schultertuch, einen Hut, schminkt sich und läutet an Claires Wohnungstür, zu einer Zeit, wo ich gewöhnlich nicht da bin. Zufällig aber bin ich doch da und öffne.

»Ach, Sie sind es, Claudine!« sage ich, »kommen Sie doch herein. Was kann ich für Sie tun?«

Muriel ist überrascht, mich anzutreffen und streckt mir ein kleines Paket hin. Ich lasse sie ins Vorzimmer treten, wo es heller ist.

»Muriel!« rief ich aus.

»Geben Sie mir das Paket wieder«, sagt sie, reißt es mir aus den Händen und läuft in Windeseile wieder die Treppe hinunter.

»Was ist in dich gefahren?« fragte ich sie noch am selben Abend.

»Eine Farce in mehreren Episoden, um Ihre Mutter zu unterhalten und um Sie zu ärgern. Es hat nicht geklappt. Reden wir nicht mehr davon.«

»Was war denn in dem Paket?«

»Das ist ja gerade das Geheimnis.«

Ich habe nie wieder etwas davon erfahren.

Wenn Claire von Muriel und Anne spricht, sagt sie: meine englischen Töchter.

Paris. März 1900.

Ich fechte, reite und spiele Pelota. Ich habe mich in mehr Lehrveranstaltungen eingeschrieben als meine Fachrichtung erfordert. Ich gehe ins Theater und auf Bälle. Ich lese leidenschaftlich gern. Da liege ich nun und habe Schlafstörungen: die Gedanken wirbeln in meinem Kopf herum, ich kann sie nicht bremsen. Ich spiele im Geist meine letzte Schachpartie noch einmal durch, rezitiere Texte, die ich mag, vor mich hin, notiere mir alles, was ich Muriel und Anne sagen möchte. Meine Anstrengungen haben nichts Angenehmes mehr für mich. Ich habe abgenommen, meine Augen liegen immer tiefer. Mittlerweile habe ich Angst vor dem Einbruch der Nacht, die ich sonst so geliebt hatte.

Mein Professor, Albert Sorel, hat zu mir gesagt: »Sie haben zweieinhalb Jahre lang gut gearbeitet. Sie haben weder einen Namen, noch ein Vermögen, noch eine robuste Gesundheit, wie es scheint. Sie sind ein Idealist, ein Wissensdurstiger. Verzichten Sie auf Wettbewerbe und Prüfungen. Reisen Sie, schreiben Sie, übersetzen Sie. Lernen Sie überall zu leben. Frankreich mangelt es an Berichterstattern, wie sie die Stärke Englands ausmachen. Fangen Sie sofort an.«

Mein alter Hausarzt hat mir gesagt: »Sie nutzen das Werkzeug, das Sie darstellen, ungebührlich ab. Erst haben Sie sich die Knie kaputtgemacht, nächstens werden Sie sich noch das Hirn ruinieren. Sie müssen jetzt alles mit einem Schlag fahren lassen und ein anderer Mensch werden. Ich überweise Sie in eine Kneipp-Kuranstalt im Elsaß, wo man Leute wie Sie kuriert.«

Claire und meine Schwestern sind auch dafür. Ich willige ein und packe meine Koffer.

MURIELS PARISER TAGEBUCH.

Winter 1900.

(Privat. Diese Aufzeichnungen sind nur für mich selbst bestimmt.)

Dienstag.

Claude hat mir Rodin nahegebracht. Manchmal sagt er dummes Zeug, dabei furcht er die Stirn, aber denken tut er mit dem Herzen.

Mittwoch.

Spaziergang mit meinem französischen Bruder. Wir haben von den unterschiedlichen, klimatisch bedingten Moralvorstellungen diverser Gegenden gesprochen. Er spornt mein Denken an. Ich bin langsam.

Ist der Anarchismus das Ideale? Nun, jeder bastelt sich seine eigene Moral zurecht. Seltsam.

Ich finde nicht mehr, daß Claudes Augen schön sind, aber sein Charakter kann sich allemal davor behaupten.

Die Katholiken sind weniger frei als wir.

Es gibt in Frankreich noch junge Leute, die sich auf die Wahl ihrer Eltern hin verheiraten.

Samstag.

Ich habe dem Teufel von Notre-Dame einen Besuch abgestattet. Ich habe mit ihm geplaudert. – Verdiene ich einen Freund wie Claude überhaupt? Ach könnte ich seiner doch würdig werden und ihn immer behalten.

10. Januar 1900.

Den Abend bei der Großmutter von Claude verbracht, sie ist eine stille Frau, von schweigsamem Wesen und herzensgut.

20. Januar.

Ich bin aufgewacht mit dem Ausruf: »Claude, Sie gefallen mir!«

Das ist erlaubt, weil es ja ein Traum ist.

Claude würde mir helfen, nett zu sein zu Mutter...

Kann man mehrere Menschen gleichzeitig so schätzen? Ich glaube nicht.

5. Februar.

Claude hat mir von der Notwendigkeit erzählt, alles kennenzulernen, auch das Schreckliche, und von der Dumpfheit, der man verfällt, wenn man sich mit den Vorteilen begnügt, die einem der Zufall in den Schoß legt...

Es war bei Nacht, am Ufer der Seine, und die Lichter tanzten auf dem Wasser. Ich war erschöpft und überglücklich.

7. Februar.

Ich lese zu viel. Mutter macht sich Sorgen wegen meiner Augen und wegen meines Gemütszustandes.

Anne, Claude und ich sind so oft zusammen, wie wir nur können.

8. Februar.

Claude hat mich darauf gebracht, mir Notizen über das

zu machen, was ich lese. Gern. Alles in mir möchte sich ihm offenbaren.

19. Februar.

Unser Trio hat eine Fahrradtour in den Bois de Boulogne unternommen. Claude hat zu viel geredet.

20. Februar.

Ich habe einen Bericht in der Zeitung nicht ganz verstanden. Claude hat ihn mir erklärt. Es ging um ein junges verstoßenes Mädchen, das sich prostituieren mußte, um ihr Kind zu ernähren, und so zur Diebin wurde. – Claude hat von der körperlichen Liebe gesprochen. – Was ist das? Es gibt nur eine: die wahre.

24. Februar.

Claudes Mutter, die er Claire nennt, hat mit mir über meinen Gesundheitszustand gesprochen, der meine Mutter beunruhigt, und von Claudes körperlicher Verfassung, welche wiederum sie beunruhigt. Und von unseren Gemeinsamkeiten, denen von Claude und mir, von unserer Arbeitswut, für die man immer teuer bezahlen muß, wie sie sagt.

24. Februar.

Vielleicht hat sie recht? Claude ist ja zur Kur ins Elsaß geschickt worden. – Und Mutter droht, mich nach England zurückzuschicken zu meiner Tante, damit sich meine Augen und mein Gehirn erholen.

Ich soll Paris jetzt so halsüberkopf verlassen, ich, eine ihrer Töchter! Wenn ich dorthin zurückkehre, bin ich nur mehr eine Fremde. Ich mache einen Streifzug durch unsere kleinen Cafés von Montparnasse bis Notre-Dame.

Ich liebe die kleinen Straßen und die Menschen von Paris. Es ist zärtlich, reich, tief.

Ich kaufe mir Bücher.

Paris und Claude, ihr habt so viel in mir angerichtet, daß ich Euch ein bißchen gehöre.

Claude und ich werden gleichzeitig in verschiedene Richtungen verbannt werden.[1]

[1] Insel. 28. Januar 1902. Ich bemerke in diesem Tagebuch eine intensive Freundschaft, Romantik, aber keine Spur von dem, was ich Liebe nenne. – Muriel.

4 *Hier und dort*

CLAUDE AN MURIEL.

Sonnenberg, 1. März 1900.

Ich habe in diesem Kneipp-Kloster ein Übermaß an Zucht und Ordnung vorgefunden, dazu kaltes Wasser im Überfluß.

Euch hätte man auch hierherschicken können! Es gibt einen eigenen Frauentrakt.

Der Pfarrer Anstaltsleiter hat mich ausgefragt, mit Adleraugen gemustert, ein umfängliches Karteiblatt angelegt, welches er behalten hat, und dann zu mir gesagt: »Sie können gehen.«

Nach einer weiteren Nacht geistigen Galopps sehe ich im Morgengrauen zwei weißbekittelte Kerle in militärischem Schritt hereinkommen. Sie holen mich aus dem Bett, tauchen ein grobes Stück Laken in einen Kübel mit kaltem Wasser, wringen es aus, breiten es auf das offene Bett und bedeuten mir, ich solle mich drauflegen. Ich befühle das Laken und sage: »Nein.«

Da sagt der eine der beiden Schinder: »Hier wird pariert, oder ab nach Hause.«

Ich war drauf und dran, mich mit ihm zu prügeln.

»Versuchen Sie's wenigstens einmal«, sagt der zweite. »Am Anfang ist es etwas schlimm. Aber hinterher eine wahre Wohltat!«

Er macht mich neugierig. Ich springe auf das Bett und lege mich auf das nasse Laken. Die beiden Männer wikkeln mich darin ein bis zum Kinn, rollen mich in eine Decke und gehen.

Der schnelle Atem hat sich gelegt. Der Schüttelfrost ist mir vergangen, ein Wohlgefühl erfüllt mich und ich schlafe ein, ohne weitere Gedanken. Ich hoffe nun, daß man mir das ab jetzt jeden Morgen macht.

Wollen Sie das nicht auch einmal versuchen?

Reichen Sie diesen Brief an Anne weiter: ich darf nur ganz wenig schreiben.

20. März 1900.

Das Klosterleben hier gefällt mir. Im Morgengrauen brechen wir auf und waten barfüßig im Schnee durch den Wald. Das ist ein unglaublicher Luxus. Neurasthenische Mitpatienten. Es sind ein paar fesselnde Typen darunter. Gehirnarbeit ist untersagt. Nur sonntags, im großen Salon, erlaubt man mir zu zeichnen.

Von weitem habe ich das Portrait eines Mädchens von durchscheinender Zierlichkeit gemacht, sie hat schmachtende Korkenzieherlocken und singt Lieder mit steif hochgerecktem Hals, begleitet von ihrem romantischen Verlobten. Er hat mich höflich aufgefordert, mich mit ihm zu duellieren, oder aber das Portrait zu vernichten. Ich habe es ihm gegeben.

18. April 1900.

Ich erzähle Ihnen hier nur kleine Begebenheiten, und ich bitte Sie, das gleiche zu tun. Nur unter dieser Bedingung gestattet man mir überhaupt zu schreiben.

Ich habe mich mit einem Studenten aus der Auvergne zusammengetan, der unter Agoraphobie leidet: er folgt mir überallhin mit dem Fahrrad, aber ich muß ihm die Hand geben, wenn er zu Fuß den Dorfplatz überqueren will.

Die Kaltwasseranwendungen sind vielfältig und

spaßig. Ich bin sicher, Sie würden noch ganz neue dazuerfinden und die rechte Hand des Pfarrer Anstaltsleiters werden. Ich sehe Sie förmlich vor mir, wie Sie ihre Sprechstunden abhalten...

Ich bin ins Nachbardorf zum Kegeln gegangen. Die schönen glatten Kugeln aus Buchsbaumholz und ihre lange Reise auf der Rücklaufrinne haben mich, ich weiß nicht warum, an Sie denken lassen.

27. Mai 1900.

Sie lesen nicht mehr, haben also auch wieder Ihren gesunden Schlaf wiedergefunden! Sie schreiben mir, Sie, Anne und unsere Mütter erwarten mich in dieser Schweizerhaus-Pension im oberen Rhônetal. Ich kann es kaum glauben!

CLAUDES TAGEBUCH.

Sion, 6. Juli 1900.

Ich habe Anne zur verabredeten Zeit in der Kirche im Talgrund getroffen. Sie war sehr zurückhaltend und sprach ein Gebet. Draußen hatte sie ihr offenes Lächeln wieder.

Sie führte mich geradewegs... zum Schießstand, wo ein Wettschießen mit Kriegsgewehren stattfindet, an dem auch Frauen teilnehmen dürfen: sie hat uns beide angemeldet. Man zahlt Eintritt, schießt fünf Kugeln auf eine dreihundert Meter entfernte Scheibe, und der beste Schütze gewinnt den Inhalt der Tageskasse.

Anne legt sich auf den Boden, ordnet ihre Röcke, zielt bedächtig. Fünfmal sehe ich den Rückstoß ihre Schulter eindellen. Sie trifft mehrmals ins Schwarze. Ich auch. Nicht oft genug, um zu gewinnen. Aber ausreichend, daß man uns das Eintrittsgeld wiedergibt.

Wir stellen unsere Fahrräder bei einem Wagenmacher ein. Mit dem Rucksack auf dem Buckel steigen wir einen steilen Schlittenpfad hinauf. Es gilt, einen Höhenunterschied von fast tausend Metern zu überwinden, und meine Schnürsenkel haben sich derart verheddert, daß Anne mir zu Hilfe kommen muß. Um so besser!

Sie bildet die Vorhut in einer anglo-hochgebirglichen Gangart. Trotz des schattigen Waldlaubwerks sind wir schweißgebadet. Von Zeit zu Zeit hält sie Ausschau nach einem Stoß frischgeschlagenen Holzes, polstert ihn mit ihrer Decke, und wir lassen uns darauf für fünf Minuten nieder. Wir überqueren oft den selben Gebirgsbach: »Er ist unser Freund«, sagt Anne, »er hat dort oben in der Nähe unserer Berghütte schöne Badewannen in den Fels gehöhlt, mit kleinen Wasserfällen, die einen kräftig durchmassieren, jeder sucht sich seine eigene aus.«

Ohne Anne hätte ich mich bei diesem endlosen Aufstieg gelangweilt. Ihre lächelnde Ruhe schlägt mich in ihren Bann.

»So, nun sind wir da!« sagt sie. »Möchten Sie gleich mit dem Gebirgsbach Bekanntschaft machen?«

Wir suchen uns jeder eine Felswanne aus, in einigem Abstand voneinander, und entsteigen ihr rundum frisch gestärkt.

Anne stößt ein wildes *Juhu* aus. Ein etwas verhalteneres *Juhu* antwortet ihr, es kommt aus einem verkrüppeltem Baum: es ist Muriel.

»Laßt eure Rucksäcke liegen und klettert herauf«, ruft sie uns zu. Das hier ist mein Salon. Ich habe ihn gerade fertig eingerichtet: jetzt gibt es sogar drei Sitzgelegenheiten!«

Wir hangeln uns hinauf, Muriel streckt mir die Hand hin, und ich nehme sie. Ihre Augen sind voller Glanz. Nach einigem Zurechtrücken sitzen wir schließlich im

Gleichgewicht auf den Astgabeln. Ich höre die Stimmen der Mädchen, ich sehe sie aufmerksam an. Wir schmieden Pläne bis in die kleinste Einzelheit...

»Heut abend machen wir weiter«, sagt Muriel. »Jetzt aber auf zu unseren Müttern.«

Die Mütter sitzen auf dem Balkon des kleinen Berghotels, das so neu ist, daß es noch nach Harz riecht. Sie bereiten uns einen festlichen Empfang. Die Zimmer sind winzige Schlafkojen und bieten einen Ausblick auf eine von Margeriten und Butterblumen übersäte Wiese.

Wir haben Wochen vor uns. Wir wissen gar nicht, was wir zuerst tun sollen.

Alex reist aus Oxford an, etwas später kommt Charles von seiner Schule. Das Gras auf der Wiese ist zu hoch, um Cricket zu spielen, also organisieren sie ein Feldballspiel.

Alex jagt den Ball durch die Luft. Man glaubt fast, er fällt überhaupt nicht mehr zu Boden. Ich mache Hochschläge mit meiner Keule aus gewöhnlichem Holz. Die beiden Mädchen sind äußerst geschickt. Muriel ist mit Leidenschaft beim Spiel und ruft Lachstürme hervor.

Die Partie ist zu Ende. Nun spielen wir Fangen. Alex, der Fänger, überlegt erst, nimmt dann mich aufs Korn und stürzt auf mich los. Anne klatscht in die Hände und schreit: »Das geht nicht gut!« Ich laufe los wie damals, vergesse meine Knie. War da eine Vertiefung im Gras? Mein Knie kracht, und ich schlage lang hin, unter altbekannten Schmerzen. Alex macht mir mit seinem Fuß eine Rückenlehne.

Ich bin dann acht Tage darniedergelegen und zwei Wochen lang auf Krücken herumgelaufen. Meine Schwestern haben mir Gesellschaft geleistet. Claire, die den Unfall miterlebt hat, ist nicht einmal mehr aufgesprungen: solche Pannen bringen sie nicht mehr aus der Ruhe.

Unsere Lesungen zu dritt haben wieder eingesetzt. Muriel kann jetzt Französisch, und Anne kann es beinahe. Ich habe manchmal unwiderstehliche Lust, die Hände der beiden anzufassen.

10. August.

Mit dem Proviantsack auf dem Rücken breche ich mit Alex ins Hochgebirge auf. Wir wollen auf Gemsenjagd gehen. Alex ist der Expeditionsleiter und mit einem Schweizer Armeestutzen bewaffnet.

Wir kampieren auf zweitausend Meter Höhe. Alex bringt mir bei, wie man aus schichtweise übereinandergelegten Tannenzweiglein ein Nachtlager bereitet. Ich finde an ihm einiges von Annes Gestik wieder, auch etwas von ihrem Lächeln, wenn sie einem einen Gefallen tut. Zum erstenmal fühle ich mich wohl mit ihm.

Ich stelle mir unsere Schwestern mit uns zusammen vor; was würden sie jetzt wohl tun?

Eine verlassene Geröllhalde. Mitten darin ein großer Baumstamm mit beschädigter Rinde. Wir machen Rast. Ich lehne mich gegen den Stamm, dem Gipfel zugewandt.

»Nicht so«, sagt Alex, »kommen Sie mit mir an die Unterseite des Stammes.«

»Aber da unten ist es unbequem!«

»Bin ich hier der Bergführer oder nicht?« sagt Alex lächelnd. »Ich werde Ihnen das später erklären.«

Ich gehorche. Oben löst sich Geröll, kollert geräuschvoll abwärts, ein Steinbrocken trifft den Baumstamm.

»Danke, Herr Expeditionsleiter!« sage ich.

Wir schlagen unser Lager an einem steilen Hügel auf. Bei Sonnenaufgang sucht Alex mit seinem Fernglas die Landschaft ab, wobei er eine Geländekarte zu Hilfe nimmt, und sagt:

»Dort ist der Gebirgsstock, wo die Gemsen hausen. Ich gehe allein hin. Werkeln Sie hier einstweilen rum, sehen Sie sich um, amüsieren Sie sich und richten Sie das Abendessen her.

Ich wollte protestieren. Er legte nur den Finger an die Lippen:

»Ich trage die Verantwortung für Ihre Knie, außerdem haben wir nur ein einziges Gewehr.«

Ich verbringe also den ganzen Tag vor der Bergkulisse, an der die Sonne entlangwandert. Ich muß an Bergeinsiedler denken. Ich koche Haferflockenbrei.

Die Nacht bricht herein. Expeditionsleiter Alex ist noch nicht zurück...

Ein Bergunglück? Die Gebirgswache im Dorf verständigen?

Ich warte noch bis zum Mittag des nächsten Tages auf Alex. Dann mache ich mich an den Abstieg, mit viel zu viel Gepäck, unterwegs muß ich einmal übernachten.

Die Familie Brown war tapfer: »Alex hat eine gute Kondition und ist sehr vorsichtig. Er hat sich eben vom Jagdfieber mitreißen lassen. Er hat alle Chancen, heil aus der Sache herauszukommen.«

Eine Suchexpedition verläuft erfolglos. Am fünften Tag kommt ein Telegramm: Alex sitzt im Nachbarkanton im Gefängnis. Ohne es zu wissen, ist er in das Jagdschutzgebiet für Gemsen eingedrungen, und jetzt soll er vor den Kadi.

Wir treffen ihn frisch und munter hinter den Gittern seines Gefängnisses an. Das Tribunal aus Bauern in blauen Kitteln und roten Baretten erkennt, daß er in gutem Glauben gehandelt hat und verurteilt ihn lediglich zu einer saftigen Geldstrafe. Dieses Abenteuer hat uns einander nähergebracht.

5. September 1900.

Der Sommer vergeht wie im Traum, alles ist so selbstverständlich mit den beiden Mädchen, ich könnte täglich über sie schreiben. Aber noch lieber sehe ich sie an.

Die Bergpension schließt im September. Alex und Charles sind abgereist. Anne kehrt nach Paris zurück zu ihrer Bildhauerei, zusammen mit Claire.

Muriel und ich, die beiden Ex-Rekonvaleszenten, verbringen noch zwei Wochen mit Mrs. Brown am Ufer des Luzerner Sees. Ich bringe ganze Tage mit Muriel in einem flachkieligen Boot zu, wo man mit zwei gekreuzten Rudern in Fahrtrichtung stehend rudert. Wir nehmen auch unsere Mahlzeiten darauf ein. Sie zeigt mir, wie man sie zubereitet. Sie wird mir fehlen.

Wir haben ein paar kleine Auseinandersetzungen, die aber nicht lange anhalten. Sie findet, ich sei ein verwöhntes Bürschchen, Einzelkind und typisch französisch. Ich finde sie hart und grob und selbstgefällig. Ich habe ein Gedicht über sie gemacht, es heißt *Der See und der Mond*; ich habe es meinem Freund Jo geschickt. Er schreibt zurück: »Du wirst dich in sie verlieben.«

Keine Rede davon. Ich liebe *alle beide*.

Eines Abends werden wir von einem Gewitter überrascht, der Wind zerfetzt die Dachplane, die Ruder sind nutzlos geworden, Sturm und Regen reißen uns mit sich fort. Wir stranden an einem kleinen Kap, in einem Garten neben einer erleuchteten Villa. Die Besitzer sehen, daß wir völlig durchnäßt und erschöpft sind und bieten uns – offensichtlich halten sie uns für ein junges Ehepaar – ein geräumiges Zimmer mit einem Doppelbett an. Und wie nett sie sind! Ist das eine Fügung des Schicksals?

Wir machen uns jedoch gleich noch zu Fuß auf den

Heimweg, im Regen, damit sich Mrs. Brown keine Sorgen zu machen braucht.

Zu dritt unternehmen wir einen Ausflug auf einen Berg mit der Drahtseilbahn. Wir haben vor, zum Abendessen zurück zu sein. Der Sommerfahrplan ist nicht mehr in Kraft, und so finden wir uns um zehn Uhr abends in einem miesen Bummelzug, der bei jeder Milchkanne hält, und sind die einzigen Fahrgäste, noch dazu ohne Mäntel in einem leeren Waggon, in den durch alle Ritzen die Kälte eindringt.

»Wir werden uns einen schönen Schnupfen holen«, sagt Mrs. Brown. »Wir müssen uns aufwärmen. Muriel, wollen wir das gleiche machen wie letztes Jahr mit Alex? Du weißt schon, die *Zitronenpresse*.«

»Gute Idee, Mutter!« sagt Muriel. »Setz dich in die Mitte auf die Bank, Claude rechts, ich links. Mit dem Rücken stemmen wir uns gegen Mutter, die Füße stützen wir an den Wänden ab und dann drücken wir!«

Das erschien mir nicht gerade sehr respektvoll, aber doch nützlich und unterhaltsam. Mrs. Brown war der Ball zwischen zwei Spielern und neigte sich bald in die eine, bald in die andere Richtung.

»Jetzt kommen Sie in die Mitte!« sagt sie zu mir.

Ich gehorche, und die beiden drücken, stärker als ich es je für möglich gehalten hätte, die Mutter erwidert die Anstrengung der Tochter. Manchmal geben sie mir gleichzeitig einen Stoß, wobei sie ganz laut vorher zählen. Zum ersten Mal wird mir bewußt, daß Mrs. Brown auch eine ausgelassene und schöne Frau sein konnte.

Was Muriel betrifft, so empfinde ich die Berührung ihres Körpers wie eine Indiskretion. Ich habe Monate neben ihr gelebt, wobei ich peinlichst vermieden hatte, ihre Fingerspitzen auch nur zu streifen, ihre Hände zu lange anzuschauen, und nun plötzlich preßt sie die leibhaftige Materie ihres Rückens an mich und drückt noch dazu aus Leibeskräften.

Auch sie kam an die Reihe, die Zitrone zu spielen. Ich kann es immer noch nicht fassen. Sie ist so geschmeidig. Fein perlt der Schweiß auf ihren Schläfen. Ich wage kaum, ihren Geruch einzuatmen.

»Ich glaube, das reicht«, sagt Mrs. Brown.

Die Familie Brown fuhr nach England zurück, und ich trat meinen Militärdienst an.

5 *Claude als Soldat*

CLAUDE AN MURIEL UND ANNE.

Mayenne, 19. Dezember 1900.

Man hat mich wegen meiner Knie vom Militärdienst zurückstellen wollen, aber ich wollte nicht.

Ich befinde mich hier zwischen Normandie und Bretagne mitten unter Bauern. Ich komme mir vor wie ein Analphabet und muß versuchen, so gut es geht, meine Hände zu gebrauchen. Die ersten Wochen sind hart. Aber auch das geht vorüber. Ich bin der Längste im Regiment. Meine Treffsicherheit ist gut (allerdings nicht so gut wie die von Anne), ich halte auch den ersten Platz im 100-Meter-Lauf. Das hat mir die Erlaubnis eingebracht, an den Wochenenden in der Stadt zu übernachten. Da ich ja weiß, was für ein verwöhntes Muttersöhnchen ich bin, (da stimmt Ihr mir sicher zu) habe ich mir die undankbarsten Dreckarbeiten ausgesucht, habe den begehrten Posten eines Bürosekretärs ausgeschlagen, bin jeden Morgen auf dem Manövergelände, von wo aus ich den Sonnenaufgang erlebe. Die Handhabung von Waffen macht mir Spaß.

Die Erde ist mit Schnee bedeckt, den wir mit breiten Schaufeln im Hof zusammenschieben. Sonntags mache ich Radtouren im Schnee. Das ist der Augenblick, wo ich mit Euch plaudere. Meine Fahrradreifen gelten hier als der letzte Schrei.

15. Januar 1901.

Nebel und Morast. Ich bin zwei Tage lang in den Fluren der Kaserne umhergeirrt, vor Kälte zitternd, ehe mein Fieber den für die Aufnahme in die Krankenstation erforderlichen Grad erreicht hatte. Nun bin ich endlich da gelandet.

Hier folgt eine Geschichte für Euch.

In der ersten Nacht bin ich baß erstaunt, weil ich das Gefühl habe, mein Bett treibt allein davon. Es ist aber nur die *Kulturvereinigung Montmartre,* deren Vorstellung die Verlegung der Kranken vom großen Saal in die kleineren Säle auslöst. Es schlägt Mitternacht. Der Adjutant schläft heute in der Stadt und wird keinen Überraschungskontrollgang mehr machen. Drei Kerle aus Paris, die sich den Aufenthalt in der Krankenstation mit gefährlichen Tricks erschleichen, wobei sie ihre Körpertemperatur nach ihrem Belieben erhöhen, lassen zwischen den Fenstergitterstäben eine Schnur hinunter und ziehen den Wein gleich literweise daran hoch. Die ganz schweren Fieberfälle sind nebenan untergebracht. Alles, was sich auf den Beinen zu halten vermag oder im Bett aufrecht sitzen kann, versammelt sich im großen Saal. Dort, im Schummerlicht der mit Lampenschirmen aus Zeitungspapier versehenen Kerzen, läuft eine Vorstellung der Montmartre-Truppe ab, eine aus einer Zigarrenkiste gebastelte Gitarre untermalt das Ganze, bekannte und bearbeitete Chansons werden zum besten gegeben, es gibt Freches, Sentimentales und diskret Ironisches über das Kasernenleben. Die Sänger riskieren zwar Arrest, nicht aber die Strafkolonie.

Die drei Helden fordern die Anwesenden auf, den Refrain leise nachzusingen. Man sammelt für Wein. Wer kein Geld hat, darf trotzdem mittrinken, die drei Pariser kommen umsonst davon, das ländliche Publikum dagegen erweist sich als ehrlich. Die Anzahl der ausgeschenk-Gläser wird überwacht, damit nicht irgendein Saufkopf zu krakeelen beginnt und dadurch die Wachen anlockt.

Bald konnte ich auch an diesen Abenden teilnehmen. Die drei Künstler waren auf ihre Art Missionare.

Ich blieb zehn Tage da. Ihr seid mir ständig durch den Kopf geschwirrt. Ich sah Muriel hier drinnen als Krankenschwester, wie sie hier lächelnd Ordnung macht, und Anne spielte Geige neben dem Gitarristen.

2. April 1901.

Ich habe einen Monat im Hospital und dann, während meiner Genesung, noch sechs Wochen bei Claire verbracht. Mein Studierzimmer kommt mir nach der Kaserne vor wie das Paradies, und ich finde rasch wieder zu Kräften. Angespornt von Claire und meinem Hausarzt beschließe ich, einen alten Traum Wirklichkeit werden zu lassen und reise für eine Woche nach Spanien, um den Prado zu besichtigen.

CLAUDES TAGEBUCH.

PILAR.

Mai 1901.

(Das Folgende gehört, für den Augenblick noch, zu meinen intimen Aufzeichnungen, wird euch aber eines Tages mitgeteilt werden, da es keine Geheimnisse voreinander geben soll. Ich bereue nichts davon. Es ist gekommen, wie es kommen mußte. Und doch ist es, in bezug auf euch, ein Geständnis.)

Auf dem Weg nach Madrid.

Ein spanischer Zug, mit beinah acht Stunden Verspätung, was für hiesige Verhältnisse normal ist. Ich sitze in einem gänzlich leeren Abteil zweiter Klasse und langweile mich zu Tode. In den Abteilen dritter Klasse geht's anscheinend ziemlich lebhaft zu, so daß ich dahin übersiedle. Meine Mitreisenden reden pausenlos auf mich ein, ich erfahre alle ihre häuslichen Angelegenheiten. Sie bieten mir immer wieder einen Schluck Wein aus der Flasche an oder Zigaretten, eine nach der anderen, so schnell hintereinander, daß ich mich fragen muß, ob sie mich nicht etwa auf den Arm nehmen wollen. Aber nein.

BURGOS. Schnurstracks zur Kathedrale. Draußen Sonnenschein, innen Dunkel. Kein Gestühl. Ich stolpere über einen Gläubigen, der auf dem Boden ausgestreckt daliegt. Eine gleißende Kapelle, ich gehe darauf zu. Die geweihten Kerzen funkeln, ein Priester liest die Messe, zwei Mönche à la Zurbaran knieen auf dem Boden. In der Nachbarkapelle, die ganz dunkel ist, ertönt kurze Militärmusik, die mir ans Gemüt geht und sich im Kuppelgewölbe bricht.

In der ersten Reihe der Gläubigen, auf Knieen wie jene, eine ganz junge Frau, schamhaft, glutvoll, die sich mit hörbaren Mea-Culpa-Schlägen die Brust traktiert. Das muß doch weh tun! Sie trägt einfachen und wilden Schmuck.

Ich lasse sie nicht aus den Augen. Während des Gottesdienstes, der nun folgt, schaut sie mich einmal an. Die Kapelle leert sich. Sie bleibt, in Anbetung versunken, als letzte zurück. Die Kerzen verlöschen nacheinander.

Sie erhebt sich und kommt leichten Schrittes wieder ins Halbdunkel des Kirchenschiffs zurück. Ich folge ihr, pralle gegen ein Gitter, verliere sie aus den Augen, verlaufe mich, taste mich auf das Ewige Licht am Ausgang zu. Ich hätte sie gerne auf der Straße gehen sehen. Aber sie muß schon weit fort sein.

Doch da taucht sie plötzlich aus dem Halbdunkel auf

und geht auf den Weihwasserkessel zu, ich tauche meinen Finger hinein und reiche ihr das Weihwasser hin, sie nimmt es an, und wir bekreuzigen uns.

Ich öffne ihr den mit einem Gegengewicht versehenen Türflügel, sie tritt hindurch, ich hinter ihr her. Zwei Schritte weiter vermute ich eine weitere Tür. Wir sind für einen Augenblick allein in diesem Holzkasten. Unsere Finger, die einander am Weihwasser berührt hatten, treffen erneut aufeinander.

»Sprechen Sie spanisch?« fragt ohne Hast eine Stimme.

»Einigermaßen«, sage ich, schlagartig froh, daß ich es gelernt hatte.

»Folgen Sie mir von ferne, bis ich mich nach Ihnen umdrehe. Wollen Sie?«

»Ja.«

Sie tritt behend ins Freie. Mit zwanzig Schritt Abstand folge ich ihr, ohne daß es auffällt. Sie trägt eine Mantille, einen hohen Steckkamm und einen Fächer. Mehrere Männer grüßen sie ehrerbietig. Etliche Frauen winken ihr zu. Sie geht zügig und in sauberen kleinen Rucken wie ein Hahn. Ich werde ihre Augen bei Tageslicht sehen. Sie hält mich im Schlepptau bis zu einem kleinen öffentlichen Park, an dessen Eingang es sehr lebhaft zugeht. Ihre Gangart verlangsamt sich. Auf einmal dreht sie sich um und setzt sich leicht und gerade auf eine steinerne Bank.

Ich bleibe zwei Schritte vor ihr stehen. Sie gibt mir ein Zeichen, ich solle mich setzen.

Ich betrachte sie...

»Genug!« bedeutet sie mit der Hand... »Wie heißen Sie?«

»Claude.«

Sie wiederholt meinen Namen dreimal mit Hingabe.

»Und ich heiße Pilar.«

»Pilar... Pilar... Pilar«, sage ich ebenfalls mit Hingabe.

»Na und?« fragt sie und hebt die Brauen.

Mit den Fingerspitzen nehme ich ihre mit Weihwasser benetzten Finger.

Sie überläßt sie mir. Ich küsse sie. Unsere Augen halten Zwiesprache. In meinen ist nichts Böses. Es ist klar: sie mag mich leiden. Das ganze Mittelmeer schwillt an in mir.

»Ich wohne bei meiner Mutter«, sagt sie. »Aber ich habe eine Freundin, die mir ihre Wohnung überlassen wird. Folgen Sie mir noch einmal.«

Der zweite beglückende Spaziergang beginnt. Pilar biegt in einen schmalen Spalt zwischen zwei Häuserblocks ein, steigt Stufen hinunter, wieder hinauf, öffnet eine eiserne Tür, durchquert ein Gärtchen, geht unter einem Haus hindurch, biegt rechtwinklig ab, klettert eine Treppe hoch, gelangt auf eine Terrasse und betritt schließlich ein weißes Zimmer mit Steinplattenboden, mit einer Christusfigur aus schwarzem Holz, roten Blumen, einem Bett mit zwei großen Kopfkissen nebeneinander und groben frischen Laken.

Pilar drückt mir einen kleinen Kuß auf die Lippen. Das Undenkbare wird wahr: ihre leichten Kleider flattern zu Boden, meine hinterher. Wir sind im Bett.

»Es ist das erste Mal«, sage ich.

»Ist das denn die Möglichkeit?« sagt sie und lacht vor Vergnügen.

»Bis zu meinem elften Lebensjahr habe ich geglaubt, es sei der Diskretion der Bildhauer zuzuschreiben, daß die weiblichen Statuen in den Parks nicht ein winzig kleines männliches Geschlechtsteil vorn dran haben. Später, im Atelier, habe ich dann nackte weibliche Modelle gesehen, und da habe ich mich fast wehmütig an meine imaginären Frauen erinnert.«

»Und ich?« sagt Pilar.

»Sie sind genau richtig.«

»Erzählen Sie mir noch etwas«, sagt Pilar und gibt mir erste Unterweisungen...

Ich, der ich mich leicht ekle und zudem mißtrauisch bin, habe unverhohlenen Respekt vor dieser bernsteinfarbenen Hohepriesterin. Ich fühle mich wachsen in ihren Armen wie ein junger Stamm und zum Manne reifen. Ich empfinde Erstaunen und Erkenntlichkeit.

Plötzlich schlägt sie mir mit ihren zarten Handflächen ins Gesicht, stößt mich von sich weg und hält mich auf Distanz, und guckt dabei aus sehr schwarzen Augen. Sie atmet heftig.

Die Gesichter von Muriel und Anne tauchen vor mir auf, neugierig fragend. Sind sie von der gleichen Art? Wären sie solcher Selbstentäußerung fähig, wenn sie sich eines Tages verlieben würden. Sie sind Teil eines anderen Planeten, auf den ich bald zurückkehren werde, von wo aus das, was ich jetzt sehe, nicht zu sehen ist.

»Claude«, sagt Pilar bei Einbruch der Dunkelheit zu mir, und ißt dabei ein gerolltes kaltes Omelett, »wie lange bleiben Sie in Burgos?«

»Bis morgen früh«, sage ich, da es mir eben einfällt.

»Würden Sie gern länger hierbleiben?«

»Ja.«

»Warum also reisen Sie ab?«

»Ich bin Soldat (Carmen fällt mir ein). Ich fahre erst nach Madrid, dann zurück nach Paris, und mein Geld reicht genau dafür.«

»Hören Sie«, sagt sie nach einem Schweigen, »was das Geld betrifft, so habe ich selbst auch keines. Aber ich habe eine Idee. Sie sind nicht so wie alle anderen jungen Männer hier. Sie sind eine Sehenswürdigkeit für die hiesigen Mädchen. Ich habe eine junge Freundin, die ein schönes Haus besitzt und sich sehr für junge Männer interessiert. Ich könnte Sie heute abend mit ihr zusammenbringen, und wenn Ihr euch mögt, wird sie uns beide einladen, eine Zeitlang bei ihr zu wohnen.«

Ich habe Lust, wegen Pilar dazubleiben, allein ihretwegen. Ihre Freundin aber stellt eine Komplikation dar. Gleichzeitig rückt dieser Vorschlag Pilar in ein anderes Licht. Ich mag sie deswegen jedoch nicht weniger leiden. Doch all mein nordländisches Empfinden ballt sich in mir zusammen und sträubt sich dagegen. Ich habe eine schwerwiegende Vorahnung bezüglich Muriel und Anne.

Pilar verfolgt das alles in meinen Augen.

»Nun«, sagt sie, »wenn Sie fortmüssen, ist es besser, Sie tun es gleich.«

Und sie springt aus dem Bett.

Sie zieht sich wieder an, räumt schnell das Spielzeug weg, das mir so gefällt. Sie schaut mir zu, wie ich mich weniger rasch ankleide als sie. Sie macht das Kreuzzeichen vor dem hölzernen Christus. Ich nehme die Medaille von meinem Uhrgehänge ab und strecke sie ihr hin. Sie nimmt sie und zuckt eine Achsel.

Sie hat ihre Fassung wiedererlangt und führt mich, immer noch auf Distanz, zur Mündung der schmalen Gasse. Sie blickt nach rechts und nach links. Niemand da. Sie winkt mich heran. Ich trete zu ihr heran. Sie fährt mir mit der Hand durch das Haar und schubst mich auf den freien Platz hinaus.

Ich bin sehr einsam. Ich finde schließlich ein Hotel. Plötzlich fahre ich hoch, ich habe weder Zunamen noch Adresse von Pilar! Ich werde sie nie wieder sehen. Ich hätte ihr gern schreiben mögen.

Ich bin verwirrt durch unser zufälliges Zusammentreffen am Weihwasserkessel. Aber nichts kann es mir vergällen, wie auch immer es gewesen ist.

(Vielleicht werde ich auch die folgenden Notizen über meinen Aufenthalt in Madrid Muriel und Anne zeigen:)

Madrid, Ende Mai 1901.

Ich wohne in einem Hotel an der Puerta del Sol. Bei Tisch komme ich mit einem Kaufmann ins Gespräch; er ist etwa vierzig, hat dunkle Lippen, trägt einen weißen Leinenanzug und eine goldene Uhrkette. Im Verlauf des Gesprächs empfiehlt mir der Mann, jung zu heiraten, und schwafelt mir endlos von seiner jungen Frau vor, die sein ganzes Leben verzaubert hat und von der er mir ein allerliebstes Bild zeigt. Sie sei mehr wert als er, versichert er. Er lädt mich ein, sie beide zu besuchen, wenn ich durch ihre Provinz komme.

Am Abend treibt er seine Vertraulichkeit noch weiter: alljährlich unternimmt er eine mehrere Wochen dauernde Geschäftsreise in die großen Städte Spaniens, aber seine Frau nimmt er dabei nicht mit, weil er sich ihr dann nicht genug widmen kann. Doch da die Frauen etwas dermaßen Kostbares sind und die Zeit, die man nicht mit ihnen verbringt, sozusagen verloren ist, hat er es sich folgendermaßen zurechtgelegt: er schickt an die großen Hotels jeweils ein Telegramm mit einem Losungswort, welches bedeutet, daß er in seinem Bett eine erstklassige Frau vorzufinden wünscht. So kann er also in diesem kurzen Erdenleben ununterbrochen dem weiblichen Geschlecht huldigen und Vergleiche anstellen, die ihm seine eigene Frau bei seiner Rückkehr nur noch begehrenswerter machen.

»Und was wäre«, werfe ich ein, »wenn Ihre Frau eines Tages zufällig dahinterkäme?«

»Das hätte gleich zwei Dramen zur Folge«, sagt er, ohne sich näher zu erklären. »Aber es ist ganz unmöglich.«

»Und, gesetzt, Ihre Frau würde plötzlich für ihr Leben die gleichen Prinzipien geltend machen?«

Ich hatte den Eindruck, mein Gegenüber sei drauf und dran, mich mit seinem Dessertmesser zu erstechen. Dies geschah gottlob nicht, ich hatte immerhin mit einer Ohrfeige gerechnet. Doch auch diese kam nicht. Er verwand mit Mühe seine Indigniertheit und bewahrte nur einen Hauch Traurigkeit davon, wie nach einem begangenen Verrat.

»Sie sind sehr jung, und Sie sind Franzose, nur deshalb haben Sie so etwas sagen können, ohne mich beleidigen zu wollen. Sie haben ja keine blasse Ahnung, wie eine vollkommene spanische Ehe aussieht. Ich bete meine Frau an, alles andere zählt überhaupt nicht, und das, was Sie da eben vorgeschlagen haben, ist überhaupt nicht denkbar.«

»Bravo«, sage ich.

Der Mann wurde wieder herzlich, und seine Aufrichtigkeit trat zutage.

Am nächsten Morgen läßt er beiläufig dem »jungen Franzosen« gegenüber, dem er ganz entschieden eine Kostprobe von den Spanierinnen zukommen lassen will, fallen, wieviel ein Bett garni und die Sorte Frauen, die man darin vorfindet, für eine Nacht kosten kann, wenn die Herrin des Hauses ihrer Kundschaft und ihren Freundinnen gegenüber erklärt, daß sie Sie kennt und daß Sie ein Mann von gepflegten Umgangsformen sind, was ja, wie er sagt, auf uns beide zutrifft. Selbstverständlich hat sie auch noch mittelmäßige Frauen für häßliche oder geizige Kunden.

Die Summe war nicht übermäßig, aber ich dachte nur an Pilar.

Nach dem Abendessen führt mich der Geschäftsmann, ohne weitere Vorankündigung in ein sehr gepflegtes Bordell, wo er eine Runde Portwein auffahren läßt. Die Frauen waren nicht mehr die jüngsten, aber sie hatten dieses gewisse spanische Etwas...

»Die jungen Damen wissen sich schon selber zu helfen«, sagt der Mäzen.

Eine geschmeidige junge Frau tanzte nackt. Zwei Ausländer schoben sich Porzellanaschenbecher in die Taschen.

»An einem Ort wie diesem glauben sie sich alles erlauben zu dürfen«, fuhr der Geschäftsmann fort, der sich dessen ungeachtet in einem derartigen Anekdotenschwall erging, daß ich mich unbemerkt davonmachen konnte.

Ich ging allein zu Fuß zu meinem Hotel zurück. Die Straßen waren menschenleer.

Zwei Männer kamen mit einigen Schritten Abstand auf mich zu. Der erste, jung und geschmeidig, hatte die Jacke über der Schulter hängen und taumelte ein bißchen. Auf meiner Höhe angelangt, richtet er sich plötzlich auf, macht einen Ausfall, und bringt mir mit seinen ausgestreckten Fingern einen Stoß in den Unterleib bei. Der Schmerz ist so stechend, daß ich nicht einmal schreien kann. Ich glaube, ich falle um, lehne mich gegen eine Hauswand, deute eine Bewegung zu meiner Revolvertasche an.

»Arschloch, du hast ihn nicht richtig erwischt!« zischt der Zweite. Und sie schauen, ob ich nun umfalle oder nicht, wie bei einem Stier nach dem Degenstoß. Sie haben gar keinen Haß. Sie wollen nur meine Brieftasche. Es muß auch hierbei so etwas wie ein Reglement geben, denn bei meinem Zustand könnten sie sich doch ohne Risiko auf mich stürzen.

Sie entfernen sich ohne Hast. Ich kriege langsam wieder Luft, kann meinen Revolver ziehen, aber ich habe nicht die Kraft, den Abzug zu drücken. Und außerdem würde das zuviel Lärm machen, und sie sind schon viel zu weit weg. Mit kleinen Schritten gehe ich zum Hotel zurück.

Der Portier behauptet, solche Vorfälle seien an der Tagesordnung, man muß eben Obacht geben, die Polizei kann dagegen gar nichts ausrichten.

Ich habe noch Schmerzen an der Stelle, wo man mir hineingeschlagen hat. Besagte Stelle spielt im Leben der Spanier eine große Rolle.

Ich werde Euch brieflich über das Prado-Museum berichten.

CLAUDE AN MURIEL UND ANNE.

Le Mans, Juni 1901.

Das Kasernenleben hat wieder angefangen und auch die schöne Jahreszeit. Man hat mich zum Reserveoffizier ernannt, und außerdem habe ich mich freiwillig... zum Glöcknerdienst in der Kathedrale gemeldet. Sonntags steige ich mit drei Kameraden über die ins Mauerwerk eingelassenen Balken in die eichene Glockenstube, wo die große Baßglocke hängt, wir hängen uns an die Zugschlaufen, machen uns erst schwer, dann wieder leicht, und versetzen schließlich das bronzene Ungetüm in Schwung, worauf es zu brüllen beginnt. Ich öffne den Mund, um den Schall zu schlucken und denke an Notre-Dame zurück, an damals mit Muriel.

6. August 1901.

Ich bin zum Kapitän der Fahrradmannschaft ernannt worden, eine vollkommen neue Einrichtung hier, bestehend aus elf Fahrrädern mit Vollgummireifen. Um zugelassen zu werden, muß man sechzig Kilometer in sechs Stunden fahren. Meine Schwestern, auf euren luftgefüllten Reifen wärt ihr unsere Vorreiter – und würdet auch unter freiem Himmel nächtigen.

Unser Trupp hatte sich in den Kellergewölben eines Bauernhofs, wo wir auch Mittagsrast hielten, auf die Lauer gelegt und auf eine Distanz von zwanzig Metern durch die Kellerlöcher mit Platzpatronen auf den Oberst und seinen Regimentsstab gefeuert, der gerade auf der breiten Straße vorbeimarschierte.

Wir wurden gefangengenommen und durch den Oberst, den wir eigentlich für tot halten mußten, mit Sanktionen bedroht.

19. September 1901.

In der Stadt gibt es sechs »Bordelle«. Zwei davon stehen bei den Soldaten in hohem Ansehen: das ärmlichste und das luxuriöseste. Schon seit langem habe ich mir vorgenommen, dort einen Besuch abzustatten, um euch davon erzählen zu können, da ihr mich ja danach gefragt habt.

Ich läute und öffne im Schein einer roten Laterne die Tür des ersteren. Starker Weingeruch, Soldaten, die ihre Ellbogen auf schmierige Tische aufstützen, verbrauchte Mädchen, schlecht frisiert, durchgelegene Matratzen, weiß gekalkte Wände, gut dekoriert von einem unbekannten Säufer, der dabei ganze Batterien von Weinflaschen konsumiert haben muß. Ich habe es nicht über mich gebracht, mich ins Gespräch zu mischen, ich bin gegangen.

Das zweite wird von Unteroffizieren, Beamten und Städtern frequentiert. Die Tür wird immer sofort verschlossen, wenn einer hereinkommt oder hinausgeht, zur Wahrung seines Incognitos.

Alles ist blitzblank, die Kunden sind zur Diskretion angehalten. Es herrscht Freizeitstimmung. Niemand wird zum Trinken genötigt. Ich habe vorab verkündet: »Ich komme nur zum Plaudern.«

Eine Juliette, oder wie sie sich nannte, kam freundlich auf mich zu und sagte: »Wie Sie belieben, ich sage es *Madame*.«

Madame kommt, eine rundliche Kleinbürgerin, brünett, mit wachem Blick. Sie will sichergehen, daß ich in jedem Fall den Tarif zahle und läßt sich dann von mir zusammen mit Juliette auf einen Anislikör einladen.

Es läutet. Ein Kunde, der sich nicht zeigt, verlangt nach Juliette, *Madame* will ein anderes Mädchen rufen. Ich sage zu ihr: »Ich plaudere viel lieber mit Ihnen.« Sie lächelt und setzt sich wieder.

»Wie gepflegt es hier ist!«

»Ich gebe mir auch alle Mühe. Ich bin sehr froh, daß Sie das sagen.«

Madame ordnet drei Rosen auf dem Tisch zu einem hübschen Gesteck. Sie sagt, ich solle nur reden. Ich stelle ihr also ein paar Fragen, und schon kommt sie in Fahrt. Sie betrachtet sich als ein Rädchen im Getriebe des Gemeinwesens, mit dem gleichen Recht wie ein Bürgermeister und der Oberst das tun, bei denen sie auch schon zu Besuch war.

»Mein Haus trägt zum öffentlichen Wohl und zum häuslichen Frieden bei, den die Ledigen nur stören würden. Bei mir gibt es weder Krankheiten noch Skandale.«

Sie stellt einen bescheidenen Vergleich zwischen ihrem und einem der großen Pariser Häuser an.

Sie ist eine Frau mit Standesbewußtsein.

MURIEL AN CLAUDE.

Insel, 12. August 1901.

Ich habe Ihren Brief in der Hängematte gelesen. Ich habe richtig Angst gekriegt. Wenn ich Ihnen sage: *ich habe Angst,* fragen Sie mich immer: wovor? – Nun, es hat damit zu tun, daß ich mir unter dem Wort *Angst* auf französisch nichts Rechtes vorstellen kann.

Sie beunruhigen mich, wenn Sie sagen, wie Sie meine Briefe lesen. *Das sollen Sie nicht tun.* Nach außen hin lächle ich vielleicht, innerlich aber bin ich peinlich berührt.

Ich bin froh, daß Sie den Sprung ins kalte Wasser gewagt haben. Aber sagen Sie jetzt nicht, ich hätte Ihnen dabei geholfen. Das darf man auf keinen Fall merken!

Diese spiritistischen Sitzungen in der Stadt, an denen Sie ohne innere Überzeugung teilnehmen, sind die nicht doch etwas anstrengend? Wenn ja, gehen Sie schonend mit sich um. Ihre Mutter macht sich Sorgen.

Gern würde ich bei den Donnerstagsgesprächsrunden zwischen Ihnen und Ihren Kameraden zuhören, und die Spiele miterleben, die darauf folgen.

Glauben Sie übrigens an die Reinkarnation? – Sobald Sie hier sind, werde ich Ihnen den *Pierre Bezuchov* aus ›Krieg und Frieden‹ vorführen. Immer wenn ich ihn treffe, schaue ich ihn an. Er weiß aber nicht, daß ich weiß, daß er es ist.

London, 14. August 1901.

Ich glaube, für jede Frau ist ein Mann erschaffen worden, der ihr Gatte ist. Es kann mehrere Männer geben, mit denen sie ein geruhsames, nützliches und sogar angenehmes Leben führen könnte. Aber nur einer von ihnen ist der ideale Gatte für sie.

Er mag sterben, er mag ihr nie begegnen, er mag sogar

mit einer anderen verheiratet sein. Dann allerdings täte diese Frau besser daran, überhaupt nicht zu heiraten.

Auch für jeden Mann gibt es die eine und einzige Frau, die nur für ihn geschaffen, die seine Frau ist. Anne und ich, wir denken so von Kindesbeinen an.

Was mich betrifft, so werde ich wohl nicht heiraten, weil ich eine große Aufgabe vor mir sehe, die ich besser im Alleingang bewältige, aber wenn Gott mich *meinem* Mann begegnen läßt, dann werde ich ihn heiraten.

21. August.

Ich habe Ihnen Bücher geschickt. Ich hatte nicht begriffen, daß Ihre Mutter etwas dagegen hat. Sie hat sie einfach abgefangen! Sie schreibt mir, daß Sie sich immer dermaßen überanstrengen und daß Sie außerdem während des großen Herbstmanövers weder etwas schreiben noch Geschriebenes empfangen dürfen.

6 *Claude in London*

CLAUDE AN ANNE.

5. Oktober 1901.

Mein Militärdienst ist zu Ende. Ich kann es kaum erwarten, euch beide wiederzusehen. In zehn Tagen bin ich in London.

ANNE AN CLAUDE *(in London)*.

Insel, 15. Oktober 1901.

Bravo, daß Sie geradewegs hierhergefahren sind! Jedoch werden wir uns nicht gleich sehen können. Wir sind nämlich gerade dabei, das Haus auf der Insel zu renovieren. Das wird etwa einen Monat dauern. Ein Freund von uns, Mister Dale, ein Bankier, dessen Sohn mit mir in Paris Bildhauerei studiert hat, lädt Sie in sein Haus ein. – Muriel wird Ihnen nicht schreiben. Sie betätigt sich als Maurer. – Erzählen Sie von sich.

CLAUDE AN ANNE.

5. November 1901.

Mister Dale ist klein, rundlich und energisch. Er spielt Pianola. Sein Haus ist schön. Er ist der Ansicht, daß das britische Empire das Römische Imperium zumindest aufwiegt, und daß man erst dann von seinen Rechten reden darf, wenn man seine Pflichten erfüllt hat.

Er leiht mir seinen Punchingball und läßt mich auch an sein Rudertrainingsgerät, das in seinem privaten Badezimmer steht, sowie an das Pianola. Er erklärt mir die Funktionsweise seines eleganten Stadtbüros, er nimmt mich mit ins Unterhaus. Dort spaziere ich, begeistert von dieser auf Wirksamkeit bedachten Atmosphäre, mit großen Schritten und mit den Händen auf dem Rücken in der Vorhalle auf und ab. Ein Polizist mit Rangabzeichen an den Ärmeln sagt zu mir: »Seien Sie nicht so unruhig.« – Ich antworte ihm: »Ja danke.«

Die Herrenclubs verblüffen mich, dort pflegt man in erster Linie die nachdenkliche Betrachtung. Ich bewundere die Stegreifredner im Hyde Park, wie sie auf eine Kiste steigen und ihre Wahrheiten verkündigen.

Mr. Dale erklärt mir: »Ich kann keinen höheren Dienstrang mehr erreichen. Mein Vorstellungsvermögen reicht auch nicht darüber hinaus. Ich bin sozusagen ein fertiger Mann.«

»Also: ein Mann, der sein Leistungsvermögen voll ausgeschöpft hat und der sich darüber gelassen freuen kann.«

»Eine Steigerung des Leistungsvermögens ist jederzeit denkbar, und gelassen genießen ist nicht englische Art.«

Am Familientisch ist das Gespräch auf euch beide gekommen. Ich habe gesagt, daß ihr mich auf England neugierig gemacht habt, und was ich überhaupt so von euch denke.

»Aber hier sind die doch nichts Außergewöhnliches«, sagt Mr. Dale, »ich kenne in London genug junge Mädchen, die ihnen gleichkommen. (Ihr sagt ja auch das gleiche, meine Schwestern.) Was sehen Sie denn Besonderes in ihnen?«

»Aufrichtigkeit, Bescheidenheit, den Wunsch zu

dienen, Energie, Humor, Persönlichkeit, Kultiviertheit.«

»Meinetwegen. Das alles ist englisch!«

»Und die französischen Mädchen?« fragt Madame Dale.

»Ah«, sage ich, »ich kenne da einige höchst bemerkenswerte, aber im Augenblick sehe ich mich anderswo um.«

»Einer meiner jungen Kollegen«, sagt Mr. Dale, »hat gerade eine Französin geheiratet, ein *Beau* meiner Tochter Caroline ist Spanier. Anfangs war ich nicht sonderlich begeistert, aber schließlich ist das ihre Sache.«

Caroline, die Älteste, lächelt und wird rot.

»Würden Sie eine Engländerin heiraten?« fragt sie mich.

»Gewiß, obwohl ich noch nicht reif genug bin, um daran zu denken.«

»Sind Sie also ein Verfechter der Völkervermischung?«

»Ja, wenn sie es aus ihrem Instinkt heraus tun.«

»Es mag hingehen«, sagt Mr. Dale, »daß einige Männer unter den Denkern und Künstlern sich vom Instinkt leiten lassen, eine ausreichende Grundlage ist er jedoch nicht.«

»Ihre Mutter«, sagt Madame Dale, »betrachte ich als meine Freundin. Sie hat beinahe englische Denkungsart. Wie würden Sie sie einordnen?«

»Ich ordne sie gar nicht ein, ich bin ein Teil von ihr. Als ich noch ein Kind war, wollte ich sie heiraten.«

»Für einen Franzosen ist er gar nicht übel«, sagt die kleine Schwester von Caroline, und allgemeines Gelächter bricht los.

ANNE AN CLAUDE.

Insel, 20. November.

Muriel ist ebenso wie ich der Meinung, daß die Gastfreundschaft bei den Dales nicht mehr allzulange strapaziert werden sollte. Unser Freund, Mister Mitchell, der in der Nähe des Sees wohnt, hält ein Zimmer in seinem Haus für Sie bereit. Rufen Sie ihn an.

Unsere Arbeiten schreiten gut voran, Sie werden das Ergebnis bald zu Gesicht bekommen.

CLAUDE AN ANNE.

Britisches Museum, 22. November.

Mr. Mitchell hat mir eben einen Strauß Parmaveilchen auf den Tisch gestellt. Ich fühle mich hier weniger verwöhnt als bei den Dales, aber mehr im Londoner Fahrwasser, und ich lerne ohne fremde Hilfe darin zu schwimmen.

Ich habe mit Mr. Mitchell einen Spaziergang ins Grüne gemacht. Er liebt die Boote seiner Schiffahrtsgesellschaft, als wären sie seine Kinder. Es ist ihm gelungen, zwischen Fahrgästen und Mannschaft ein herzliches Gemeinschaftsgefühl zu stiften, an Stelle der üblichen Gleichgültigkeit oder gar Feindseligkeit von ehemals. Er hat eine Engelsgeduld. Er sät Eintracht. Er hat ein mildes und lustiges Feuer in den Augen und in der Stimme. Er setzt sich für seine Ideen ein, nicht für sich selbst. Er hält viel von Ihnen und Muriel.

30. November.

Hier also mein London:

Ich arbeite täglich in der Bibliothek des Britischen Museums. Ich verehre diese majestätische Kuppel, die

Geräumigkeit der geflochtenen Lehnsessel und die wuchtigen Tische, die Opulenz der Kataloge und die Einfachheit der Formalitäten. Ich vergesse dabei jedoch nicht meine heißgeliebte Mazarin-Bibliothek! Ich mache meine Dauerläufe vor den Göttern des Parthenon und den ägyptischen Löwenjagdszenen.

In der Fabian Society habe ich Bernard Shaw gesehen mit seinem sarkastischen Lächeln. Ich bin wie geplättet von der Gedankenschnelle und Zungenfertigkeit der Redner. Von ihren wechselseitigen ironischen Florettstichen.

Ich kann nicht mit mehr als einem Engländer auf einmal reden. Sind sie zu zweit, geben sie sich gegenseitig Schützenhilfe und nehmen mich einfach nicht ernst. Im Durchschnitt gesehen, finde ich, sind sie Dauerdiskutierer, respektlos, ohne Sensibilität und Imagination. Dennoch lese ich die *Sentimentale Reise* von Sterne ein zweites Mal.

Ich liebe diese Omnibusse, die dermaßen mit Reklameaufschriften überdeckt sind, daß ich nur mit Mühe und Not herausfinde, wo sie hinfahren. »Das ist nicht praktisch«, sage ich, aber Mr. Mitchell erklärt mir, daß das superpraktisch ist, zumal die Fahrgäste damit zurechtkommen und es obendrein die Kauffreude der Leute anregt, was wiederum dem Busunternehmen nützt.

Auf dem oberen Deck der Busse sitzend, das Spritzleder umgeschnallt, das einen bis zu den Hüften vor Regen schützt und mit einem Regenschirm für den Rest, fahre ich bis zu den weit entfernten Endstationen der Buslinien, zwischen den langen Spalieren der gleich aussehenden Vorstadthäuschen hindurch, von denen ein jedes ein Home darstellt, ohne Fröhlichkeit nach außen hin zwar, aber ganz auf sich selbst gestellt.

Je dichter der Nebel, desto zufriedener bin ich. Ich trage einen Nebelschutz vor dem Mund.

4. Dezember.

Nur ein einziges Mal im Inneren des Busses.

Er wird immer voller. Man sitzt sehr beengt. Ich habe einen Sitzplatz. Dicht vor mir steht eine junge Frau, den behandschuhten Arm hochgereckt, hält sie sich an einer Eisenstange fest. Ich biete ihr meinen Sitzplatz an. Sie lehnt mit einer harschen Kopfbewegung ab.

Sie erweckt den Eindruck eines perfekten Insekts, von hoher Vollendung. Sie ist brünett, schlank, anziehend. Ich präge mir ihr englisches Münzprofil ein. Ich schaue sie mir wohl etwas zu sehr aus der Nähe an. Sie runzelt die Stirn und wendet sich ab. Sie fragt den Kontrolleur etwas. Ihre Kolibristimme geht mir durch Mark und Bein. Wie behandelt sie wohl ihren Ehemann?

Ich fahre in aller Herrgottsfrühe mit dem Dreigroschentubus (so heißt hier die Metro), den ich toll finde.

Mein Waggon wird von etwa zwanzig Soldaten in Khakiuniform heimgesucht; sie tragen Gewehre, Rucksäcke, Tornister mit Gerätschaften und Decken: eine kleine Quartierverlegung.

Da steigt hinten der Chef ein, ein großer, in die schicke Uniform gezwängter Sergeant, ein schöner Mann, er erteilt klare knappe Befehle, er hat die Hände frei.

Hinter ihm springt durch die Tür, die sich sogleich schließt, auf nackten rosigen Füßen, lächelnd eine strahlende Tochter aus dem Volke herein, blond, um die zwanzig. Seine Frau zweifellos, da sie sein Gewehr trägt und seinen schweren ledernen Tornister.

Sie hat ein graues einfaches Kleid an, das durch sie etwas Nobles erhält. Sie ist die Inkarnation der englischen Rasse.

Ich taufe sie *Albion*. Ich meine nicht das der Karikaturen, sondern ein neu erstandenes Albion.

Die Soldaten reden mit ihr als respektvollen Kameraden. Lebt sie mit ihrem Mann in der Kaserne? Womit vertreibt sie sich die Zeit? Bei diesem Teint kann sie nicht gut etwas anderes als Milch trinken.

Sie ist wie ein junger Rassehund, der sein Herrchen, den Sergeant, bei jeder sich bietenden Gelegenheit anhimmelt, und wenn sich keine bietet, erfindet er eben eine. Ihre Pupillen erinnern an eine Hundenase.

Über der Schulter trägt sie – einen nach vorn, einen nach hinten – die mit den Senkeln zusammengebundenen, nagelneuen braunen Schnürstiefel. Sind sie ihr vielleicht zu klein? Hat sie nicht die Zeit gehabt, sie anzuziehen?

Ihre Füße vor der Bank sehen aus wie Erdbeeren auf Stroh.

Keinem scheinen sie aufzufallen.

Eine Frau neben ihr stellt einen Korb voll Karotten ab.

Darf man denn vor sieben Uhr früh mit der U-Bahn Frischgemüse und nackte Füße befördern?

Ich kann mich gar nicht sattsehen an ihnen, hin- und hergerissen, wie ich bin, zwischen ihren beiden langschmalen, kraftvollen Händen, die das Gewehr halten: das wäre *die* Plakatidee für die Aushebung der Wehrpflichtigen.

Der kleine Trupp steigt aus dem Waggon. Auf ein Zeichen ihres Gebieters hin bückt sich Albion, ergreift einen weiteren Stapel Decken, den sie mit Genugtuung auf der Schulter balanciert mit dem bedächtigen Gehabe des Athleten, der sich alle Zeit dieser Welt für seine Übung nimmt.

Sie hat den Mann gefunden, den sie braucht, obwohl er ein schauderhaftes Cockney spricht.

In White Chapel habe ich eine Universitätsstiftung besucht, sie liegt im Armenviertel. Ich werde dort wohnen, wenn man mich aufnimmt.

ANNE AN CLAUDE.

Insel, 5. Dezember 1901.

Unsere Arbeiten sind beendet, die ganze Familie ist erschöpft. Wir ruhen uns eine Woche lang aus. Ihr Zimmer wird am Sonntag fertig.

7 *Die Insel*

CLAUDES TAGEBUCH.

London, 10. Dezember 1901.

Ich bin mit dem Fahrrad über die kleine Brücke gefahren und so auf die Insel gekommen, dabei konnte ich ein überraschtes *Ah!* nicht unterdrücken. Ich läute am Portalvorbau, Anne kommt lächelnd öffnen. Endlich habe ich sie wieder. Ich hänge meinen Mantel auf, und sie führt mich in den Salon. Mrs. Brown heißt mich willkommen. Muriel ist nicht da.

Wir plaudern angeregt. Ich erzähle noch nicht von meinen Londoner Eindrücken, ich möchte auf Muriel warten. Ist sie gerade auf Reisen?

Mrs. Brown beruhigt mich: »Muriel erledigt zweifellos noch schnell etwas Wichtiges im Garten. Wir werden sie gleich sehen!« Und sie fragt mich über meinen Militärdienst aus. Sie steht genau vor dem großen Fenster, dem ich den Rücken zukehre, sie sieht draußen etwas, das sich offenbar bewegt, und sie lächelt, ich weiß nicht warum.

Eine halbe Stunde später taucht plötzlich Muriel in Gärtnerkluft auf, sie ist von blühender Hautfarbe, trägt aber einen Ausdruck der Zurückhaltung im Gesicht. Weshalb?

Anne zeigt mir ihre Skulpturen, die immer besser werden. Sie erzählt mir, daß Muriel kleinen Kindern und den Mädchen des Dorfes Unterricht gibt, daß sie das auch sehr ernst nimmt und sich wie gewöhnlich überanstrengt.

Man geht früh zu Bett. Im Laufe des Abends legt sich

Nebel über den kleinen Fluß. Ich schlafe schlecht, weil ich an Muriel denken muß. Gegen Mitternacht schaue ich durch mein Fenster auf die Insel hinaus. Kommt einem beinahe vor wie der Wassergraben um das Haus Usher bei Poe, wo man nichts von dem Vergangenen für die Zukunft bewahrte. Hier jedoch ist es genau umgekehrt, und kein Gebäudetrakt wird je einstürzen. Der große Mond leuchtet herab. Ich schlüpfe in meinen Mantel, gehe aus dem Haus und bis zum äußersten Punkt der Insel vor. Dort, neben der Sonnenuhr, mit den Ellbogen auf den runden Steintisch aufgestützt, in einen hellen Morgenmantel gehüllt, die Fäuste unterm Kinn, finde ich... Muriel vor.

Sie lächelt, als erwachte sie eben.

»Ich habe mit Ihnen geplaudert«, sagt sie.

Und plötzlich ist sie wie früher. Welche dunkle Wolke hat sich da gelichtet?

Wir entdecken, daß Claire in ihrer Sorge um unsere Gesundheit etwas zu weit gegangen ist. Sie hat unsere Briefe und Bücher abgefangen. Jawohl, Muriel hatte durchaus ihre Augen strapaziert, jawohl, ich habe einen Monat im Spital zugebracht, so weit alles in Ordnung, aber Claire hat kein offenes Spiel getrieben. Und beide hatten wir voneinander geglaubt, unser Interesse füreinander habe nachgelassen.

»Von jetzt an«, sage ich, »zählen nur mehr unsere Worte.«

»Und wir werden einander alles sogleich sagen, das Schlimme wie das Gute.«

Wir reden noch bis spät in die Nacht hinein, und erzählen das tags darauf Anne, deren Züge sich erhellen.

Unser Trio legt wieder auf gewohnte Weise los.

Die beiden Mädchen zeigen mir die Wassermühle, die

umliegenden Wäldchen, das Vieh, den alten Pächter und seine Familie.

Von jeweils Samstag mittag bis Montag mittag wird die Insel meine Belohnung für die ganze Woche.

Wir statten dem Schweinestall einen Besuch ab. Zwölf Ferkel, ganz rosig, weil frisch geduscht, spazieren in einem Höfchen umher, das durch eine niedrige Mauer von einem anderen kleinen, leerstehenden Hof abgetrennt ist.

»Hat Ihre Uhr auch einen Sekundenzeiger?« fragt Muriel.

»Ja, hier.«

»Wollen wir einen Wettkampf zu dritt machen? Ja? Gut. Es geht darum, diese zwölf Schweinchen mit unseren Händen von diesem Koben in den anderen zu bringen, ohne daß sie einen Laut von sich geben. Wenn sie nur ein bißchen grunzen, macht das nichts. Der Schnellste gewinnt.«

Anne und ich sind einverstanden.

»Fang du an, Muriel«, sagt Anne, wobei sie meine Uhr zur Hand nimmt, »und zeig, was du kannst. Achtung! Eins – zwei – drei! Los!«

Muriel bückt sich, packt ein kleines Schwein mit Haut und Haar, drückt es an sich, rennt los und setzt es behutsam auf der anderen Seite der Mauer ab. Das geht gar nicht so leicht. Sie sind rundlich, gedrungen, glatt und strampeln obendrein. Manche protestieren, indem sie die Augen verdrehen. Das letzte will davonlaufen. Keines quiekt.

Anne gibt die Uhr an Muriel weiter, diese gibt ihr das Startzeichen. Anne drückt das kleine Tier mit ihren Vorderarmen fest an sich und hastet zur Mauer, beugt sich vor und läßt es von etwas weiter oben als Muriel hinab. Ein Schwein entschlüpft ihr, es quiekt, als sie es noch einmal anfaßt. Sie unterläßt es, das Tier an sich zu pressen, sie strengt sich mehr an als Muriel. Wie ihre Gesten doch grundverschieden sind!

Nun bin ich an der Reihe. Die von diesem Sport in Aufruhr versetzten, oder besser gesagt, von meinen langen Gliedmaßen erschreckten Schweinchen stieben auseinander. Ich laufe hinterher. Sie schreien ein wenig und ich mit ihnen.

Muriel gewinnt mit einem Vorsprung von dreißig Sekunden gegenüber Anne und einem von zwei Minuten mir gegenüber.

»Das ist keine gleichberechtigte Partie gewesen«, sagt Muriel. »Erstens kennen wir einander persönlich, die Ferkel und ich. Zudem sind sie mit jedem Mal unruhiger geworden, und schließlich hätten wir als Ausgleich ein paar zusätzliche Schwierigkeitsgrade für uns Dorfansässige einbauen sollen...« Sie sieht mich an, und wir lachen.

Der folgende Wettbewerb bestand darin, das alte Räderwerk der Wassermühle in Gang zu setzen, indem man zu einem vorgegebenen Zeitpunkt kurz und schnell an einer Kette zu ziehen hatte. Ich gewann den Trostpreis.

Diese beiden Tage sind die reinste Erholung. Mrs. Brown wundert sich über unsere kindischen Spiele.

An einem Montagmorgen gehe ich zeitig in der Frühe in den Salon hinunter, um einen Notizblock zu holen. Dort treffe ich Anne an, wie sie gerade mit gerunzelter Stirn die chinesischen Nippsachen aus Jade, Bronze und Bambus abstaubt, die auf den Möbeln und auf dem Kaminsims stehen. Es gibt eine ganze Menge davon. Sie sehen alle sauber aus. Ich setze mich und beginne zu schreiben. Eine Viertelstunde später ist sie fertig.

»Anne«, sage ich, »das sind einfach zu viele! Wie wär's, wenn Sie die weniger schönen in eine Schublade und die schönsten Stücke in eine Vitrine stellen würden? Sind Sie denn so versessen auf diese ewige Putzerei?«

»Sie berühren da einen heiklen Punkt.« Diese Statuetten hat mein Vater seinerzeit aus China mitgebracht, etwa zehn davon sind schön. Mutter mag sie alle. Sie will nicht, daß das Dienstmädchen Hand an sie legt. Sie ist auch der Ansicht, daß die Pflege des Haushalts ein junges Mädchen zu formen vermag, daher reinige ich die Sachen zweimal die Woche. Muriel nimmt sich der Blumenbeete an, die das Haus umgeben. Das spielt sich wenigstens im Freien ab. Aber es ist anstrengend, denn es gibt auch da jede Menge davon. Wir haben Mutter schon vorgeschlagen, das alles etwas zu reduzieren. Sie hat darüber nachgedacht, dabei sind ihr die Tränen über die Wangen gerollt. Ich habe sie umarmt und meine Bitte zurückgezogen. Aber ich bin immer noch wütend gegen mich selbst, daß ich mich damit abgebe, anstatt mit meiner Bildhauerei.«

»Und Muriel?«

»Sie hat besser widerstanden. Sie hat gesagt, man muß sich entweder für die Vergangenheit oder für die Gegenwart entscheiden. Da Mutter das geradezu als Revolte auffaßte, hat sie beschlossen, sich das selbst noch einmal zu überlegen und bis Weihnachten zuzuwarten, ehe sie das Thema wieder auf den Tisch bringt.«

»Aber das hört sich ja an wie ein kleines Drama?«

»Ja, und ich bin froh, daß Sie es nun auch kennen.«

Am darauffolgendem Montag sagt Anne mit einem etwas verlegenen Gesichtsausdruck zu mir, daß ihre Mutter mich zu sprechen wünscht. Mrs. Brown ist allein in ihrem Salon.

»Monsieur Claude«, sagt sie, »ich möchte Ihnen gern zwei Dinge sagen. Nehmen Sie Platz. – Fürs erste: ich empfinde Freundschaft und große Bewunderung für Ihre

Mutter, für ihren ganzen Charakter, und dafür, daß sie, die ihren Mann in noch jüngeren Jahren verloren hat als ich, dennoch nicht wieder geheiratet hat, obwohl sie weiß Gott mehrfach Gelegenheit gehabt hätte.

Nun zum zweiten: mir ist in unserem kleinen Dorf etwas von einem romantischen kleinen Spaziergang im Nebel zu Ohren gekommen, an der Spitze der Insel, mitten in der Nacht. Zum Glück glaubt man, daß Ihr zu dritt wart.

Anne, die ich danach gefragt habe, hat mir gesagt, daß sie nicht dabei war. Das Dienstmädchen muß die Treppe knarren gehört und euch im Nebel spazierengehen gesehen haben. Sie hat geglaubt, ihr seid zu dritt gewesen, weil ihr meistens alle drei zusammen seid. Dieser nächtliche Spaziergang ist mir persönlich egal, weil ich meiner Tochter vertraue, und weil Sie ein Gentleman sind. Aber in bezug auf unser Dorf ist mir das nicht egal. Meine zwei Töchter haben immer schon etwas fortschrittlichere Ideen gehabt, die weder meine beiden Söhne noch ich teilen, und die noch stärker geworden sind, seit sie Ihre Bekanntschaft gemacht haben. Sie haben sie mir dargelegt, und trotz meiner Bemühungen kann ich sie nicht gutheißen. Sie haben zu einer derart freizügigen Art des Umgangs mit Ihnen geführt, daß dieser mittlerweile den Hauptgesprächsgegenstand unserer Vettern und Freunde darstellt.

Hier betreten wir das Feld des Praktischen: ein junges Mädchen darf sich nicht ins Gerede bringen, sein Ruf leidet darunter. Ich habe Anne fragen müssen, wie weit sie mit Ihnen gekommen ist, ob es jemals Andeutungen bezüglich einer Zuneigung oder irgendwelcher ernster Absichten gegeben hat. Sie hat verneint, und ich glaube ihr. Ich habe sie das gleiche über Muriel gefragt, und sie hat genauso geantwortet, aber sie hat dabei etwas gezögert. Ich habe stärker nachgebohrt, und schließlich hat sie gesagt: ›Ich glaube, Muriel und Monsieur Claude werden bald ein Gefühl füreinander entdecken, oder sie haben es vielleicht schon entdeckt, aber sie wissen es wohl noch nicht.‹

Ich habe Anne gesagt, daß man sowas zu meiner Zeit wußte, und daß man die nun einmal aufgestachelte öffentliche Meinung zu beruhigen habe. Ich bitte fortan um weniger sichtbare Sympathiebezeugungen unter euch dreien und einen größeren Abstand zwischen Ihren bislang wöchentlichen Besuchen, so angenehm sie uns auch sind.«

Ich war wie vom Donner gerührt.

»Ich möchte Ihnen auch noch ausdrücklich sagen«, fuhr Mrs. Brown fort, »daß – wenn Annes Voraussage sich bewahrheiten und ein stärkeres Gefühl zwischen Muriel und Ihnen aufkeimen sollte, und ihr beiden geruht, dies auch zu merken, ich nichts gegen Ihre Person habe, wenngleich ich meine Zweifel an den glücklichen Aussichten einer internationalen Ehe hege.«

Sie gab mir einen Wink mit dem Kopf. Ich verbeugte mich und ging hinaus.

In der Verwirrung, die dieser Sermon in mir anrichtet, herrscht ein einziger Gedanke vor: es ist nicht ausgeschlossen, daß mich Muriel eines Tages liebt.

Die Liebe, die Liebe. Die Hunde sind los und rasen in meinem Herzen. Ich bin besessen vom Traum, Muriel könnte mich lieben, ich bin unglücklich, sie sonntags nicht sehen zu dürfen. Ein Ziel entsteht in mir: Muriel. Ich schmelze wie Schnee in der Sonne. Anne hat mich vom ersten Tag an Muriel zugedacht. Dafür muß es einen Grund geben. Das steht nicht mehr außer Frage, wie ich bislang gedacht hatte.

Muriels hohe Stirn, ihre strengen Brauen, ihre Gelöstheit, wenn sie lächelt, das alles wühlt mich auf. Jeder neue Tag kommt einer Etappe gleich. Ich stelle mir Muriel verheiratet vor, mit einem Kind, in unserem eigenen Heim. Dieses Bild nimmt mich ganz gefangen. – Meine Bücher? Sie treten ganz von selbst in den Hintergrund, weil sie uns nichts Unmittelbares zu geben vermöchten.

Mr. Dale hat mir von einem englischen Unternehmen erzählt, das einen Franzosen sucht, der die französische Korrespondenz übernehmen könnte und auch einige Ideen zur Gestaltung der Werbung für das französische Ausland mitbrächte. Ich werde mich dort vorstellen.

Ich entscheide mich für London als neuen Wohnsitz, Muriels Heimatstadt. Ich könnte dort im Handumdrehen unseren Lebensunterhalt verdienen. Mir ist, als hätte ich bereits Muriel und unsere Kinder.

Ich habe sie seit Wales geliebt, und seither trete ich auf der Stelle. Ich habe nie zu träumen gewagt, daß sie mich liebt. Daher mein Zögern. Mrs. Brown öffnet mir, ohne es zu wollen, eine Bresche: ich werfe mich hinein. Ich stürze auf Muriel zu. Ich wage das Äußerste.

Seit fünf Tagen tue ich nichts anderes, als ihr zu schreiben. Ich habe schon vier Briefe verfaßt, die ich nicht abschicke. In jedem traue ich mich etwas weiter. Ich erkläre ihr alles. Ich halte um ihre Hand an.

Meinen Brief habe ich erst am achten Tag losgeschickt. Ich habe ihn einen Augenblick lang im Briefkastenschlitz schweben lassen, ehe ich ihn fallen ließ. Wenn er nicht einschlägt, ist alles nicht wieder gutzumachen. Ich lasse ihn fallen.

Mr. Mitchell hat mich begleitet.

Zweiter Teil Muriel sagt nein

8 *Harte Bandagen*

MURIEL AN CLAUDE.

Insel, 24. Januar 1902.

Ihr Brief ist gräßlich.
Sie kennen mich nicht.
Ich liebe Sie als Schwester, und auch das nicht immer.
Zerstreuen Sie Ihre romantischen Hirngespinste.
Ich liebe nur ganz wenige Menschen. Ich bin hart.
Anne und meine Brüder langen mir vollauf.

MURIEL AN ANNE.

25. Januar.

Anne, Anne, es ist schrecklich. Hilf uns, wenn du kannst, aber das kann ja sowieso niemand. Daß ich Claude eines Tages lieben würde, ist mir immer als möglich erschienen, und ich habe mit diesem Gedanken gespielt. Aber daß er mich liebt, diese Möglichkeit habe ich nie bedacht.

MURIEL AN CLAUDE.

28. Januar.

Ihr Brief von gestern.

Ich liebe Sie, aber Liebe ist es nicht.

Ich habe mich von meiner Phantasie treiben lassen, in Paris wie auch hier, da ich sicher war, daß Sie mich nicht lieben. Ich habe mit dem Gedanken gespielt, daß ich Sie vielleicht liebe.

Vor Mutter und vor Gott: ich empfinde keine Liebe für Sie.

Mutter hat mit mir gesprochen. Sie befürchtet, daß ich Sie liebe, und Sie mich nicht lieben. Ich habe ihr gesagt: »Ich liebe Claude nicht, und wenn ich ihn liebte, könntest du ja doch nichts dazu tun.«

Sie hat gesagt: »Da es noch an der Zeit ist, haltet ein. Hört auf, einander zu sehen.«

Einen Augenblick lang habe ich gedacht, daß sie so unrecht nicht hat, *sowas* kann schließlich jedem passieren. Dann aber habe ich mir gesagt: »Es wäre traurig, ihn nicht mehr zu sehen. Ich gehe lieber das Risiko ein, weil ich es allein trage.«

Ihr grandioser Brief wirft alles über den Haufen.

Sie müssen wieder gesunden.

Sie können anderen von Nutzen sein, ich bin Ihnen ja doch nur im Wege.

Ich schreibe Ihnen entweder nie mehr oder täglich, ganz wie Sie wollen.

Ich werde nicht an Sie denken, damit Sie nicht an mich denken müssen.

Ich hatte das Verlangen, Sie zu sehen... bevor ich diesen Brief in Händen hatte. Jetzt fürchte ich mich vor Ihnen.

Ich fühlte mich sehr wohl mit Ihnen.

Ich liebe Sie mehr, wenn Sie abwesend sind, als anwesend.

Ich lese Ihren Brief noch einmal. Ich offenbare mich Ihnen, aber ich kenne mich schlecht.

Ich soll einen in Liebe entflammten Mann lieben? Das kann ich mir nicht im Traum vorstellen. Mit einem Mann zu leben, könnte ich nicht ertragen. Ich halte Mutter ja schon nicht aus.

Ich kann mir höchstens vorstellen, einen anderen als Sie zu lieben.

Klingt das brutal? Es wird Sie heilen.

Sagen Sie sich immer wieder: »Sie liebt mich nicht. Ich liebe sie nicht. Wir sind Bruder und Schwester.«

Verlassen Sie sich auf mich, aber lieben tue ich Sie nicht.

Ich habe Sie wie einen x-beliebigen Mann behandelt, aber so, als sei ich selbst ein Mann.

Bewahren Sie keinen Funken Hoffnung.

Ich habe Ihnen weh getan, indem ich Ihren Fehlgriff zugelassen habe. Ich werde Ihnen alles offenbaren, was Sie betreffend in mir vorgeht. Ich schicke Ihnen ein paar Seiten des Tagebuchs, das ich letztes Jahr in Paris geschrieben habe.[1]

1. Februar 1902.

Nun fangen Sie endlich an, mich kennenzulernen. Bin ich gut im Wunden zufügen? Bin ich ein kleines zauberhaftes Mädchen?

Ich gehorche Ihnen: ich habe Ihnen geschrieben, wie es meiner Natur geziemt.

Danke, daß Sie mir sagen, ich gehe brutal vor: das erleichtert mich geradezu.

Sie meinen, Sie sollten England verlassen? Die räumliche Distanz bedeutet dabei gar nichts, weder für mich, noch für Sie.

Ist Ihnen das alles zu aufreibend? Na ja, schön!

Ich habe kein Herz: das ist der Grund, weshalb ich Sie nicht liebe und nie jemanden lieben werde.

[1] Siehe Seite 28.

Ihre Liebe zu mir kann ich mir nicht einmal *vorstellen,* nicht einmal jetzt, wo ich Ihren Brief zum vierten Mal gelesen habe.

Ich beginne zu verstehen: man hat Sie gezwungen, vor der Zeit zu reden. Daher wohl ihr langer Brief.

Mutter, aufgestört durch die Reaktionen in unserem kleinen Dorf, hat mit ihrer gutgemeinten Grausamkeit Ihre Liebes-Erklärung geradezu herausgefordert.

Hätte mich das Ihnen näherbringen sollen? Sie brauchen keine Angst zu haben, daß ich Ihnen das zum Vorwurf mache.

Lassen Sie uns lieber unser Gleichgewicht wiederfinden. Sehen wir einander. Das alles ist nur ein böser Traum. Leiden Sie nicht. Nur weil ich zur Großen Liebe nicht fähig bin, habe ich Sie wie einen Bruder behandelt.

Wenn man ein Kind zu früh von der Brust der Mutter reißt, läßt Gott alle beide sterben. Genau das hat man mit uns beiden gemacht.

Soll ich Mutter vielleicht sagen, was für ein Leid sie uns zugefügt hat? Vollkommen sinnlos, nicht wahr?

Mit mir oder ohne mich, Sie werden Ihren Lebensweg finden. Die Welt braucht Leute wie Sie.

MURIEL AN ANNE.

1. Februar 1902.

Mutter hat zu mir gesagt: »Wenn eine Frau liebt, ohne sogleich zu heiraten, vergeudet sie ihr Leben. Ob du es weißt oder nicht, deine nervösen Anfälle und Depressionen kommen von Claude.«

Ich habe darauf geantwortet: »Ich liebe ihn nicht. Er hat mir immer nur Gutes getan. Lassen Sie uns in Ruhe.«

Mutter glaubt mir nicht und errät es auch prompt jedesmal, wenn ich ihm schreibe.

Und wenn sie recht hätte?

Zum ersten Mal stelle ich mir diese Frage.

Aber nein! Ich verdränge sie!

Gewiß, schwören kann ich nicht, daß ich ihn nicht vielleicht doch eines Tages lieben werde. Aber vielleicht liebe ich einen anderen. Ich habe ihm das gerade gesagt. Es ist grausam und ich hasse mich dafür.

Es ist schon vorgekommen, daß ich mir den Spaß gemacht habe, allein im Wald zu rufen: »Claude, ich mag dich!« – Und am selben Abend habe ich dann im Gebet auf Knieen beteuert: »Mein Gott, ich liebe ihn nicht.«

Ich werde nicht viel leiden. Er hingegen ja. Was tun? – Alles was ich habe, gehört ihm, nur das nicht, was er von mir verlangt. – Verfüge über mich in allem, was ihn betrifft. Schreib ihm, ehe du mir schreibst.

ANNE AN CLAUDE.

1. Februar 1902.

Armer Claude. Ich komme Sie in London besuchen, wenn Sie wollen. Egal was, wie gering auch immer, ich werde es tun. Meine fixe Idee ist schuld an diesem Übel. Wie habe ich es wagen können, meinen kleinen Finger in diese Angelegenheit hineinzuhalten?

Muriel hat recht: niemand kann Ihnen helfen. Aber ich glaube nicht alles, was sie behauptet. Machen Sie sich keine falschen Hoffnungen, aber sie hat ein schlechtes Urteilsvermögen über ihre Gefühle. Tatsachen beweisen es mir.

An Ihrer Stelle würde ich nicht versuchen, mir meine Liebe aus dem Herzen zu reißen, aus Angst davor, Muriel könnte sich nicht ändern und Sie könnten nicht mehr imstande sein, sich ihr anzupassen. Ich glaube fest, daß Muriel Sie lieben wird.

Anbei ihr Brief. Sie erlaubt es.

Je öfter Sie sie sehen, desto besser.

CLAUDES TAGEBUCH.

2. Februar 1902.

Ich verkrieche mich in mich wie eine Schnecke, die mit ihren Fühlern irgendwo dagegenstößt. Das Schoß, das ich mir in Spanien gebaut habe, liegt seit zwei Wochen in Trümmern.

Stein für Stein trage ich meine Liebe ab, und wenn schon nicht sie selbst, so zumindest ihre Form. Ich bewundere Muriels Briefe. Ich weiß ihr meinen Dank für ihre Unbestechlichkeit. Ich revoltiere gegen das kleine Dorf. Muriel wird sich ihren Ruf wieder herzustellen wissen. Ich gewinne meine Unabhängigkeit wieder. Was mir bleibt, sind zwei Schwestern.

Muriel hat recht, wenn sie mich nicht liebt. Sie zwingt mich dazu, mich zu bessern. Ich schlage mir die Kinder, von denen ich geträumt habe, aus dem Kopf. Ich denke vielmehr an die Bücher, die ich schreiben werde, falls ich keinen ernsthaften Knacks davontrage.

3. Februar 1902.

Muriel schreibt mir, sie schlägt mir ein Treffen vor, auf einem der zwei großen Bahnhöfe, auf denen man, wenn man nach London will, ankommt. Ich sehe im Wochenfahrplan nach und merke, daß sie sich geirrt hat. Ich werde sie auf dem anderen Bahnhof erwarten.

Sie kommt nicht an! Ich kaufe den Tagesfahrplan. Der

Zug fährt seit heute morgen nach einem anderen Plan! Ich bin verzweifelt.

Muriel ist eigens gekommen, um mich zu sehen, den ganzen Tag vielleicht, und trifft mich nicht an! Wo mag sie sein, in diesem riesigen London? Was macht sie wohl? Ich habe an ihren Sinn für Präzision gezweifelt, wo er doch noch größer ist als meiner.

Mechanisch gehe ich auf die National Gallery zu, wo wir uns einst die in Lebensgröße gemalte Königin von Holbein ansehen wollten. Ich mache mir Vorwürfe. Ich setze mich auf dem Absatz der steinernen Treppe nieder, wo die Tauben picken.

Wer kommt da die Treppe herauf, den Blick niedergeschlagen, die Mundwinkel herabgezogen? – Eine Vision? Ein Geschenk des Himmels? – Es ist Muriel wie sie leibt und lebt! – Ich springe auf sie zu. Sie blickt auf, sieht mich aufmerksam an. Ich mache ein Gesicht, daß sie laut auflachen muß.

Sie will nicht über uns sprechen. Wir schlendern quer durch die schöne Galerie, wir sehen uns die Gemälde von Turner an, das letzte kartoffelbraune Portrait von Rembrandt. Unsere Muße von ehedem kehrt wieder.

Sie schlägt mir einen Spaziergang im Park vor und fragt mich über mein Leben an der Volksuniversität aus, wo ich wohne und arbeite.

Ich erzähle ihr von den beiden Wohnheimen, dem einen komfortablen, wo die ehemaligen Studenten von Oxford und Cambridge wohnen, und vom anderen bescheidenen, in dem Lehrer und Angestellte hausen, ein Milieu, das ich nicht kenne und das ich deshalb gewählt habe. Meine Französischlektionen gebe ich jedem, der sie haben will, egal ob einer Mitglied der Toynbee Hall ist oder nicht, entweder Gruppenunterricht oder einzeln für die, die es besonders eilig haben. Das ist schnell geregelt.

»Was verlangen Sie für die Einzelstunde?« fragt sie.

»Gar nichts, es ist mein persönlicher Beitrag.«

Muriel errötet vor Vergnügen. »Erzählen Sie noch mehr«, sagt sie.

Ich schildere ihr die *smoking debates,* die Herrengesprächsrunden abends im großen Saal, wo jeder, der mag, mit seiner Pfeife hineingeht, das Wort ergreifen und ungewöhnliche Fragen stellen darf. Mein Englisch wird dort nachsichtig akzeptiert, das Cockney allerdings verstehe ich nicht. Bei der Diskussion gelten die gleichen Regeln wie im Unterhaus! Die betrunkenen Redner, bisweilen sehr geistreiche, sind für überzeugende Argumente empfänglich, nicht aber für Autorität. Frauen sind keine da.

Muriel amüsiert sich, sie bittet mich, mein Tagebuch für sie zu schreiben.

»Andererseits wieder«, sage ich, »veranstaltet Toynbee Hall am nächsten Sonntag ein Festessen für hundert Arme, Frauen und Männer. Ich bin Kellner. Wir brauchen Leute in der Küche, die beim Sandwichmachen helfen.«

Muriel meldet sich sofort mit einer Postkarte an.

Wir essen in einem einfachen Restaurant. Ich habe noch nie so gute Eier mit Schinken gegessen. Ich betrachte die Dotter, deren Goldfarbe Muriels Haar gleicht, die Farben spielen lustig zusammen und bleiben in meinem Gedächtnis als Signal dieses Tages haften.

Ich empfinde ihre Anwesenheit als sehr natürlich.

CLAUDE AN MURIEL.

3. Februar. Nachts.

Am selben Abend noch hat in meinem Haus eine Boxtrainingsrunde stattgefunden.

Ein reichhaltiges Dinner war in fertigen Tellerportionen auf einer großen Tafel angerichtet, jeder nahm sich, was er wollte, schrieb es auf einen Zettel und warf diesen unterschrieben in einen Kasten. Wir bringen sehr preiswerte Mahlzeiten zustande, aber auch wirkliche Dinners.

Die Tische sind zurückgeschoben, ein Ring mit Kreide auf den Fußboden gezeichnet.

Ein muskelbepackter Angelsachse, rot und weiß, hat mir zugeredet, mich im Boxen zu versuchen, einem angelsächsischen Monopolsport. Er kann mich mit einem Schlag k.o. schlagen, aber er hat versprochen, mich schonend zu behandeln.

Wir ziehen unsere Hemden aus, die Handschuhe an, dann betreten wir den Ring. Eine Gruppe Neugieriger bildet sich, die alle einen Franzosen boxen sehen wollen. Die Runden werden aus Rücksicht auf mich Anfänger auf zwei Minuten festgesetzt.

Ich arbeite mich in die Mitte des Ringes vor, ich habe Angst, frage mich, auf was ich mich hier bloß eingelassen habe. Ich verfluche meine Neugier.

»Vor allem keine Fußtritte!« ruft man mir zu. Das erinnert mich an den französischen Boxstil, den man mir beim Militär beigebracht hat. Hoffentlich fährt mir der nicht wieder in die Beine!

Meine Abwehr ist zu tief. Damit ich sie anhebe, tippt mir mein Gegner-Trainer leicht aufs Gesicht. Ich bin aber soeben nach vorne gewippt und stecke einen Schlag auf die Nase ein; es hört sich an, als sei sie zerbrochen, ich blute und schlürfe mein Blut nebenbei ein, um den Ring nicht zu bekleckern.

Dieser Schlag jedoch hat neues Leben in meine Kniegelenke gebracht. Ich tänzele und weiche dermaßen weit aus, wenn ein Schlag kommt, daß schallendes Gelächter aufbrandet. Ich merke, daß ich zwar schwächer, aber dafür schneller bin, und daß er mich nicht mit voller

Schlagkraft bearbeitet, jedenfalls nicht mit der Wucht, mit der er wohl auf seinen Sandsack einhämmert.

Er greift an, gleitet auf einem Olivenkern aus und fällt. Ich stürze mich blöderweise zu ihm auf den Boden, um ihm beim Aufstehen zu helfen. Der Ringrichter hält mich bei den Hüften zurück und sagt: »Man schlägt nicht einen Mann, der auf dem Boden liegt.«

In der darauffolgenden Runde kriege ich mehrere Schläge ab, jeweils beim Zurückweichen. Ich überlege. Ich muß etwas finden, aber was? Ich werde mir plötzlich der Länge meiner Arme bewußt. Wenn ich in dem Moment, wo *er* zuschlägt, anstatt nach hinten auszuweichen, auch zuschlage, mit einem Haken, um seiner Faust nicht zu begegnen, müßte ihn da mein längerer Arm nicht zuerst treffen? Ich probiere es in dem Augenblick aus, wo *er* auf mich losgeht.

Ich spüre einen derartigen Schlag auf der rechten Faust, daß ich glaube, sie ist zerbrochen; es ist als ob ich gegen eine Wand gehauen hätte. Gleichzeitig falle ich beinahe auf den Rücken. *Er* jedoch ist auf seinem Platz stehengeblieben. Mir fallen zwei Billardkugeln ein, die mit vollem Schwung aufeinandertreffen. Die Wucht der beiden beschleunigten Körper, die sich an einem einzigen Punkt entlädt, hat aus den zwei leichten Schlägen einen starken gemacht. Ich habe seinen Backenknochen getroffen. – Ein beifälliges Raunen geht durchs Publikum, und der Angelsachse sagt zu mir: »Gut! Das wird schon!«

Ich überlege in der Pause, wie ich das Ganze auf meine linke Faust verlegen könnte, da die rechte zu sehr schmerzt. Ein Klingelzeichen statt eines Gongs. Ich will mich erheben. Zu meiner Überraschung knicke ich vor Überanstrengung in den Knien ein und muß innehalten.

Der Ringrichter sagt: »Sie vergeuden Ihre Kraft, wenn Sie so rumtänzeln. Machen Sie sich das zunutze, was ohnehin *gegen* Ihre Natur geht. Für heute ist es genug.

Schauen Sie den anderen zu oder sehen Sie sich die Profikämpfe an, die samstags nebenan stattfinden.«

Was man alles über einen Mann lernt, wenn man mit ihm boxt! Es ist wie beim Schach.

Das also, Muriel, war die Geschichte des Abends, der auf unseren Spaziergang folgte.

CLAUDES TAGEBUCH.

5. Februar.

Das Abendessen für die armen Alten war ein voller Erfolg. Ich war glücklich, sie bei Tisch bedienen zu können und Muriel zu sehen, wie sie, eine weiße Schürze umgebunden, große Tabletts mit belegten Broten heranschaffte.

Wir gingen zusammen auf einen öffentlichen Altkleidermarkt. Das Platt, das die Händler sprachen, blieb für Muriel unverständlich!

Wir besuchen ein Altenheim, für sehr alte Ehepaare; die Heimleiterin ist eine Freundin von Muriel. Es ist gerade Besuchszeit. Wir setzen uns zu zwei Alten, die händchenhaltend auf einer Bank sitzen. Er siebenundachtzig, sie zweiundachtzig. Sie behandeln ihre fünfundsechzigjährige Tochter, die vor ihnen steht und gekommen ist, um von ihren Sorgen zu erzählen, wie ein *unbelehrbares, dummes kleines Mädchen.* Schließlich müssen sie ihre Hände loslassen, Ende der Besuchszeit; Männer und Frauen sind nämlich getrennt untergebracht, und die beiden Wohngemeinschaften sehen einander nur zu diesen Zeiten.

Die Heimleiterin erklärt ihnen, daß sie bald in ein anderes Altersheim übersiedeln würden, wo sie viel mehr zusammen sein dürften. Aber die beiden Alten können sich kaum voneinander trennen.

CLAUDE AN MURIEL.

5. Februar.

Ich unternehme mit einigen Kameraden nächtliche Erkundungsgänge durch die verrufenen Viertel. Ich habe auch das Haus gesehen, wo Jack the Ripper zugeschlagen hat! Wir sind unbewaffnet, nur bisweilen werden wir von Polizisten begleitet. Die bejahrten, geschlechtslosen Frauen mit den schmuddeligen Käppis, die in den Kneipeneingängen stehen, sehen aus wie Schicksalsgöttinnen. Schwere Schlägereien oder Totschlag kommen kaum vor, unsere Berichte befassen sich mehr mit Fällen von Trunkenheit, und mit dem Zustand und dem Dreck der Straßen.

ANNE AN CLAUDE.

5. Februar 1902.

Ich erhalte folgende Mitteilung von Muriel: »Ich bin froh, daß ich gekommen bin, Claude zu sehen. Ich ändere mich in keinem Punkt. Ich glaube, daß wir wieder *wir drei* werden.«

Claude, geteiltes Leid vertieft die Freundschaft.

Erinnern Sie sich an die Stelle aus der Bibel: »... also diente Jakob um Rahel sieben Jahre, und sie deuchten ihn, als wären's einzelne Tage, so lieb hatte er sie.«

MURIEL AN CLAUDE.

5. Februar. Morgens.

Tragen Sie das ganz kleine Buch bei sich in der Tasche und haben Sie keine Angst, daß es schmutzig wird oder Knicke bekommt.

Der Regen, der mir in den Rücken lief, hat mir keinen Schnupfen zugefügt.

Mutter hat mich gefragt, ob ich Sie liebe.

Ich habe gesagt: »*Nein*. Glaubst du mir das?«

Sie hat mit dem Kopf *nein* geschüttelt. Ich habe geweint.

Wann werde ich ihr sagen können, *auch an Ihrer Stelle,* daß wir Bruder und Schwester sind?

5. Februar. Mittags.

Sie können sich nicht schlagartig wieder erholen. Sie haben sich mir gegenüber *wie ein Mann* benommen. Ich habe Ihnen nichts zu verzeihen.

Tilgen Sie mich als Ideal aus Ihrem Kopf. Betrachten Sie mich nur als Schwester.

Ich habe gesagt: »Ich werde Sie niemals lieben.« – Ich habe mich geirrt: Man weiß ja nicht, was auf einen zukommt. Ich denke dabei an Natascha und Pierre Bezuchov in *Krieg und Frieden.*

Gegenwärtig liebe ich Sie nicht.

Stählen Sie Ihren Körper. Ich bitte Sie darum. Das hilft in jeder Beziehung.

Ich habe *Anna Karenina* zuende gelesen. Ich fange jetzt ganz geruhsam mit *Germinal* an.

5. Februar. Abends.

Soeben habe ich Ihren Brief erhalten. Ich wünsche nicht zu begreifen, *wie alles gekommen ist.* Mir liegt daran, daß Sie endlich wieder geheilt werden, daß Sie auf eigenen Füßen stehen, daß Sie Ihre Kräfte nicht an ein Trugbild verschwenden.

Ich sage nicht mehr: »Er täuscht sich, er liebt mich gar nicht.«

Ich habe gefühlt, daß Sie mich lieben.

Ich bin zu allem bereit, um Sie zu stoppen, denn:

Ich liebe Sie nicht.

Gute Nacht.

7. Februar. Morgens.

Ich schaue meine Fotografie als Dreizehnjährige an: glücklich ohne Sie.

Es gibt einen wesentlichen Unterschied zwischen Ihren und meinen Gefühlen.

Meine Briefe, die Sie erwähnen, enthalten keine Liebe, genausowenig *mein Pariser Tagebuch*[1], das ich Ihnen geschickt habe.

Sie glauben noch an das, was Mutter sagt! ... Es ist schlimmes Unkraut, das da nachwächst... Sie sind frei ... Sie bauen schon wieder auf Sand.

7. Februar. Abends.

Ich versuche alles zu vergessen, was Sie mir schreiben, mit Ausnahme des Folgenden: mich in London zu treffen, hat Ihnen wohl getan.

Ich wollte mich eben auf einen weiteren Tag mit Ihnen einrichten. Ihr Brief nimmt mir den Mut dazu.

Bringen Sie mir meinen Brief mit, der Sie dazu gebracht hat, *fast sicher* zu sein.

Wenn Sie mich wirklich kennen würden, Ihre Liebe ginge daran zugrunde.

Ihr Brief zielt darauf ab, mir weiszumachen, daß ich nicht nur geglaubt habe, Sie in Paris zu lieben, sondern daß ich Sie bisweilen noch immer liebe...

[1] Siehe Seite 28.

Das führt zu nichts.

Sie sagen: »Bleiben Sie spontan.« Wozu? Um noch mehr Mißverständnisse in die Welt zu setzen?

Nein. Legen wir lieber den Grundstein zu einer *neuen Ära*.

8. Februar.

Danke, daß Sie vernünftig sind und schlafen.

Ich widerspreche mir in meinen Briefen? – Sie sich auch.

Stellen Sie keine Vergleiche an.

Ich finde meinen Bruder in Ihrem Brief von heute morgen wieder.

Schopenhauer tötet die Liebe? – Dann lesen Sie ihn wieder neu.

Sonntag werde ich bei Dick und Martha sein. Wir werden zwei Tage miteinander verbringen.

9 *Das Vielleicht*

CLAUDE AN ANNE.

9. Februar 1902.

Ich habe von Dick und Martha eine Einladung für Samstag abend erhalten. Muriel betrachtet die beiden als das ideale Paar. Ich finde da also ein geräumiges Haus vor, in ländlichem Stil, geschmackvoll eingerichtet mit selbstgezimmerten Möbeln, Bildern von Dick, und alles voll von Bücherregalen. Martha führt mich in ein nüchternes und freundliches Zimmer. Dick ist mittlerweile ein bekannter Maler geworden, Martha eine Autorin mit einer treuen Lesergemeinde. Sie haben zwei harte Jahre hinter sich. Abwechselnd hat jeder undankbare Aufträge annehmen müssen, damit der andere nach Lust und Laune arbeiten konnte. Geld bedeutet ihnen nicht alles. Sie sind über das, was sich zwischen Ihrer Mutter, Muriel und mir abgespielt hat, auf dem laufenden.

Ich fühle mich glücklich, bei ihnen zu sein. Abendessen einfach, aber gut . Ich erzähle ihnen, wie ich nach und nach London entdecke. Sie geben mir kleine einführende Tips. Sie sind gespannt auf meine moralische Einschätzung um Muriels willen. Dick raucht eine Pfeife mit mir, er sagt, man muß ganz man selbst bleiben, man muß warten können, zuweilen auch einen Rückzieher machen und vor allem den vorgefaßten Idealen gründlich mißtrauen. Das trifft auf uns beide zu.

Am Kopfende meines Bettes finde ich einen kleinen Band von Edgar Poe vor, *Heureka,* den ich lese. Bewundernswert.

Muriel kommt am Sonntag zum Mittagessen, ohne strenge Falte zwischen den Brauen, aber funkelnd vor Bosheit. Ich bin ihr mit Martha auf dem Rad entgegengefahren. Ich habe mich von ihren Briefen überzeugen lassen und will nicht verliebt sein. Muriel hat Spaß daran, mir Martha und Dick vorzuführen und freut sich, daß wir einander gestern schon nähergekommen sind.

Der Tag war voll von Gesprächen zu zweit, zu dritt, zu viert, wie es sich gerade ergab. Dick hat auf Drängen hin seine Bilder gezeigt und er sprach auch von Ihnen, Anne.

Dick und Martha gingen spät zu Bett und ließen uns am alten Kamin zurück, in dem langsam die brennenden Scheite zerfielen. Wir schwiegen lange.

»Claude«, sagte Muriel schließlich, »ich werde versuchen, mich ganz exakt auszudrücken. Mißverständnisse entstehen ohnehin nur allzuleicht, daher wäge ich meine Worte ab. Als Sie mir diese Frage stellten, die mir einfach sinnlos vorkam, habe ich geantwortet: ›Nein. Niemals!‹

Kann es sein, daß dieses *niemals* jetzt so schwer auf Ihrem Herzen lastet...? Nun gut, ich muß Sie wohl auf dem laufenden halten, meinen Sie nicht...? Die Sicherheit dieses *niemals* in mir ist geschwunden, *mehr will ich dazu nicht sagen.*«

Ihr die Hand hinstrecken? Ich hatte verdammt Lust dazu. Aber nein, man muß warten können, vielleicht sogar einen Rückzieher machen, wie Dick rät. Wir fuhren also fort, langsam zu atmen und in die Glut zu starren.

Das ist es, was ich Ihnen als erstes sagen wollte, Anne. Am nächsten Morgen haben wir allein einen langen Spaziergang im Schnee unternommen, ohne über uns zu reden.

Sie schreiben mir, Ihre Mutter hat fast allen Nippes in

einem Schrank verstaut, Muriel hat ihre Kopfschmerzen nicht mehr und findet, ich arbeite gut in London.

Danke, Anne.

CLAUDES TAGEBUCH.

10 Februar 1902.

Wir saßen alle drei an einem kleinen Tisch im Café-Restaurant des Britischen Museums.

»Wir würden Sie gern über einige Dinge ausfragen«, sagte Muriel, »über die…« Irgendwas schnürte ihr die Kehle ab.

»Über die Prostituierten«, artikulierte präzise Anne, wobei sie ihren Stuhl an meinen heranschob.

»Ist dies ein reglementiertes öffentliches Gewerbe in Frankreich?« fragte Muriel und rückt ebenfalls mit ihrem Stuhl näher.

Ich erzählte von den registrierten Mädchen, den ständigen ärztlichen Untersuchungen… Muriel erschrak… von den beiden Häusern, die ich besucht habe, von meiner Unterhaltung mit der Puffmutter.

»So ist diese Frau«, sagte Muriel, »also überzeugt, daß sie eine nützliche Funktion innehat?«

»Selbstverständlich«, antwortete ich.

»Das ist ja kaum zu glauben«, sagte Muriel… »also ist sie gar nicht zu verurteilen.«

»Könnten Sie«, sagte Anne, »uns eines Tages in Frankreich in ein solches Haus mitnehmen? Wir möchten das alles gern mit eigenen Augen sehen.«

»Wann immer Sie wollen«, sagte ich.

»Und wie«, fragte Muriel, »steht es damit bei uns in England?«

»Darüber weiß ich zu wenig. Das Thema ist hier nur schwer anzuschneiden. Nach dem Wenigen, das ich bei meinen nächtlichen Streifzügen gesehen habe, ist die Prostitution viel versteckter, sie wird schärfer verfolgt und ist viel aggressiver als auf dem Kontinent, wo man alle Abstufungen von der ehrbaren Hausfrau bis zur professionellen Hure antrifft. Hier, ein Artikel aus einer sozialistischen englischen Zeitschrift, den ich für Sie ausgeschnitten habe.«

Ich krame in meiner Brieftasche und reiche Muriel den Artikel hinüber. Sie liest ihn mit leiser Stimme: »Jedesmal wenn ein nennenswerter Preisanstieg bei der Kohle, beim Öl, beim Tee zu verzeichnen ist, dann trifft es die bescheidenen Haushaltsgelder der Arbeiterfamilien, dann sind es die jungen folgsamen Mädchen, die von ihren Eltern auf den Londoner Strich geschickt werden.«

Sie gibt mir den Artikel zurück. Ich fahre fort: »Ich habe in London noch nie einen so offenen Kundenfang erlebt wie in Paris. Trotzdem habe ich vor einem Monat, hundert Schritt von hier, ein junges Mädchen getroffen; es hat mir Anlaß gegeben, diesen Artikel auszuschneiden, und ich werde Euch jetzt davon erzählen.«

»Es war Mitternacht. Die Erde mit Schnee bedeckt. Ich ging gerade am großen Portal des Britischen Museums vorüber. Unter der riesigen Gaslaterne gewahre ich eine schmale reglose Silhouette. Ich trete näher. Sie rührt sich nicht. Ich sehe sie an. Achtzehn Jahre? ... Eine Erscheinung. Die *Lenore* von Edgar Poe. Die *Hoffnung* von Watts, eine Jungfrau für den Minotaurus. Einfach, ganz in schwarz, gepflegt, neue Handschuhe aus gewöhnlichem Stoff. Große dunkle Augen, ein Schleier, es ist – plötzlich kommt es mir so vor – die kleine Schwester der Frau im Omnibus. Wir sind allein. Sie tut sich Zwang an und macht einen Schritt auf mich zu, bleibt stehen, scheint zu taumeln. Ich mache vier Schritte, biete ihr meinen Arm an. Sie nimmt ihn schamhaft. Und mit Mühe und Not, auf dem Schnee ständig ausrutschend, gehen wir an der Mauer des Britischen Museums entlang.

›Sie sehen sehr müde aus‹, sage ich zu ihr. ›Was kann ich für Sie tun?‹

Schweigen, darauf mit einer heiseren Stimme, die mich innerlich aufreibt:

›*Nichts. Danke.*‹

›Wohin wollen Sie gehen?‹

Ein langes Schweigen, dann:

›*Wohin Sie wollen.*‹

›Wo wohnen Sie? Wo sind Ihre Eltern?‹

Keine Antwort.

Die Gaslaternen gleiten an uns vorbei, ich habe noch nie ein so englisches Mädchen gesehen. Sie redet. Ihre Stimme wird klarer, aber ihr Cockney ist so, daß ich es nicht verstehe. Ich leide darunter. Wir nehmen die zweite Mauerfront des Museums in Angriff.

Soll ich sie zu mir nehmen, um mich etwas mit ihr zu unterhalten? – Sie würde von meiner Hausbesitzerin an die Luft gesetzt werden. In ein Café...? Um diese Zeit ist keines offen. Ich kenne da nur einen Pub in zwei Kilometer Entfernung, doch weit und breit ist keine Pferdedroschke zu sehen. Und das wäre eine Unverfrorenheit ihr gegenüber... Wird uns der Polizist da unten an der Ecke anquatschen...? Nein, er tut es nicht. Das junge Mädchen schrickt leicht zusammen, als wir an ihm vorübergehen. Ihre Mutter wird ihr wohl gesagt haben, daß man sich vor diesen Burschen in acht nehmen muß... Ihn bitten, mir ihr Cockney zu übersetzen? Dieses Mädchen in seine Obhut geben?... Mit welchem Recht? Was weiß ich denn schon von ihr? Käme das nicht einem Verrat gleich?«

Muriel und Anne rücken noch näher an mich heran.

»Sie geht an meinem Arm, als wolle sie jeden Augenblick straucheln. Ich fühle mich ihr gegenüber im Unrecht. Ich habe Angst vor ihr. Ich habe das Verlangen, ihretwegen um Hilfe zu schreien. Ich möchte das Wenige, das sie spricht, so gern verstehen. Ein Dach über den Kopf müßte her, mehr Zeit, ein heißes Getränk für sie. – Die Halle dieses anständigen Hotels? – Wir haben kein Gepäck, keine Papiere. Der Portier würde uns glatt wegschicken. Als das unschuldige Paar, das wir sind, vermitteln wir dennoch den Anschein des Lasters. – Sie zu Mister Dale bringen? – Mitten in der Nacht? Ohne etwas von ihr zu wissen? – Einfach sagen: Hier ist ein Mädchen, das der Rettung bedarf? – Sie zu meinen Schwestern auf die Insel bringen? – Ja, wenn sie daheim wären, und dann nur mit einer entsprechenden Vorbereitung. Und der Skandal! Nicht für sie, aber um sie herum.

Dieses Mädchen und seine Familie gehören zu jenen fünf Prozent, die den Kopf hinhalten müssen, damit die anderen fünfundneunzig Prozent arbeiten können... Ich bin entwaffnet, weiß überhaupt nicht mehr, was ich dazu noch sagen soll. Sie spürt es. Mein Arm wird ihren Arm verlassen. Christus hätte gewußt, was tun, selbst in London.

Wir haben den Block ganz umrundet. Hier wieder die Gaslaterne, an der wir uns vor zwanzig Minuten getroffen haben. Ich ärgere mich, *ein Aussehen zu haben,* daß mich daran hindert, dem Mädchen zu helfen. An Zweifelhaftes soll man nicht rühren. Ich reiche ihr den Arm. Der Ausdruck ihres Gesichts genügt mir: Es ist ein anständiges Mädchen, das ins Wasser gehen wird. Oder täusche ich mich da? Gäbe es in dieser Stadt eine Zufluchtstätte, wenn sie sie suchte? – Es schneit schon wieder. Unsere Tritte von vornhin sind bereits verwischt. – Sie hatte recht: ich hatte sie gefragt: ›Was kann ich für Sie tun?‹ worauf sie geantwortet hat: ›Nichts.‹

Unsere Arme entschlingen sich. Sie zittert. Ich beuge

meinen Kopf vor. Sie ihren auch. Ich gebe ihr durch den Schleier hindurch einen leichten Kuß auf ihre hohe Stirn. Ich sage zu ihr: ›Gott wird Ihnen helfen!‹ Ich nehme ein Geldstück aus der Westentasche und stecke es ihr in die kleine Handtasche. Es reicht nicht für die Fahrt nach Hause. Was wohl der nächste Mann macht, der sie ansprechen wird? Sie hat Angst und friert. Ich entferne mich, ich kann nicht anders.«

Anne war bleich, Muriel rot.

»Diese Geschichte«, sagte Anne, »ist schlimmer als jene Häuser, die Sie uns beschrieben haben. In so einem Haus ist eine Frau zumindest sicher, daß sie nicht geschlagen wird und zu ihrem Geld kommt. Sie wird nicht geringgeschätzt, ist nicht allein und verlassen.«

»Vielleicht hatte sie großen Kummer?« wandte Muriel ein. »Ist von zu Hause weggelaufen? Hätte sich bereitwillig dem Nächstbesten an den Hals geworfen, wäre sonstwohin gegangen, vielleicht gar in die Themse? – Welchen Namen wollen wir ihr geben?«

»Nennen wir sie *Hoffnung*«, schlug Anne vor, »wie das junge Mädchen von Watts. Ich hätte sie gern in Stein gehauen. Sie war zwar verlassen, aber mit Schönheit gewappnet, wie die Bettlerin des Königs Kophetua.«

»Was hätten Sie in Paris mit ihr gemacht?« fragte Muriel.

»Da hätte ich zuallererst verstanden, was sie sagte! Ich hätte Arbeit für sie gesucht, vielleicht gar einen Freund. Ich hätte sie vielleicht sogar meiner Mutter vorgestellt.«

»Auf diesen ersten Eindruck hin?« fragte Muriel.

»Einem ersten Eindruck habe ich es zu verdanken, daß ich Sie beide kennengelernt habe. Ich hätte auch an dem Tag, als ich Anne zum erstenmal bei Claire sah, ohne stehenzubleiben auf meinen Krücken an ihr vorüberhumpeln und lediglich mit einem Kopfnicken grüßen können.«

»Haben Sie auch eine französische Geschichte dieser Art auf Lager?« fragte Anne.

»Ganz und gar nicht französisch und auch ganz und gar nicht dieser Art. Die spare ich aber für das nächste Mal auf.«

11. Februar.

Dieses nächste Mal war in einem der großen Parks von London, am Ufer eines künstlichen Sees. Ich hörte, der Zahl nach, wie die beiden vom Sechsten Gebot sprachen: »Du sollst nichts Unkeusches tun...«; sie sahen mich wohl als Verbündeten ihrer Keuschheit an. Ich hatte versucht, sie selbst darauf kommen zu lassen, daß ich bereits von einer Frau sozusagen entjungfert worden bin. Französinnen hätten das auf Anhieb begriffen. Diese beiden reagierten dagegen überhaupt nicht. – Weil das Thema tabu war? Dabei sind sie neugierig und auch realistisch.

Also erzähle ich ihnen an diesem Tag von der Kathedrale von Burgos, von der erleuchteten Kapelle, dem hellen Klang der Zimbeln und Trommeln, der heiligen Zeremonie, von Pilar, dem Weihwasser, der Doppeltür, dem Park, den beiden Spaziergängen, dem weißen Zimmer, dem Kruzifix, dem weißen Bett. Es fällt mir schwer, denn ich bin nicht ganz der selbe Mann, während ich mich so an Pilar erinnere und sie ihnen schildere. Ich erinnere mich auch, daß mir die beiden, verglichen mit Pilar, vorgekommen waren, als lebten sie auf einem anderen Planeten, und ich sage es ihnen auch. Ich pendle zwischen diesen beiden Planeten hin und her, ich bringe die nackte Tatsache nicht über die Lippen, ich gebe nur einen matten Abglanz wider, ich setze schweigende Pausen an die Stelle der Pünktchen... und das bis zur streichelnden Liebkosung meines Haars. Kommt jetzt eine direkte Frage?

»Schon wieder nennen Sie die Dinge nicht beim Namen«, sagte Muriel schlicht. »Genau wie bei Hoffnung. Es ist wirklich fatal und verdirbt einem die Laune.«

»Pilar ist in Gefahr, vom Standpunkt ihres Pfarrers und dem unseres Pastors aus gesehen ebenso...«, sagte Anne. »Claude konnte gar nicht anders, als von ihr hingerissen zu sein. Ich bewundere Pilar. Sie ist aus einem Guß und macht, daß die anderen auch aus einem Guß sind.«

»Hat sie begriffen?« dachte ich, überrascht von ihrer Ungezwungenheit.

Muriel saß in Gedanken versunken da.

»Na ja«, sagte Anne, »wie wär's mit einer französischen Geschichte fürs nächste Mal?«

Ich nickte zustimmend mit dem Kopf.

12. Februar.

Auf dem Kai, am Ufer der Themse.

Ich befand mich, zusammen mit einem Freund, gegen Mitternacht in einer menschenleeren, stark abschüssigen Straße auf dem Montmartre-Hügel, in der Nähe des Moulin de la Galette. Wir bemerken ein leichtes Laufen hinter uns auf dem Gehsteig. Wir wenden uns um und bemerken, wie ein junges Mädchen, etwa sechzehn Jahre alt, mit einer großen roten Klatschmohnblüte, die auf ihrem Hut hin- und herpendelt, in vollem Laufschritt die abschüssige Gasse herunterstürzt. »Hilfe, Rettung!« ruft sie uns zu. »Merlin mit seiner Bande ist hinter mir her! Sie sind viel kräftiger als ihr. Hauen wir alle drei ab!«

Sie hakt sich mit einem Arm bei meinem Freund unter, mit dem anderen bei mir und zieht uns vorwärts. Belustigt laufen wir los und lüpfen sie dabei vom Boden ab, so grazil ist sie.

Am Fuß des Hügels angekommen, in Sicherheit also, sagt sie in silberhellem unverblümtem Ton: »Ich bin durchgebrannt, hab alle meine Klamotten liegengelassen und hab auch keine Bleibe mehr. Könnt ihr mich für diese Nacht irgendwo unterbringen und mir einen Job verschaffen? Ich heiße Thérèse.«

Wir nehmen eine Pferdedroschke bis zum Montparnasse. Sie hat ein aufgewecktes Gesicht, ländlich, dickschädelig, sie sieht wie ein anständiges Mädchen aus. Wir bringen sie in einem kleinen Zimmer gegen Monatsmiete unter, stellen ihr ein Empfehlungsschreiben als Modell für Maler aus und geben ihr auch etwas Taschengeld.

»Das werde ich euch zurückgeben«, behauptet sie.

Wir trafen sie zwei Tage später zum Mittagessen.

Sie erzählte uns voll Freude und in Ruhe ihre Geschichte.

Sie ist in einem winzigen Dorf im Herzen Frankreichs geboren. Seit frühester Kindheit wird sie von einem Onkel befummelt, der ihr nur unter ganz bestimmten Bedingungen Honig gibt. Bis zum Alter von fünfzehn Jahren ist sie Hirtin, dann verdingt sie sich als Tellerwäscherin und Kellnerin in Paris bei einer Tante, die eine Kneipe hat. Sie langweilt sich. Sie schließt Bekanntschaft mit Merlin, es ist Liebe auf den ersten Blick; Merlin spielt den großen Macker und holt sie da heraus. Sie betet ihn an. Merlin war Zuhälter. Er bringt ihr rasch bei, wie man Kunden angelt. Thérèse ist das alles egal. Sie ist stolz darauf, daß sie ihn ernährt. Aber er macht sich häufig aus dem Staub, zu seiner Großmutter, wie er sagt. Sie hat erst den Verdacht, dann die Gewißheit, daß er noch eine andere Frau hat, ebenfalls ein junges Mädchen wie sie. Sie schleicht ihm von weitem nach und überrascht die beiden im Bett. Sie will Merlin mit einer Milchflasche erschlagen, droht, seine Diebereien der Polizei zu melden. Bei diesen Worten stößt er sie in einen Schrank, schließt diesen mit dem Schlüssel ab, rennt zu einem

Kumpel und überlegt mit ihm, wie er ihr das Maul stopfen kann. Ihre Rivalin öffnet ihr schließlich den Schrank, nach einem Dialog durch die Tür hindurch, aus dem hervorgeht, daß Merlins Großmutter eine dritte Frau ist, älter als sie beide. Thérèse läuft davon, hört Lärm hinter sich, begegnet meinem Freund und mir. Das war's!

Jetzt ist sie Modell. Sie ist acht Tage im voraus ausgebucht. Man reißt sich um sie...

Sie gab uns unser Geld bald darauf mit den Worten zurück: »Leihen Sie es einer anderen.«

Einen Monat später nahmen wir sie mit in den Zirkus Medrano. Im Programm gibt es auch einen *»Mann mit den ehernen Kiefern«,* der auf seiner Brust, nur mit Hilfe seiner Zähne, ein kleines Mädchen mit einem Piano trug. Thérèse vertraute uns an: »Meine Freunde, ich schwärme für diesen Mann. Ich sage euch adieu.« – Sie wartete am Ausgang, gestand ihm ihre Bewunderung, bot ihm Champagner an, offenbarte ihm ihre Liebe. Sie wurde das Mädchen, das das Piano spielte. Zwei Wochen Glück. Dann aber betrog sie ihn, nur um ihm eine große geschnitzte Meerschaumpfeife mit dem Kopf von Vercingetorix kaufen zu können, wovon er geträumt hatte. Er kam dahinter. War eifersüchtig. Er hatte kein Vertrauen mehr. Schloß sie acht Tage lang ein. Zuerst fühlt sie sich geschmeichelt, wird dann jedoch wütend, flieht aus dem Fenster mit der Leiter eines Malers, der im selben Gebäude wohnt, und den sie verführt, kommt zu uns zurück und führt weiter ihr Leben als ehrliches Modell. Aber sie hat kein Sitzfleisch. Sie glaubt einem Kerl, der ihr das schnelle Glück verspricht und haut ab nach Kairo, wo sie in einem geheimen Luxus-Etablissement die keusche Jungfrau spielt. Sie wird verhätschelt und kann sich eine Aussteuer zusammensparen. Das Haus wird bei einer polizeilichen Razzia gestürmt, Thérèse wird angesichts ihres Alters in eine von Nonnen geführte Besserungsanstalt gesteckt. Dort entpuppt sie sich als die beste Schneiderin, die fröhlichste Insassin, bekommt exzellente Noten in allen Fächern, und erhält schließlich den Auftrag, unter Aufsicht in der Stadt Anproben vorzunehmen. Sie läßt sich von einem Engländer entführen, der sie *retten* will. Sie zieht zu ihm und seinen Töchtern in eine Villa an der Küste des Roten Meers, mit Tennisplatz und Reitstall, schickt einen Eilbrief an meinen Freund und mich, um uns dorthin einzuladen, erfährt aus ihrem Dorf, daß ihr Vetter eine andere Cousine heiraten will. In einer rückwirkenden, erneuten Liebesaufwallung für ihren Vetter, der einer ihrer Hirtinnenträume war, kabelt sie ihm ihre Leidenschaft, läßt alles im Stich und trifft noch rechtzeitig im Dorf ein, um die Heirat zu verhindern und heiratet den Vetter, der ein guter Töpfer ist. Nach drei Monaten hat sie das geregelte Leben satt, entflieht, und ist schon wieder in Paris, als hochgefragtes, geschätztes Modell von wachsender Berühmtheit, wegen ihrer Reisen und wegen der Art, wie sie davon erzählt. Sie lernt einen sanften und wohlhabenden Mann kennen, einen Bestattungsunternehmer, verliebt sich Hals über Kopf in ihn. Sie macht ihm den Hof. Er will nichts von ihr wissen. Sie erklärt: »Ich bin eine fertige Frau. Ich bin achtzehn. Und nun treffe ich einen Mann, den ich *nicht betrügen* kann.« Ihr verlassener Mann reicht die Scheidung ein. Ihr Unternehmer, endlich überzeugt, heiratet sie. Sie führen eine vollkommene Ehe, die aber kinderlos bleibt. Sie veröffentlicht ihre Memoiren in einer Zeitschrift.»

»Nun sieh mal einer an!« sagt Anne. »Bei Ihnen darf eine Frau ihren Phantasien so großen Raum geben, ohne das Gesicht zu verlieren! Sie wird von Künstlern in ihren Kreis aufgenommen. Sie hat es verstanden, einem kultivierten Engländer zu gefallen... Sie hat Glück gehabt, aber sie muß auch Mut gehabt haben!«

»Claude«, sagt Muriel, »unsere Erziehung hat uns wesentliche Dinge vorenthalten. Sie reißen uns aus unserer beschaulichen Geborgenheit. Auch wir hätten als eines dieser Mädchen geboren sein können... wollen Sie fortfahren?«

»Ja«, sagt Anne.

13. Februar 1902.

Wir gaben einander unsere Lektionen zu dritt. Muriel und Anne hatten alte französische Lieder gelesen und zitierten daraus, was ihnen gefallen hatte.

»Das hier«, sagt Anne, »sind zwei kleine Achtfüßer:

Eveille-toi, bouche rieuse
Eveille-toi, et parle-moi.

Für mich ist hier ganz Frankreich im Querschnitt enthalten, die Leichtigkeit, die Zärtlichkeit.«

»Es ist sehr hübsch«, sage ich. »Und Muriel?«

»Ich habe hier zwei zwölffüßige Verse«, sagt Muriel.

»Quand il m'a dit adieu en me baisant la joue
J'ai vu le grand ciel bleu tourner comme une roue.

Das windet sich und dreht sich so sanft, es rührt mich richtig... Und Sie Claude, haben Sie was Englisches?«

»Mein Gott«, sage ich, »mich hat Hamlets Ausruf

O my prophetic soul![1]

immer wieder betroffen gemacht. Glauben wir doch der Empfindung unserer Seele und lassen wir uns immer wieder auf neue Wagnisse ein.«

»Zuerst muß man aber sicher sein, daß es auch wirklich die Seele ist, die da weissagt, und nicht das Hirn«, sagt

[1] O mein prophetisches Gemüt! (I, 5)

Anne. »Man ruft nur dann: ›O mein prophetisches Gemüt‹ aus, wenn es sich als prophetisch herausgestellt hat. Das ist nur eine Selbstermutigung.«

Am Tag darauf erklärt Muriel: »Ein Volk, das als besitzanzeigende Fürwörter nur *son sa ses* aufzuweisen hat, ungeachtet dessen, ob der Besitzer nun ein Mann oder eine Frau sei, ist kein praktisches Volk. Es läßt sich Kanada wegnehmen. ›*Il mit sa main sur son épaule*‹ kann vier verschiedene Bedeutungen haben.[1]

»Das heißt, sobald ich meine Stirn runzle, irre ich mich schon«, sagt Anne.

Was wir wieder so daherschwätzen...

CLAUDES TAGEBUCH.

14. Februar.

Ich fahre mit Muriel auf dem Fahrrad zu einer berühmten Abtei. Ich fahre hinter ihr her, ich sehe ihren Nacken. Ich weiß, daß das *nein* nicht mehr absolut ist. Eine neue Welt tut sich auf, aber an diesem Morgen genügt mir selbst das nicht mehr.

Die Abtei ist schön, und Muriel ist mir Führer und Erzengel zugleich. Zwischen den Säulen, von der Sonne durch ein Kirchenfenster beschienen, wird ihre Schönheit schier unerträglich. Gerade habe ich sie noch aus der Ferne betrachtet, jetzt peitscht sie mich mit Zweigen voller Rosen und Dornen. Ich kann nicht mehr von ihr lassen. Ich frage sie, zum ersten Mal mit meinen Lippen: »Muriel, wollen Sie, daß wir eines Tages *wir* voneinander sagen können?«

[1] Er legte seine Hand auf seine Schulter.
Er legte seine Hand auf ihre Schulter.
Er legte ihre Hand auf seine Schulter.
Er legte ihre Hand auf ihre Schulter. (A.d.Ü.)

Sie antwortet mit ihren Lippen: »Manchmal, einen Augenblick lang möchte ich es beinahe glauben.«

Wir sind gleichermaßen voneinander überrascht.

»Schrecklich, was Sie da sagen, Muriel! Das ist der erste Riß in einem großen Deich.«

»Der zweite«, korrigiert Muriel. »Den ersten gab es schon bei Dick und Martha.«

»Was soll ich machen, damit ich Ihnen nicht lästig falle?«

»Claude, ich frage mich das gleiche...!«

Und sie hat ihr ungezwungenes Lachen wieder. Aber sie besinnt sich auf die Abtei und legt den Finger an ihre Lippen. Dabei schaut sie wieder mit denselben Augen wie auf dem Foto als Dreizehnjährige.

»Muriel«, sage ich, »ich sehe Sie so selten. Ich vermisse die Zeit, wo ich jeden Sonntag zu euch auf die Insel kam. Wenn Ihre Mutter das wüßte, und wir ihr versprechen würden, ihre Etikette zu respektieren, würde sie dann erlauben, daß ich wiederkomme?«

»Ich werde es versuchen. Wenn nicht, gehen wir eben wieder zu Dick und Martha... Ich habe einen Strom in mir, der an- und abschwillt, ohne auf meinen Befehl zu hören. Er ist es, der Ihnen vorhin geantwortet hat.«

»Darf ich Claire vom Neubeginn meiner Hoffnung erzählen?«

»Ja, wenn Sie Verlangen danach haben.«

ANNE AN CLAUDE.

14. Februar.

Ich bin glücklich. Ich denke an euch beide.

CLAUDE AN CLAIRE.

14. Februar 1902.

Ich liebe Muriel. Ich habe mir Zeit gelassen, dir das zu sagen, um selbst Hoffnung zu haben. Ich habe noch immer herzlich wenig. Wir werden uns öfter sehen. Ich denke, diese Neuigkeit wird Dich freuen...

Muriel gleicht dir.

Mrs. Brown steht einer internationalen Ehe prinzipiell ablehnend gegenüber, aber sie ließe ihre Tochter frei. Sie sagt, man muß Dich fragen.

Es ist alles wie ein Blitz aus heiterem Himmel gekommen.

CLAIRE AN CLAUDE. *(Telegramm)*

16. Februar.

EUER BEIDER GESUNDHEIT NICHT AUSREICHEND UM FAMILIE ZU GRÜNDEN. SEID ZWEI IDEALISTEN. KOMM. CLAIRE.

CLAUDE AN CLAIRE. *(Telegramm)*

16. Februar.

DANKE FÜR DEINE EHRLICHE MEINUNG. KOMME DEMNÄCHST DICH ZU SEHEN. CLAUDE.

MURIEL AN CLAUDE.

Insel, 16. Februar. Morgens.

Martha hat meine Mutter aufgesucht und gänzlich durcheinandergebracht. Ich höre die beiden im Salon miteinander reden. Mutter sagt, Sie haben ein edles Herz. Sie ist nach wie vor sicher, daß ich Sie lieben werde und befürchtet gar nicht, daß Sie mich nicht wiederlieben könnten. Martha sagt, man soll uns vor allen Dingen in Ruhe lassen.

Ich lese *Germinal.* Der Ekel, der beträchtlich ist, wird vergehen und das Nützliche wird bleiben.

Mitternacht.

Ich bin heute abend von einer fixen Idee befallen: ich werde nie imstande sein, Sie so zu lieben, wie Sie mich lieben. Morgen kann diese Idee schon verflogen sein, aber ich erzähle Ihnen eben davon, solange sie noch da ist.

MRS. BROWN AN CLAUDE.

16. Februar.

Lieber Monsieur Claude. Ich hatte ein Gespräch mit meiner Tochter. Sie werden sich freuen zu hören, daß wir wieder glücklicher sind. Ich hoffe, Sie kommen uns besuchen. Herzlich.

CLAUDES TAGEBUCH.

16. Februar.

Ich erhalte einen Brief von Anne, in dem sie mir von Hoffnung spricht, von Thérèse, von Pilar, durchaus in einem Atemzug. Ich werde mir plötzlich bewußt, daß sie und Muriel nicht verstanden haben, was zwischen mir und Pilar passiert ist. Sie waren nur schockiert von den möglichen Küssen, aber mehr stand für sie außer Frage.

Sie wissen es also nicht. Sie sollen es wissen. Alles ist viel zu glatt abgegangen.

CLAUDE AN MURIEL UND ANNE.

17. Februar.

Ich fürchte, ihr habt in eurer Reinheit, die meiner Erzählung Schranken auferlegt hat, nicht begriffen, daß Pilar und ich bis zum Äußersten gegangen sind.

Es ist Dienstag. Eure Mutter hat mich für Samstag eingeladen. Schreibt mir.

MURIEL AN CLAUDE.

19. Februar. Morgens.

Sie sagen mir, ich soll Ihnen sofort schreiben: hiermit geschieht es, aber ich habe keine Zeit gehabt, nachzudenken. Ich fühle nur den stechenden Schmerz, den Ihre Beichte mir zufügt. Wenn man mir das von Ihnen berichtet hätte, ich hätte einen Schwur auf die Bibel getan, daß es NICHT wahr ist.

Sie glauben nun, Sie haben es mir begreiflich gemacht, und in der Tat bleiben mir die Spuren davon im Gedächtnis haften.

Es ist schade, daß ich Engländerin bin. Wenn meine Mutter und Alex das wüßten, sie würden mich lieber tot sehen als mit Ihnen verheiratet. Das ist für uns ein Glaubensartikel. Erwarten Sie nichts von mir.

20. Februar. Abends.

Sie haben mich einmal gefragt, ob ich der Ansicht sei, ein nicht jungfräulicher Mann dürfe ein junges, jungfräuliches Mädchen heiraten. Ich verstehe das Wort *Jungfrau* erst seit ein paar Tagen so richtig, seit ich *Germinal* gelesen habe. Bis dahin hatte es für mich zwar eine starke Bedeutung, aber nur eine verschwommene und ausschließlich moralische. Ich weiß nicht mehr, was ich darauf geantwortet habe. Doch hätte ich es begriffen, hätte ich gleichwohl geantwortet: *nein.*

Sie haben weder im Glauben noch in der Absicht gehandelt, mir weh zu tun, das wird Sie vielleicht aus der Affäre ziehen. Für mich haben Sie ein Verbrechen gegen eine Frau begangen. Hierzulande heißt es: »Die französischen Manieren sind zwar raffinierter, aber die englische Moral ist ritterlicher.«

Liebe muß auf Achtung gegründet sein. Daher brauche ich Zeit. Ich habe Ihnen einmal gesagt: »Man liebt nur das gegenwärtige Sein. Das Vergangene ist vorbei.«

Das war auf Einzelheiten gemünzt, nicht auf einen solchen Tatbestand.

Sie am Samstag sehen? – Ich möchte Ihnen schreiben: »Kommen Sie nicht.« – Aber eines Tages müssen wir uns schließlich wiedersehen. – Kommen Sie also, da *Sie* es nun einmal wollen.

Bitte keine Erklärungen. Ich kann mir nichts dergleichen anhören.

21. Februar. Abends.

Wenn ich Sie früher durchschaut hätte, wäre es zwischen uns zu nichts gekommen.

Es ist gut, das Bedürfnis zu spüren, Ihnen das alles von neuem klar zu sagen.

Wenn ich an Ihre Erziehung, an Ihre Mutter, an Ihr Herz denke... bäumt sich alles in mir auf.

Erzählen Sie mir von Claire und Ihrem Vater.

Wie stand es um die Liebe zwischen den beiden?

Gott war es, der mich gehindert hat, Sie eher zu lieben. Sollte ich Sie eines Tages lieben, wird das allem zum Trotz geschehen.

Ich habe Ihre drei Briefe gleichzeitig heute morgen erhalten.

Ich habe nur ein Ziel: Sie kennenzulernen. Was Sie getan haben, haben Sie mit Freuden und aus dem Drang heraus getan, etwas zu *erfahren*. Meinetwegen. Das kann ich mir vorstellen.

Kann sich sowas wiederholen? *Ja* oder *nein*? Das muß ich wissen. – Sie haben ihr weh getan, und wenn schon nicht *ihr,* dann sich selbst.

Kommen Sie am Samstag. Ich werde die Kraft dazu finden.

11 Uhr. Abends.

Man begreift nur das, was man kennt. Ich habe von der *Sache* gelesen, ohne sie zu begreifen, in der *Kameliendame* und in den *Elenden*. Dann in *Germinal,* mit Ihrem Kommentar dazu.

Ein Kind hat nur Schmetterlinge und Maulwürfe gesehen. Was soll es sich vorstellen, wenn es das Wort: *Elefant* liest?

Die Sache, findet sie außerhalb der Liebe statt, erschreckt mich und macht mich traurig. Und Sie erklären mir auch noch, daß Sie sie begangen haben!

Wenn Sie auch nur leise die Möglichkeit, wieder von vorn anzufangen, ins Auge fassen, werde ich einer großen Kraft bedürfen, eines starken Vertrauens und vor allem einer äußersten Reinheit, um Sie trotzdem zu lieben. Ich weiß nicht, ob ich das alles aufbringen werde.

Sind es wirklich *Sie* gewesen, der das getan hat? Eine einmalige Sünde wird meine Liebe vielleicht nicht töten. Eine unterschiedliche Auffassung in Sachen Moral würde alles unmöglich machen.

Mitternacht.

Könnten Sie mir noch einmal helfen?

Sollte ich *Germinal* nur gelesen haben, um Sie zu begreifen?

Meine Vernunft geht ein Wagnis ein, nicht aber mein Herz.

Ich werde den ganzen heutigen Tag im Bett verbringen.

Kommen Sie am Samstag. Ich werde Sie vielleicht unglücklich machen.

Mir wäre lieber, wenn ich es getan hätte. Muß ich es auch tun? – Nein. Mir ist es doch lieber, Sie sind es. Wenn wir eines Tages heiraten sollten, werde ich allein noch einen Rest guthaben.

1 Uhr. Morgens.

Ich kenne Sie also nicht. Meine große Zuneigung, mein Zaudern beruhten auf einer Täuschung. Sie sind in mir gestorben. Ich kann nur das schätzen, das über mir steht.

2 Uhr. Morgens.

Ich bin nun seit dreißig Monaten Ihre Schülerin. Ich bin in zwei Hälften gespalten. Ich muß entweder begreifen – oder Sie in Grund und Boden verdammen. Ich bin nur deshalb Ihre Schwester geworden, weil ich Sie rein glaubte, wie ich mir das vorstelle. Niemals werde ich *diese Sache* gut finden können. Es ist ein Abgrund.

Hat Sie Ihre Liebe zu mir verändert? Was Sie bereits in mir erobert hatten, muß nun Schritt für Schritt neu erobert werden.

Ich bin halb für Sie und halb gegen Sie. Ich finde mich nicht mehr zurecht.

Habe ich richtig verstanden? Dann gäbe es demnach sogar eine kleine Chance, daß Claude *bereits Vater* ist? (Claude sieht das Gesicht von Pilar vor sich, die zu ihm sagt: »Ich bereue nichts.«) Wenn ja, wären Sie für das Kind verantwortlich. Das wissen sogar die Tiere. Sie könnten Ihrem Kind eines Tages begegnen, ohne es zu kennen und den Wunsch verspüren, es sei Ihr Kind. – Wie kann ich so etwas akzeptieren?

In England kommen keine Fehltritte dieser Art und nur ganz wenige Rechtsfälle diesbezüglich vor.

Sie könnten das ganze Leben dieser Frau, die sie *gekannt* haben, durcheinanderbringen. Sie wollten sie nicht dauerhaft lieben, aber was ist mit ihr?

Kommen Sie Samstag und sehen Sie meinen Zustand. Und erklären Sie, liefern Sie Erklärungen! Wie wollen Sie diese Gegensätze miteinander versöhnen?

Sie haben die Last Ihrer Schwestern angenommen, Sie haben zugelassen, daß sie sich auf Sie stützen.

Sie haben mit Entschiedenheit gehandelt, nicht aus Schwäche. Deshalb ist noch Hoffnung.

Meine Art der Lebensführung bietet mir keine Gelegenheiten dieser Sorte, und ich begehe das Böse nur in Form wirrer Gedanken, aber doch in hinreichendem Maße, um die Gewißheit zu haben, ich hätte mich unter anderen Umständen auch anders entwickeln können.

Seit zwei Monaten zeige ich mich Ihnen, wie ich wirklich bin, um Sie zu heilen.

3 Uhr.

Für Augenblicke ekeln Sie mich an. Und ich habe unrecht damit, denn man darf sich vor nichts ekeln.

5 Uhr morgens.

Ich wache gerade auf. Was ist das für ein neues Gefühl? Diese Leere? Was ist geschehen? Ein Todesfall...? Ich bin allein. Mein Freund ist nicht mehr bei mir. Seit Monaten war er da – wie ein Möbelstück – ohne daß ich es gewußt hätte. Wie sollte ich ohne ihn leben?

Soll ich mir einen anderen Freund suchen? Um was zu tun?

Dieser Schatten, der da unten hofft, mit gesenktem Kopf, ist er das? Werde ich eines Tages können...?

Ah! Kann gut sein...

Aber ich beweine den Toten... und kann doch den Lebenden noch nicht empfangen.

21. Februar. 8 Uhr morgens.

Sehen Sie mich an. Ich lächle schwach, und hier ist meine Hand. Eben noch konnte ich Ihnen nicht mein tägliches Gutenmorgen! sagen. Ich leide nicht mehr, denn es muß nicht sein, daß beide gleichzeitig auf schmerzliche Weise leiden: sobald Sie aufhören, fang ich wieder damit an.

An Ihre Beichte denke ich heute morgen gar nicht mehr. Es gibt so viele Dinge auf unserer Erde, die ich nicht begreife, und so unglaublich viele, die wahr sind.

Es ist nicht nur eitles Geschwätz, wenn ich sage: ich muß *neu anfangen*. Aber ich habe begonnen, neu anzufangen. Nichts ist zerbrochen. Ich bin wieder Ihre Schwester, kommen Sie, damit ich Ihnen helfen kann.

22. Februar. Mittags.

Ihr wunderbarer Brief. Er arbeitet in mir, und dabei habe ich ihn nur einmal gelesen.

Gestern habe ich aufgehört zu grübeln. Heute morgen habe ich mir gesagt: »Er wird kommen. Nehmen wir alle Gefühllosigkeit von vorgestern wieder zusammen.« Nun wollen Sie sich nicht einstellen. Ich sehe *die Sache* nicht mehr ganz von dem selben Blickwinkel aus. Sie kommt mir jetzt viel natürlicher vor. In vierundzwanzig Stunden werden Sie hier sein, *Sie,* und nicht nur ein armseliger Brief.

Heute abend, morgen, die ganze Zeit über, die sie hier verbringen, werden wir reden. Es wurde aber auch Zeit.

Ich kenne nur die pflanzliche Befruchtung. Ich nehme an, daß es bei den Tieren ähnlich vonstatten geht. Das Natürliche kann nicht schrecklich sein. Gefühl ist alles.

Wenn ich ein Kind haben wollte, ich wüßte nicht, wie ich es anzustellen hätte. So unwissend bin ich.

Haben Sie keine Angst, mich zu verletzen. Ich gewöhne mich schon noch daran!

ANNE AN CLAUDE.

23. Februar 1902.

Ihre vertrauliche Mitteilung macht mich unglücklich. Umsomehr, als Pilar mir ja gefallen hat. Das sollte eigentlich nicht passieren, wo ich doch Vertrauen zu Ihnen habe.

Es kommt mir schlagartig zu Bewußtsein, daß Sie etwas begangen haben, von dem man mir eingetrichtert hat, es sei das Schlimmste auf Erden.

Werden Sie mir helfen, es zu verstehen? Muriel findet mildernde Gründe dafür, wie es scheint. Womöglich finde ich sie auch?

Ich schreibe Ihnen von Ihrem Pariser Zimmer aus. Ich finde Ihre Mutter vortrefflich, aber sie hat in einer schrecklichen Art über Muriel zu mir gesprochen. Halten Sie sich fest, damit Sie jetzt nicht aus der Haut fahren. Sie will auf die Insel kommen, um Mutter aufzusuchen und auch Muriel, welche sie mittlerweile nicht mehr ausstehen kann. Sie hält unter anderem Muriels Augenbeschwerden für ein absolutes Ehehindernis.

MURIEL AN CLAUDE.

24. Februar.

Wir werden zwei volle Tage füreinander haben. Meine unbezwingbare Frostigkeit bei Ihrer Ankunft und meine warme Zuneigung bei Ihrer Abreise sollen Ihnen beim Überlegen um Gotteswillen nicht als ein Widerspruch vorkommen! Ich habe zunächst auch eine solche Ferne und dann wieder eine solche Nähe erfahren.

Fahren Sie jetzt nach Paris und besuchen Sie Ihre Mutter. Hoffentlich läßt sie Sie nicht meinetwegen leiden. Nichts und niemand kann sich jetzt noch zwischen uns beide stellen: wir werden einander ja selbst noch genügend Prügel zwischen die Füße werfen.

25. Februar.
An Claude in Paris.

Ich möchte gern mit Ihnen in Paris sein. Und sogar Mutter möchte das. Der Krieg, den uns Ihre Mutter erklärt hat, hat uns einander behutsam nähergebracht. Mutter sagt, sie *weiß,* daß ich Sie liebe. Was für eine Kühnheit!

Das wäre außerdem ja ganz praktisch... Sie redet

schon, als wollten wir noch in diesem Frühjahr heiraten. Ich lächle ihr wieder zu. Das tut mir gut.

Mutter hätte es gern, wenn wir über die Themen *Religion* und *Kinder* sprächen. Ich habe da meine Bedenken.

Ich habe Ihnen geschrieben: »Ich bin so weit weg!« Sie haben herausgehört: »so weit weg von Ihnen«. – Was ich eigentlich sagen wollte, ist dies: »Sie sind mir so weit voraus.«

Anne wohnt also bei Ihnen, wie damals. Ich beneide euch, ich denke an euch beide. Ihr nehmt beide fast den gleichen Rang ein in meinem Herzen. Werden Sie eines Tages höher stehen?

Erzählen Sie mir wieder von Ihrem Wohl und Weh. Wenn meine Hand in der Nähe der Ihren weilt, verstehe ich. Und es verflüchtigt sich alles, sowie Sie sich entfernen. Versuchen wir, uns einer außerordentlichen Genauigkeit zu befleißigen.

Ihre Liebe ist ein Bestandteil meines Lebens. Es ist ein Band, das an mir zieht. Ihr Name geht mir nicht aus dem Kopf, es will alles gar nicht aufhören, es ändert sich ständig, es reicht von Verwirrnis zu Freude. Wenn das so weitergeht, möchte ich Sie gar nicht weiter kennenlernen.

26. Februar.

Mutter mag Sie gern leiden. Doch wäre sie auch nicht unglücklich, wenn wir Schluß machen würden. Sie glaubt, mit unserem Glück wird es so manche Schwierigkeit geben. Sie meint damit nicht unseren Gesundheitszustand: was das beträfe, würde uns das Eheleben sogar zum Blühen bringen. Sie denkt dabei vielmehr an Ihre Mutter, und findet, Sie sollten sich nicht von ihr trennen. Ich glaube ja nicht an eine Trennung auf immer, aber eine solche steht natürlich immer bedrohlich im Hintergrund.

Soll ich Ihnen adieu sagen, nur Ihrer Mutter zuliebe? Würden Sie dann besser oder schlechter dastehen? Könnten Sie mit ihr allein und dabei glücklich leben? – Sie sind stark, und ich auch. Um *Ihres* Glückes willen könnte ich auf Sie verzichten. Können Sie sich den Haß Ihrer Mutter gegen uns beide ausmalen?

Sie lieben mich. Ich liebe Sie ein bißchen. Lassen Sie uns diese Liebe zerstören, bevor ich Sie zu sehr liebe.

Wenn mich die wahre Liebe eines Tages erfaßt, wird es zu spät für einen Rückzug sein, denn ich werde nur ein einziges Mal lieben, genau wie Ihre Mutter. Erzählen Sie mir von ihrem kurzen Glück mit Ihrem Vater. Und wie sie Sie erzogen hat, als Sie noch klein waren.

Wenn wir Schluß machen, und ich hinterher entdecke, daß ich Sie liebe, ist es *mein* Risiko.

Versuchen Sie ehrlich auf mich zu verzichten.

Ich habe eine viel zu hohe Vorstellung davon, wie eine Braut beschaffen sein muß, um von vorneherein zu wissen, ob ich die Ihre werden kann.

28. Februar.

Ich befinde mich unaufhörlich auf einer Wippe: »Du liebst ihn. – Du liebst ihn nicht. – Du wirst ihn am Ende lieben. – Werde ich ihn nur um der anderen willen lieben? – Brächte ich es fertig, die Meinen zu verlassen und dauernd mit ihm zusammenzuleben? – Bin ich sicher, daß er *der Mann für mich* ist?«

Eine Kraft läßt mich in meinem Zimmer hochschweben wie zu einer Begegnung mit Gott. Sie hat mich auf die Knie gezwungen und mich sagen lassen: »Mein Gott, mach aus mir eine gute Ehefrau für Claude, für dieses Leben und für die Ewigkeit.«

Gleich darauf geht es wieder los: »Ich möchte nur mit ihm arbeiten. Warum läßt er mich denn nicht in Frieden!... ich komme kaum mit meinem schwierigen Studium zurande. Dann komme ich nach Hause, und schon muß ich wieder für alles herhalten. – Peng! Er liebt mich. – Meinetwegen. – Peng! Will man, daß ich ihn auch liebe. Aber ich liebe ihn nicht. – Er erzählt mir seine Vergangenheit: ich entdecke darin eine fürchterliche Sache! – Ist er nicht da, führe ich mein eigenes Leben, das ohnehin zum Bersten vollgepackt ist. Dahinein drängt er sich auch noch und bringt alles zum Überlaufen! Also werde ich wütend.

Lassen Sie mich flüstern...

Es kommt vor, daß ich Sie anschreie: »Hauen Sie ab!«

Aber manchmal füge ich hinzu: »Und nehmen Sie mich mit!« Schon in der Schule habe ich mich immer übernommen: Spiele, Clubabende, Theater, Wohltätigkeitsveranstaltungen... Die Erklärung ist einfach: ich hatte keinen Geliebten. Nun aber habe ich einen.... es ist süß... es ist schmerzlich... und dann wieder süß... es trägt mich entweder... oder zwingt mich zur Bauchlandung.

Ich möchte Sie sofort wochenlang besuchen, um Gewißheit zu erlangen.

5 Uhr. Morgens.

Ich kann mir selber nicht ins Angesicht sehen. Heute könnte ich Ihnen nichts anders vorsingen als »Meine Ruh ist hin...«

Ihr Tolstoi und davor noch der Zola haben mich dazu gebracht, die Vorstellung des Unglücks mit der körperlichen Liebe zu verbinden. Sie werden mir jetzt wieder mit Pilar kommen, bis ich sie schließlich akzeptiere oder zum Teufel wünsche und Sie gleich dazu. In meinem Originalton, nicht per Brief.

Der Weg zu Ihnen ist steil. Man wird immer belohnt, wenn man einen Berg besteigt... selbst dann, wenn man den Gipfel nicht sieht.

6. März 1902.
An Claude in London.

Soeben habe ich Ihr Gedicht und Ihre Nachricht gelesen.

Ich betrachte diese Jahre Ihres Lebens als Zeit der Aussaat und der Reife, nicht des Schaffens.

Sehen Sie Ihre kommenden Jahre wie Darwin als Wanderjahre um die Welt an. Dabei hat er das Material zusammengetragen, auf dem er später seine Lehre aufbaute.

Wenn Sie aber pure Anhäufung von Fakten mit kreativer Tätigkeit verwechseln, vertun Sie nur sinnlos Ihre Zeit, und das Ergebnis wird nichts taugen.

Jeder ist seines Glückes Schmied.

7. März.

Anne hat unter Ihrer Mutter sehr zu leiden.

Kommen Sie am Sonntag lieber nicht, so sehr ich auch Lust darauf habe. An diesem Tag werde ich zwölf neuen Knaben zwischen sechs und zehn Jahren meinen ersten Unterricht geben.

Ich weiß wenig über Ihre Absichten. Würde ich Ihnen von Nutzen sein können oder Sie nur behindern? – Eine Frau muß eine Kraft sein, nicht eine Bürde.

Ich stelle mir nun keine Fragen mehr: ich komme auch so ganz gut mit meinem Leben zurecht.

Haben Sie keine Angst zuzulassen, daß ich Sie liebe, selbst wenn Sie am Ende *nein* sagen müßten.

8. März.

Es gibt so viele Dinge, die ich nur aus Gewohnheit tue. Lassen Sie sie getrost durch das Sieb fallen. Besser zuviel unterdrücken als nicht genug. Räumen wir den ganzen Schutt beiseite.

Wenn wir den Haushalt durch eine moderne Einrichtung extrem vereinfachen (nichts lieber als das!), könnten wir ohne Dienstmädchen auskommen.

Sagen Sie nie mehr: »Ist ein Leben mit mir beneidenswert?« oder geben Sie sofort ein Beispiel. Ich träume nicht von einem süßen Leben.

Unser wechselseitiger Zweifel, ob wir einander würdig sind, hat sicher einen Grund. Lassen Sie uns ihn suchen.

Unsere Vernunft kann gegen unser Herz entscheiden. Meine Vernunft hat gesagt, was sie zu sagen hatte. Mein Herz zöge es vor, sich einfach gehenzulassen.

9. März.

Heute abend schenke ich Ihnen meine ruhige, schwere, grenzenlose Zuneigung. Mir scheint, Sie brauchen sie.

Wenn Sie für Jahre verreisen müßten, als Forscher, Pfarrer oder Seemann, würde ich als Ihre Frau im Geiste immer mit Ihnen sein.

Würden Kinder Sie von Ihrem Dienst an der Menschheit abzubringen vermögen?

Könnte Ihre Frau, die das im voraus von Ihnen erfährt, selbst entscheiden, ob sie mit dem Kinderkriegen warten will? – So wie ich hier stehe, ist mir das unvorstellbar.

Sie muß Geschmeidigkeit besitzen und Kraft, Ausgewogenheit und Mut. An Ihnen liegt es, sie auf die Probe zu stellen und sie zu erwählen.

Sie weinen der Bequemlichkeit der Ehelosigkeit nach? – Dann heiraten Sie ja nicht!

Ihre Karte ist eben eingetroffen. Was für ein perfekt schlechtes Englisch! Wir werden alle miteinander wieder was zum Lachen haben.

10 *Claire*

MURIEL AN CLAUDE.

10. März.

Was so schrecklich an dem Brief ist, den Ihre Mutter mir geschrieben hat? – Seine Verbohrtheit. Sie hat sich da einen Zeitungsroman ausgedacht, worin ich die Sirene und die böse Fee spielen muß. Darin geht sie voll auf, wirft mir Flirts, Komplotte, Fallenstellung vor. Ich werde darauf gar nicht antworten. Der Besuch, den Sie ihr in Paris abgestattet haben, hat daran nichts ändern können. Sie kommt demnächst nach London, um uns beide, Mutter und mich, zu besuchen.

Ja, wir sind oft miteinander ausgegangen, Sie und ich, ohne daß wir jemals ein Geheimnis daraus gemacht hätten. Wäre ich sicher, daß ich Sie liebe, würde meine Antwort lauten: »Heiraten wir auf der Stelle.«

In Ihrem gesamten Brief steht kein Sterbenswörtchen von Liebe. Dabei hat sie Ihnen ja so ergreifend von ihrer eigenen Liebe erzählt, von der Zeit, als Sie noch klein waren, in dieser rührenden Erzählung, die ich Ihnen hier zurückreiche.

Wie klingen die Namen Claire und Pierre doch schön zusammen! Wie kommt es, daß uns Claire in unserer Liebe so gar nicht hilft, wo sie doch auf eine eigene Liebeserfahrung zurückblickt!

Erzählen Sie mir von Ihrer Kindheit mit ihr, dort muß der Schlüssel liegen.

Sie ist überzeugt, daß Sie eine große Karriere vor sich haben. Ich auch, aber ich füge hinzu: nicht unbedingt eine spektakuläre.

*
* *

CLAIRES ERINNERUNGEN

(So wie sie mir sie bisweilen erzählt hat. Sie ist es, die da redet.)

Es war im Januar 1878. Ich kam gerade von einer Lehrveranstaltung an der Sorbonne um fünf Uhr nach Hause. Ich ließ mich auf einem der kleinen Lehnstühle in dem Buchladen nieder, den meine Mutter führte, gleich neben dem Théâtre de l'Odéon, und schilderte ihr meinen Nachmittag.

Da betrat Pierre zum ersten Mal den Laden. Er sah mich und dachte: »Die werde ich heiraten.« – Ich sah ihn und dachte dasselbe.

Pierre kam am nächsten Tag zur gleichen Zeit wieder und fand mich auf dem selben Sessel sitzend vor. Wir tauschten einen Blick, der besagte: »Abgemacht.«

Pierre kam nun jeden Tag wieder und kaufte jedesmal ein Buch, das er auch jedesmal bedächtig aussuchte. Ich hatte nichts mit dem Verkauf zu tun, daher kamen wir gar nicht miteinander ins Gespräch. Wir sahen einander nur ein wenig an. Das ging monatelang so.

Eines Tages war ich nicht da. Meine Mutter hatte längst alles spitzgekriegt, und sie fand Pierre nach ihrem Geschmack, sie redeten zum ersten Mal sehr persönlich miteinander. Pierre sagte ihr, er beende gerade sein Universitätsstudium, wohne in einem nahegelegenen Haus mit seiner Mutter, mit deren Ableben bald zu rechnen sei, und folglich würde er eine Entscheidung für sein Leben erst dann treffen, wenn sie nicht mehr sei.

Ich sah sie einmal vorbeigehen, tieftraurig, todernst, am Arm ihres Sohnes wankend.

Bald darauf verschied sie. Pierre wollte sie allein zum Friedhof geleiten.

Am Tag darauf kam er zu meiner Mutter und hielt bei ihr um meine Hand an, auf eine Art, die ihr gefiel.

»Nun denn«, sagte sie, »reden Sie doch mit Claire.« – Er tat dies zum ersten Mal, noch am selben Abend, und teilte mir mit, wie sehr er hoffe.

»War das denn nicht schon unter uns abgemacht?« fragte ich ihn.

»Doch«, antwortete er.

Er machte mir den Hof, nicht mit Blumen, sondern immer mit schönen Büchern. Wir heirateten so schnell es ging. Mir war wirklich nie zuvor ein anderer Mann aufgefallen, ihm auch nicht eine andere Frau. Er war dreißig und ich dreiundzwanzig.

Unsere Wohnung in der rue de Médicis ging auf den Jardin du Luxembourg hinaus. Pierre malte leidenschaftlich gern. Der schöne Park vor uns war unser Paradies.

Und du, Claude, warst auch recht bald unterwegs. An einem Sonntag, als ich, erschöpft von meiner Schwangerschaft, bat, daß wir uns etwas im Park hinsetzen möchten, sagte Pierre: »Claire, wenn du noch kannst, gehen wir noch einmal in den Louvre, damit unser Kind später einmal die Malerei liebt.«

Also nahmen wir eine Droschke und fuhren hin.

Wir lebten inmitten von Büchern und Bildern, ganz nach unserer Art, wobei wir einander nach und nach entdeckten. Dann wurdest du geboren.

Ein Jahr später kriegte Pierre eine Gehirnhautentzündung. Er nahm meinen Hals zwischen seine Finger und sagte zu mir: »Willst du mit mir fort? Ich drücke jetzt zu.« – »Ohja, Pierre«, sagte ich und ließ ihn gewähren. –

Meine Mutter, die Pierre ebenso lieb hatte wie mich, bat ihn sanft, nicht weiter zuzudrücken, und er gehorchte.

»Machen wir noch einen Spaziergang im Jardin du Luxembourg!« rief er und streckte mir die Hand hin. Dann sprang er schnell durchs offene Fenster auf den Balkon und trat ins Leere, und schrie dabei: »Claire, Claire!« – Er schlug mit dem Kopf auf dem Pflaster auf und war sofort tot.

Ich wäre beinahe gestorben. Aber wir waren ja zu dritt und nicht nur zu zweit.

Du wurdest größer. Zu Weihnachten gab ich dir ein Glas Champagner und einen Bissen Gänseleberpastete und erzählte dir von Christus und Petrus, du verwechseltest sie mit deinem kindlichen Gemüt. Als ich dir noch als kleines Kind das *Vater unser, der du bist im Himmel* beibrachte, hast du beim ersten Mal verstanden: *»Vater unser, der du bitt'st im Himmel«* und hast im Geiste deinen Vater gesehen, wie er im Gewand eines Kirchendieners mit einem langstieligen Klingelbeutel beim Hochamt im Paradies die Kollekte macht!

Mit vier Jahren fragtest du mich feierlich, ob ich dich heiraten würde, sobald ich ganz klein und du ganz groß sein würdest. Ich habe dir gesagt, daß es unwahrscheinlich ist, ob ich je wieder ganz klein werde, darauf hast du mich gebeten, mich an diesem Abend Claire nennen zu dürfen. Wir haben dann alle beide Gefallen daran gefunden und diese Gewohnheit beibehalten.

Du warst selig, wenn du neben mir auf einem niedrigen Schemel sitzen, meinen Rock halten und singen konntest: »Ma ist da! Ma ist da!«

Ich konnte aber nicht immer da sein, manchmal ging ich auch aus. Du mochtest das gar nicht. Um mich daran zu hindern, hieltest du eines Abends absichtlich deine Backe gegen das rotglühende Blech des Ofens, so daß es brutzelte und schmorte. Ich begriff. Ich legte eine Mullbinde auf deine Verbrennung und ging trotzdem aus. Im Bett dann hattest du Schmerzen und gingst deine Großmutter aufsuchen, um ihre Hand zu halten...

(Ich höre noch genau die Stimme von Claire, wie sie mir das alles erzählt, und kann es mir nicht verkneifen, Muriel, sie noch weiter erzählen zu lassen:)

Es gab auch Probleme zwischen uns. Das waren dann die seltenen Fälle, wo ich etwas befahl, ohne daß ich mir die Zeit genommen hatte, dir die Gründe dafür zu erklären.

Deine Großmutter und ich nahmen dich mit in den Zirkus. Du hattest das noch nie gesehen: Pony- und Hunderennen, Clowns, Elefanten, Nero und das brennende Rom. Am Ende der Vorstellung, trunken vor Begeisterung, verkündetest du, du würdest nicht weggehen, sondern dort sitzenbleiben und warten, bis es wieder anfängt. Deine Großmutter wollte dir *erklären,* warum das nicht geht, ich aber war erzürnt, nahm dich bei der Hand und schleifte dich weg wie ein Paket.

In der Droschke machtest du mir eine denkwürdige Szene. Du kriegtest deine erste Tracht Prügel und wälztest dich vor Wut mit Schluckauf auf dem Teppich. Du merktest, wie sehr mich dein Schluckauf und die konvulsivischen Zuckungen deiner Augen beunruhigten und setztest das Mittel jedesmal wieder ein, wenn man dir deinen Willen nicht durchgehen ließ.

Ich rief unseren Hausarzt, erzählte ihm von diesen Anfällen; aber er versicherte mir, daß sie in keinerlei Zusammenhang mit der Gehirnhautentzündung deines Vaters stünden und erlaubte mir, eine ungewöhnliche Waffe einzusetzen.

Als du dich das nächste Mal auf dem Teppich wälztest, warst du verblüfft, plötzlich eine kalte Dusche ins Gesicht zu kriegen, die dir für einen Augenblick den Atem nahm, und deine Mutter mit einem leeren Wasserglas zu sehen, welches Jeanne, dein eigenes Dienstmädchen, aus einer Karaffe wieder nachfüllte. Das war schmerzhaft für dich, aber das war nicht das Entscheidende. – Du kriegtest deine Wutanfälle wieder, jedoch mit abnehmender Überzeugung; beim dritten Glas Wasser kapituliertest du schließlich. Die Karaffe erhielt die Disziplin aufrecht, aber verziehen hast du mir nie wirklich.

SCHLUSS DER ERINNERUNGEN VON CLAIRE

Da Sie es wünschen, Muriel, erzähle ich Ihnen jetzt, wie es weiterging:

Ich war fünf Jahre alt. Claire war an diesem Tag etwas in Eile und gab mir im Salon meine Leseübungsstunde. Ich hatte es nicht gern, wenn Claire es eilig hatte. Sie klappte das Buch beim Buchstaben D auf, mit dem wir schon angefangen hatten, und erklärte ihn mir. – »D... I... A«, sagte sie. Da ich stockte, tippte sie mit dem Griffel zweimal scharf auf das lackierte Holz des Tisches, was mich überraschte und lähmte. – »Nun wollen wir einmal sehen«, sagte sie, »was D... I... A wohl abgibt?« – »Ich weiß nicht, Ma«, sagte ich. – »Und D... I... O?« – »Dio!« – »D... I... U?« – »Diu!« – »Sehr gut, und D... I... A?«

Erneut hörte ich die beiden Bleistiftschläge in den Ohren pochen, hatte Angst, es nicht zu wissen, und wußte es prompt auch nicht: »D... I... A« war ein schwarzes Loch.

»Nun«, sagte Claire, »du weißt Die, Dio, Diu und D... I... A weißt du nicht? Ich glaub dir das nicht, du tust das mit Absicht!«

Ich erschrak ob dieser Anschuldigung. Wie hätte ich das absichtlich tun können? Claire verstand mich nicht. Ein Streit entbrannte. Claire sprach Drohungen aus. Umsonst. Ich war total blockiert und verzweifelte immer mehr. Das Ungeheuer D... I... A nahm schon sagenhafte Züge an. Claire ging verspätet aus dem Haus und schmiß die Tür zu.

Ich ging zu meiner Großmutter, die mir ein Vesperbrot machte und erzählte ihr den Vorfall. »Du weißt also nicht«, sagte sie mit ihrer ruhigen Stimme, »was D... I... A heißt?« – »Nein Großmama«, sagte ich, schon geheilt von ihrer Ruhe. »D... I... A, das könnte vielleicht gar Dia heißen, wenn... (ich konnte nicht gut sagen: wenn das zweimalige Pochen mit dem Bleistift nicht gewesen wäre). Überhaupt heißt das ja auch Dia!«

Abends, als ich nach Hause kam, rief ich ihr entgegen: »Ich hab's! D... I... A: Dia!« Claire war nun wieder friedlich, küßte mich, glaubte aber immer noch, ich hätte es absichtlich getan.[1]

Sie sagte zu mir: »Es gibt zwei Sorten Mensch auf dieser Erde: Betrüger und Betrogene. Man muß wählen, der Betrogene zu sein, das ist anständiger, und man gewinnt Zeit.«

Und ich antwortete: »Gut, Ma. Ich werde ein Betrogener sein.«

MURIEL AN CLAUDE.

10. März. Abends.

Nun verstehe ich besser. Sie sind für Claire die Verlängerung von Pierre, und sie kann und will Sie mit niemandem teilen.

[1] Und fünfundvierzig Jahre später, am Vorabend ihres Todes, sagte sie es noch einmal zu mir, und ich erwiderte ihr ganz behutsam, daß es nicht stimmte.

Ich habe Mitleid mit ihr.

D... I... A roch mir schon sehr nach Konflikt.

Sie waren Einzelkind, hatten eine überaus behütete Kindheit, wie ein kleiner Prinz ohne Pflichten, ganz seiner Vorstellungskraft ausgeliefert. Sie waren daraufhin neun Jahre auf einer Schule, auf einer sehr guten, blieben dort aber von sieben Uhr morgens bis halb neun Uhr abends so gut wie ohne jede sportliche Betätigung, ohne handwerkliche Arbeit, was beides bei uns Engländern als ein Verbrechen gegen die Jugend gilt. Sie haben wenig Realitätssinn, und Sie haben einen lebhaften natürlichen Egoismus, den Sie aber auf Ihre Weise bekämpfen, weshalb Sie auch weiter kommen werden als Anne und ich.

Sie konfrontieren uns mit Ihren Problemen und bringen Sie unerlaubterweise mit unseren durcheinander. Sie komplizieren unser Leben, wo Sie es doch vereinfachen möchten. Sie rauben uns unsere Zeit, und ganz plötzlich führen Sie uns wieder auf den rechten Weg.

Durch Sie habe ich Lust gekriegt, Ihnen einiges über meinen Vater zu erzählen. Also folgendes:

Charles Philipp Brown war rothaarig, klein, stämmig, geschmeidig, das älteste von fünf Kindern, sehr stark und sehr still. Seine Eltern waren Bauern. Er war unabhängig, zäh, rechtschaffen, einfallsreich. Sein Lächeln war gewinnend. Er hat sich aus eigener Anschauung überzeugt, daß die Erde eine Kugel ist, als er sie umsegelte und daß sie klein ist, als er sie ein zweites Mal umsegelte; er gelangte dabei zur Erkenntnis, daß man den Lebensunterhalt für sich und seine Familie verdienen kann, wenn man dort

Waren einkauft und hier wiederverkauft. Er war Autodidakt und hatte weitreichende Bekanntschaften.

Im Jahre 1876 – er war gerade dreißig – lernte er unsere Mutter kennen und heiratete sie; sie war einundzwanzig und die Tochter eines Landarztes. Ihre Schulkameradinnen hatten ihr den Spitznamen Zicke gegeben. Sie war fromm, unerbittlich, hingebungsvoll, starrköpfig, auf ihre Art großzügig.

Seine Geschäfte liefen gut, und er kaufte, zwei Stunden von London, einen Gutshof mit Land drum herum, mit Wirtschaftsgebäuden, einem Stück Fluß und einer schmalen Insel, auf der noch zeitweise eine alte Wassermühle in Betrieb war.

Sie führten eine glückliche Ehe.

Sie bekamen in rascher Folge vier Kinder. Mich, rothaarig wie mein Vater, der mich rittlings auf seinem Nacken auf dem Land spazieren führte; Anne, braunhaarig wie eine ihrer Tanten väterlicherseits; Alex und Charles, zwei blonde Jungen, blond von der Mutter her. Die beiden Schwestern ließen einander nie aus den Augen, die beiden Jungen ebenfalls nicht.

Mein Vater starb auf dem malaiischen Archipel am Gelbfieber.

Meine Mutter mußte den großen Gutshof und den Park verpachten und behielt nur ein Bauernhaus, die Insel und die Wassermühle, die Sie ja kennen. Sie begann, den alten Gebäudetrakt an der Stirnseite der Insel als rustikales Landhaus einzurichten und wurde letztes Jahr damit fertig.

Sie gab ihre Kinder auf gute Schulen, und als die Zeit gekommen war, ging ihr Ältester nach Oxford.

Das wär's auch schon!

MURIEL AN CLAUDE.

11. März.

Ich bin weder schön, noch hübsch, noch charmant (doch! doch! doch! dachte Claude, genau das sind Sie). Ich bin ganz von dieser Welt, und das scheint Ihnen zu gefallen. Ich weiß nicht, warum Sie mich lieben. Der Hausarzt Ihrer Mutter hat mich letztes Jahr in Paris in ihrer Anwesenheit untersucht. Er hat mich für überarbeitet aber gesund befunden. Meine Augen verderbe ich mir selbst durch meine unbesiegbare Lesewut, gegen die ich nichts ausrichten kann. Mein englischer Arzt behauptet, daß die Robustheit, die ich in der Jugend gehabt habe, wiederkommen wird, wenn ich einmal verheiratet bin. Im großen und ganzen bin ich den Anforderungen meiner Arbeit und allem, was dazukommt, durchaus gewachsen.

Eben kommt ein weiterer Brief von Ihrer Mutter hereingeflattert, ein kurzer zwar, aber ein noch schlimmerer. Anne, die bei ihr wohnt, muß immer die Nachwirkungen ausbaden. Reden wir ihr zu, daß sie endlich abreist.

Das Mutterblut ist am Kochen.

12. März.

Wenn Sie für mehrere Tage zu kommen gedenken, nehmen Sie sich etwas Kleidung zum Wechseln mit. Sie und ich mögen ja Spaziergänge im Regen. Ob Ihnen der Jagdrock von Alex paßt?

Ich habe meine Tagebucheintragungen über Pilar wiedergelesen: eine alte Geschichte, dachte ich mir.

Doch leider stimmte das nicht ganz! Die Geschichte ist ganz *aktuell,* sie hat mich ganz beklommen gemacht.

Sehen Sie, nun sind Sie enttäuscht. Das ist natürlich. Ich hätte nicht geglaubt, daß das alles wieder auflebt.

Kommen Sie und erklären Sie mir das. Ihre Schülerin bleibt schon wieder hinter Ihnen zurück. Dabei möchte sie doch mit Ihnen Schritt halten. Heute könnte sie Ihnen noch zulächeln. Sie würde sich auf den Boden setzen, ohne Sie anzusehen und sich ihrem Leiden überantworten. Dann würden Sie mir Ihre Hand geben, und *morgen früh* wäre alles wieder gut. Sie ist eben etwas langsam.

Ich wünsche Ihnen einen guten Kontrollrundgang heut abend im schwarzen Viertel.

13. März.

Germinal ist scheußlich, ich versuche es fertigzulesen, bevor Sie kommen. Ich werde mir nichts dergleichen mehr zu lesen verordnen, zumindest für die nächste Zeit nicht. Ich mag die blutrünstigen Stellen überhaupt nicht. Doch ich bin Zola dafür dankbar, daß er mich andauernd in dieses ungeheure Elend taucht.

Sie sollen wissen, daß ich, wenn ich zweifle, mit Ihnen zweifle.

Einander kennenzulernen, ist unser unmittelbares Bestreben. Sie werden vier Tage hier sein.

Mit Ihren Briefen machen Sie mich zu keiner guten Leserin Ihrer Bücher. Ich kann Ihnen da einen Brief borgen, damit Sie daraus zitieren können: ein Brief von einem an seine Geliebte.

CLAUDE AN CLAIRE.

15. März.

Allzu aktiver Widerstand kann einen auch voranbringen. Die Unterbrechung unserer Korrespondenz während meines Militärdienstes war wie ein Staudamm, der erst einen See und dann eine Überschwemmung hat entstehen lassen.

Was unseren Gesundheitszustand betrifft, so werden wir ihn sorgfältig untersuchen. Das ist versprochen.

Vergiß nicht, ich liebe dich. Ich habe mir das überlegt und handle nicht übereilt.

MURIEL *(auf der Insel)* AN CLAUDE *(in London)*.

23. März.

Die vier Tage sind vorüber.

Claude ist nicht mehr da, weder in seinem Zimmer noch im Salon, noch am Ziehbrunnen, noch sonstwo. Ich hatte mich so an ihn gewöhnt. Wann haben wir zusammen Fische gekocht? Wann haben wir die beiden erkälteten Schweine gepflegt, ihnen warmen Brei gegeben und einen Strohsack als Lager? – Mir ist, als sei es gestern gewesen. Er hat für vier Tage ein neues Leben mitgebracht, und er hat es auch wieder mit sich fortgenommen.

Ich habe immer gesagt, daß ich beginne, ihn ein bißchen zu lieben, aber es war kaum nötig zu sagen, das konnte man ja sehen, er aber zweifelte doch sehr daran. Es verschwimmt alles vor mir, ich kriege einen Augenblick lang keinen Atem, dann vergeht es, kommt aber gleich darauf wieder, das macht mich wütend. Seine Seele ist anders gelagert als meine, das macht mich manchmal ganz krank.

Es gibt andere gute, starke, bewundernswerte Männer, die *von Natur aus* mit mir einverstanden wären... beispielsweise ein Engländer, ein besserer Christ...

Ich scheue nicht davor zurück, geliebt zu werden, aber ich habe diesen inneren Aufruhr satt, den so ein Typ wie

Claude mit sich bringt... Meine Trägheit lehnt sich einfach dagegen auf.

Wenn er mir seine Vorträge hält, ist mein Geist so aufs äußerste gespannt, daß sich mein Herz verschließt. Wenn wir wirklich heiraten, werden wir über alles mühelos reden können. Im Augenblick geht das nur unter riesigen Anstrengungen. Wir suchen nur jeder einen eigenen Weg.

Ich möchte Ihnen gern ein wenig von Cornwall erzählen. Ich bin so vernarrt in diese Gegend, daß Sie mich erst verstehen werden, sobald Sie es mit eigenen Augen gesehen haben. Meine Liebe zu Cornwall ist dermaßen intensiv, daß Mutter schon darüber lächeln muß. Ich habe finstere Stunden dort verbracht, später auch freundliche; das war kurz bevor ich Sie kennenlernte. Die Briefe, die Anne uns damals aus Paris schrieb, begannen uns schon lästig zu werden, weil sie darin andauernd nur von ihren neuen Freunden sprach, von Ihrer Mutter und Ihnen also.

Das ist jetzt auch schon wieder drei Jahre her. Ich war nach meinem Examen wie ausgelaugt. Schlimmer noch als Sie von Ihrer Kneippkur. Mutter, die mich gut kennt, hatte diesen unberührten wilden Flecken Landschaft für mich ausgesucht. Ich ging immer zur Brandung hinunter, um zu weinen. Mein Bruder Alex bot mir damals Zuflucht, ohne daß er sich dessen bewußt gewesen wäre. Das solide und stämmig gebaute Häuschen aus Granit beherrschte die Landschaft. Dort trafen wir, gezogen von einem großen schwarzen und zottigen Gaul, mitten in der Nacht nach einem Schneesturm ein. Danach hatte ich drei prachtvolle Wochen.

Im Sommer gehen wir wieder dorthin. Nichts als Felsen, Heide, Ginster, alles wird grau und golden sein. Das Meer wird seine Brandungssalven gegen die Steilküsten abfeuern, in den Grotten werden sie nachdonnern und dann zurückfließen. Wir beide werden oben auf dem Felskamm liegen, unter dem Geschrei der Möven, der Wasserstaub der Gischt wird uns ins Gesicht klatschen und über die Heide hinfegen. Ein andermal wird der Ozean ruhig sein, schön jedoch niemals; ein einziges rohglitzerndes Grün. Wir werden in die großen Felskavernen hinuntersteigen. Wozu, werde ich Ihnen dann erklären.

24. März.

Als ich Ihnen am Strand gestand, was ich zu fühlen begonnen hatte, dachte ich, es sei etwas Endgültiges.

Dem ist nun leider nicht so, es hat sich alles verflüchtigt. Unsere geistige Anspannung hat alles zerstört. Ich liebe Sie bald mehr, bald weniger, nicht immer gleich stark. Wäre unsere Beziehung gefestigt, könnte ich es jahrelang aushalten, Sie nicht zu sehen.

Nicht die Liebe ist es, die das Leben durcheinanderbringt, sondern die Ungewißtheit, ob man liebt.

Nicht Sie sind schuld, daß mein Leben seit drei Monaten ungeregelt verläuft, sondern ich allein.

Beim Kurs für die freiwilligen Sanitäter hat der ausbildende Arzt zu uns gesagt: »Wer nicht imstande ist, Empfindlichkeit, Schamgefühl und Ekel abzulegen, soll schnell wieder nach Hause gehen! Wenn Sie sich abstoßender Aufgaben nicht mit Freuden entledigen können, werden Sie nie Krankenpflegerinnen.«

25. März.

Was auch immer kommen mag, ich werde Sie lieben, in hellem Sonnenschein, gepeitscht von einem Sandsturm, der alles Süße, Sanfte wegreißt und nur das nackte Gerüst zurückläßt.

Ich bin davongelaufen, in den Wald, wo wir uns verirrt haben, ich berühre die große Eiche, ich spreize einen Miniatur-Urwald auseinander und entdecke einen ganzen Teppich von Primeln!

Wie schön ist es doch, sich über Winzigkeiten freuen zu können: nur so geht es überhaupt!

Selbst wenn das große *Ja* niemals gesprochen würde, werden wir Freunde bleiben. Ein Leben ganz ohne Sie möchte ich nicht.

27. März. Morgens.

Ihre Mutter verausgabt sich gänzlich in ihrem Haß gegen mich. Ich möchte diesen Kampfbriefen endlich ein Ende setzen. Soll ich sie einfach besuchen? ... Mutter ist dagegen. – Sorgen Sie sich nicht um mich.

Sie beklagt sich immer darüber, daß ich sie nicht mag. Ich habe sie gemocht. Ich halte viel von ihrer Liebe zu Ihrem Vater. Ich möchte einmal mit ihr unter vier Augen reden, und all die Vorwürfe aus ihrem Munde hören. Einige würden sich dabei wohl ganz von selbst erledigen. Und für die anderen ließen sich die wahren Hintergründe finden.

27. März. Abends.

Mutter und ich sind zu unserem alten Hausarzt gegangen, der meinen Werdegang seit meiner Geburt verfolgt und mich oft auf seinen Schultern getragen hat. Die Behauptungen Ihrer Mutter haben meine Mutter sehr beunruhigt. Sie möchte nun gern einen Gesamteindruck von meinem derzeitigen Allgemeinzustand gewinnen. Sie hat dem Doktor von *uns* erzählt und mit den Worten geschlossen: »Ich sähe es viel lieber, wenn meine Tochter einen Engländer heiratet.«

»Aber das ist doch Nebensache«, hat er darauf geantwortet. »Lieben die beiden nicht einander? Das ist die Hauptsache!«

Der Doktor hat mich also untersucht: mein Puls geht sehr langsam, ich neige zu Blutandrang im Gesicht (bin auch ein paarmal rot geworden), bin sehr überarbeitet und erschöpft (Ihretwegen seit Januar). Im übrigen bin ich gesund *wie ein Fisch im Wasser,* das kann er bezeugen.

Anne hat auf dem Tisch eine Mitteilung Ihrer Mutter vorgefunden; sie lautet so: »Es muß nun einmal sein, verlassen Sie mich; ich möchte auch nicht, daß wir einander wiedersehen. Zwar hat *das alles* mit Ihnen und mir nichts zu tun. Dennoch können wir nicht darüber hinwegsehen. Sollten wir einander begegnen, sagen wir uns selbstverständlich Guten Tag.«

Und dabei haben sich die beiden so gern gehabt.

27. März. Nachts.

Ich kann Ihre Mutter *im Augenblick* nicht ausstehen. Sie unternimmt alles, um uns auseinanderzubringen. Ich möchte Ihnen hier schildern, wie es zu unserer verkorksten Beziehung gekommen ist.

In Wales hat sie mir lang und breit von Ihrem Gesundheitszustand erzählt, und davon, wie er mit meinem zusammenhängt; sie hat mir Ihre Arbeitswut, Ihre Migräneanfälle, Ihre andauernden Erkältungen vor Augen gehalten, und hat nicht eher damit aufgehört, bis ich Kopfweh davon bekam; das Ganze hat sie auch noch ständig mit Zitaten aus Pascals *Gedanken* untermalt. Ihre Aufrichtigkeit hat mich tief beeindruckt. Sie kämpft *um Sie.*

Ich habe Bewunderung für ihre Uneigennützigkeit, ihre Energie, ihre umfassende Wißbegier und die Art, wie sie jungen Leuten begegnet.

Nach dem ersten Anschein zu urteilen, sind wir nicht

geschaffen, einander gut zu verstehen. Aber wir haben ja miteinander gewohnt, in Paris und in der Schweiz. Als ich krank war, hat sie sich so um mich gekümmert, daß sie für mich meine *französische Mutter* geworden ist, genauso wie für Anne. Sie hat mich zu ihrem Arzt, zu ihrem Schneider, zu ihren Freundinnen geschleppt. Sie nannte mich: »Mein Kind«. Und als sie selber auch krank wurde, habe ich sie gepflegt.

Ich war auch bei ihren »Mittwochtreffen für junge Leute« dabei. Wenn es mir dreckig ging, hat sie mich wieder aufgerichtet. Unsere Freundschaft war eine Freundschaft des Herzens, nicht des Kopfs. Ich habe einen Monat bei ihr verbracht. Ich liebte es – aber das merkte ich erst hinterher – in Ihrem Zimmer zu schlafen, mitten unter Ihren Sachen; ich habe ganze Abende verbracht, wo sie am Fußende des Bettes Ihrer Großmutter saß. Sie verbesserte geduldig mein Französisch, schimpfte mit mir wegen meiner Unentschlossenheit. Während meiner letzten Woche in Paris war ich traurig, wegfahren zu müssen; sie war die einzige, die mich tröstete.

Ich liebe Ihre Mutter sehr. Nicht jedoch, wenn sie sich in anderer Leute Angelegenheiten einmischt. Die Liebe zu Ihrem Vater, in der sie Sie als Kind gewiegt hat, ist ein strahlendes Beispiel. Sie hat Ihnen gesagt, daß sie die Liebe nie als etwas Physisches erfahren hat. Das macht sie in meinen Augen groß.

Während ich diesen Brief schreibe, sitze ich in der Schubkarre, neben dem Erbsenbeet.

(Auf schönem Büttenpapier.) *28. März.*
Karfreitag!

Es ist das erste Mal, daß ich den *Karfreitag* nicht gespürt, daß ich die Karwoche nicht zur Erhebung meines Geistes genutzt habe. Sogar in der Kirche heute morgen mit

Mutter kam mir alles wie an einem x-beliebigen Tag im Jahr vor. Nach dem Mittagessen jedoch bin ich hinauf in mein Zimmer, um über die beste Methode nachzudenken, Sie mit *meiner* Religion bekannt zu machen.

Vielleicht wäre es Ihnen gar nicht recht, wenn ich jeden Morgen und jeden Abend mein Gebet auf Knieen spreche? *(Doch, doch! dachte Claude.)*

Gewisse Gebete, sagen Sie, sind niederträchtig. Aber es gibt auch edle und notwendige.

Warum ist dieser Karfreitag so anders als sonst? Und warum habe ich keine Gewissensbisse?

Weil ich seit Weihnachten noch größere Anstrengungen unternommen habe als die, welche die Heilige Kommunion gewöhnlich in mir auslöst.

Ich vergesse jetzt absichtlich, daß Sie ja nicht an die besondere Gottheit Jesu Christi glauben.

Karfreitag ist jener Tag, an dem wir des Todes Unseres Herrn gedenken, wo wir als seine Jünger leben, wo wir vor Liebe und Dankbarkeit zittern, wo wir Vorsätze für das ganze Jahr fassen, wo wir das Ostermahl bereiten.

Als Kind nahm ich ein schönes Blatt Papier wie dieses hier zur Hand und einen Bleistift und schrieb lange; dann verglich ich das Blatt mit dem vom Vorjahr. Dasselbe werde ich auch mit Ihnen tun.

Auf Knieen lese ich die Geschichte Seines Todes wieder, Seine letzten Worte. Ich erforsche mein Gewissen im Lichte der Zehn Gebote. Ich schreibe mir die Tugenden auf, die es zu erwerben gilt: Demut und Geduld, deren ich so sehr bedarf, und die einem wie Aale durch die Finger schlüpfen.

Ich kniee noch immer. Ich spüre die Gegenwart Gottes in meinem Zimmer. Ich suche mir aus der Bibel folgenden Spruch aus: »Vergib ihnen, Vater, denn sie wissen nicht, was sie tun.« Ich wende ihn auf meine Umgebung an.

Auf meinem Blatt vom vergangenen Jahr lese ich: »Moralische Gefechte liefert man sich allein« und: »Was man oft als größte Stärke an uns schätzt, ist meistens die schwächste Stelle.« – Mein Blatt ist voll von Klammern, einfachen und doppelten, runden und eckigen, mit kleinen Ziffern, Verweiszeichen, Korrekturen, allerlei Beiwerk, das Sie zum Lachen bringen würde.

Ich zitiere: »Man muß kleine Dinge tun, als wären es große!«

»Ich darf Claude nicht ein Bild von mir vermitteln, das besser wäre, als das, was ich selbst von mir habe.«

»Claude bringt mich ganz durcheinander. Wie soll ich das in einen frommen Zusammenhang bringen?«

»Mit Mutter: 1. Diskussionen und Widerstand vermeiden. – 2. Sie meine Zärtlichkeit spüren lassen. – 3. Ihr die Wünsche von den Augen ablesen und ihren Forderungen zuvorkommen.«

Mit dreizehn habe ich zu Gott gesagt: »Herr, hier bin ich. Ich gehöre Dir. Nimm mich hin. Ich werde für Dich arbeiten.«

Ich hielt mich für von Gott besessen. Dieses Gelöbnis habe ich mit neunzehn erneuert, nach einer langen Vorbereitung. Ich habe in der Kathedrale das Heilige Abendmahl genommen, habe mich Gott hingegeben. Das war eine klar gesetzte Handlung mit genau absehbaren Folgen.

Als ich vor einem Jahr die Kommunion empfing, habe ich mein Gewissen erforscht und dabei meine schwesterliche Zuneigung zu Ihnen entdeckt. Ich habe gesagt: »Mein Gott, ich liebe Claude wie meinen Bruder, Du hast es vor mir gewußt. Heiß diese Liebe gut, damit sie ihm, mir und allen zur Kraft gereiche.«

Was bedeutet den Katholiken die Hl. Kommunion? Für uns ist sie ein Höchstmaß an Feierlichkeit und innerer Sammlung. Viele empfangen sie selten, alle jedoch zu Ostern. Wenn uns jedoch im letzten Augenblick noch ein Rest von Zweifel bezüglich unseres reinen Gewissens bleibt, müssen wir uns enthalten und so lange in der Kirche beten, bis uns Erleuchtung zuteil wird.

Ich habe meinethalben nie an eine Ehe gedacht. Es war beinahe ein Kampf auf Leben und Tod, als ich Ihnen nach Weihnachten immer wieder sagen mußte: *nein, nein und nochmals nein.* Meine Zuneigung zu Ihnen wurde immer heftiger. Ich habe mir gesagt: »Claude wird ihr nachweinen, aber er findet ohnehin leicht Anschluß.«

Hier also meine Gedanken von vor einem Jahr. Heute war dieser lange Brief mein Karfreitagszettel, und bald schon bricht der Karsamstag an, denn es ist schon sehr spät. Mein Gefühl Ihnen gegenüber hat sich verändert, es ist weniger sprunghaft, hat mehr Tiefgang.

Ich werde mir meinen Glauben an die Gottheit Christi niemals nehmen lassen.

29. März.

Mutter hat heute morgen zu mir gesagt: »Ich begreife nicht, warum du nicht sofort *ja* oder *nein* sagst. Wenn dir nach *nein* zumute ist, verzichte lieber, dir, uns und dem Frieden zuliebe.« Sie will nicht zugeben, daß sie uns im Januar brüskiert hat. Ich entgegne ihr, daß wir noch dabei sind, einander zu entdecken, daß ohne sie das Wort »Liebe« nie gefallen wäre.

Ich schreibe Ihnen aus Dicks und Marthas Wohnung. Sie haben damals gesagt: »Die beiden waren Balsam auf mein Herz, schon als ich ihre Schwelle überschritten hatte.«

Ich arbeite im Garten. Ich habe einen Helfer, er ist

fast noch ein Kind, aber sehr anstellig, und hüpft dauernd um mich herum. Auf der Insel habe ich auch einen Helfer, einen Riesen, ebenso geschickt, der aber nicht herumhüpft. Der Kleine hat ein Gärtchen ganz für sich, mit Rosensträuchern drin.

Wenn ich alles recht durchdenke, kommt mir in den Sinn, was hätte sein können, wenn wir natürlich aufgewachsen wären, unsere glückselige Ignoranz beibehalten hätten, man uns keine Gewalt angetan hätte. Ist das je wieder gutzumachen? ... Und streben wir eine solche Wiedergutmachung überhaupt an?

Dem Ansporn Ihrer Mutter haben Sie es zu verdanken, daß Sie noch vor mir da angekommen sind, wo Sie jetzt sind. Was wir jetzt brauchen, ist Zeit, und wir müssen uns viel sehen.

Mutter hat meinen ärztlichen Befund an Ihre Mutter weitergeleitet, ohne weiteren Kommentar.

Caroline, die Älteste der Dales, hat spontan für Ihre Mutter Partei ergriffen! Was für eine Wohltat, daß hier jemand ist, der sowas tut.

Nach sorgfältiger Abwägung aller Umstände muß ich sagen, ich bewundere und liebe Ihre Mutter. Sie wird mir das wohl nie glauben.

Machen Sie sie glücklich. Vergessen Sie nicht: sie ist krank.

2. April.

Ich habe über das Thema *Finanzen* nachgedacht, das Ihre Mutter angeschnitten hat und worüber wir uns schon neulich Gedanken machten.

Dick und Martha waren arm, als sie heirateten. Sie haben sich bei strikter Sparsamkeit mit diversen Gelegenheitsarbeiten über Wasser gehalten. Dann bekamen sie eine Tochter. Sozusagen um diese herum haben sie einen Kindergarten aufgebaut, aus dem schließlich eine florierende Vorschulerziehungsstätte für kleine Kinder geworden ist. Das war damals etwas ganz Neues. Das hat ihnen beiden zum Durchbruch verholfen, jedem auf seinem Gebiet.

Ich bin zum Lehren geboren, komme ohne eine regelmäßige Beschäftigung auch nicht aus. Sie müßten übrigens auch einen guten Lehrer abgeben. Ich nähe meine Kleider selbst. Ich werde genauso wie Anne meinen Teil des väterlichen Erbes beanspruchen. Hinzu käme Ihr Erbteil, von dem Sie mir erzählt haben, das Ihnen Ihre Mutter auch nicht verwehren kann. Somit wären wir weit davon entfernt, bei Null anfangen zu müssen. Sie werden sich der Schriftstellerei widmen, da Ihnen das liegt. Sollten Sie hingegen auf ein festes Gehalt aus sein, dann übernehmen Sie eben die Abwicklung der Auslandskorrespondenz bei dieser Handelsgesellschaft.

Wir haben nicht den mindesten Grund zur Besorgnis.

3. April.

Ich befinde mich im Zweifel. Nicht einmal Martha kann mir helfen. Ich brauche Sie.

Als ich noch klein war, riß ich von einer Klatschmohnblüte die noch grünen Kelchblätter ab, um hinein ins Innere zu schauen. Dieses war rot und weiß, zerknittert und schrumpelig. Wäre ich behutsamer mit der Blüte umgegangen und wäre sie weiter entwickelt gewesen, hätte sie zwar immer noch etwas Zeit zum Aufblühen gebraucht, hätte den Eingriff jedoch überstanden. So nämlich hat uns Mutter behandelt.

Wenn ich eine Sache schlecht mache und zu jemandem, der etwas davon versteht, sage: »Geben Sie mir einen guten Rat«, werde ich sauer, wenn man mir einreden will, ich mache meine Sache ohnehin gut.

Meine Freunde schulden mir Kritik, nicht Lobhudeleien.

Wenn Sie es sich je mit mir verderben wollen, brauchen Sie mich nur mit Lob zu überschütten.

Wirbelstürme umbrausen mich: »Ich will frei sein! Mein eigenes Leben erfinden! Nein, nein und nochmal nein!«

Ich warte auf ein neues Licht, das alles durchdringt und verändert.

6. April.

Wir reden nur von der *Liebe.*

Worauf läuft sie hinaus? – Auf die Erzeugung von Kindern.

Die Tricks der Natur im pflanzlichen Bereich sind mir hinlänglich bekannt. Dieselbe Kraft treibt den Mann zur Frau. Dieser primäre Instinkt reicht aus, um den Zweck zu erfüllen. Sie haben ihn ja schon ausprobiert, Sie!

Große Liebe nicht erwünscht? Würde es nicht auch ganz gut ohne sie gehen? – Zwei *Seelen,* die sich lieben? Was soll das wohl heißen?

Solche Gedanken schwirren mir durch den Kopf. Die Liebe, die in mir heranwächst, ist nichts Nebuloses. Sie ist ganz praktisch orientiert: siehe Dick und Martha.

Sie haben mir geholfen, das Leben *mit anderen Augen* zu sehen... ich kann mir alle übrige Information selber beschaffen. Für die Liebe aber habe ich niemanden als Sie. Ich weiß, daß Sie mich lieben, wenn es hierbei überhaupt so etwas wie eine Gewißheit gibt. Die Leute um uns herum haben an unserer Stelle das Wort ausgesprochen: *die Liebe,* die für mich *nur ein Wort* ist (worüber ich mich freue, und Sie auch). Es hat uns den ganzen Winter versaut.

Schade! Ich verlasse Dick und Martha. Ich habe mich in das Zimmer gesetzt, in dem Sie geschlafen haben. Die beiden haben kein Dienstmädchen, sonst könnten sie mehr beisammen sein. Sie führen ihren Haushalt wie eine Putzkolonne. Martha wartet mit mir auf Neuigkeiten von Ihnen.

7. April.

Endlich! Endlich! Sie haben mich ja ordentlich ausgeschimpft, wie es sich schon längst gehört hätte. Es wäre schade gewesen, das nicht mitzuerleben. Sie haben mich behandelt, als hätte ich überhaupt *keinen Mumm*. *Danke* will ich darauf nicht sagen. Das wäre zu wenig.

Wenn wir, ohne einander zu kennen, uns über Gott unterhielten, müßte ich sagen, unsere Götter gleichen einander nicht. Aber ich weiß, daß wir denselben Gott haben.

Ich sehe eine Parallele zwischen *Germinal* und dem *Ring des Nibelungen*. Sie werden das Werk ja lesen.

Erst wird gelebt. Und hinterher die passende Etikette aufgeklebt.

Gestern habe ich mit Alex über uns gesprochen. Es war schwierig. Er hat zugehört, ohne ein Wort zu sagen. Schließlich ist er von der Kaminbank aufgestanden, hat sich zu mir heruntergebeugt und mich geküßt, was für ihn etwas sehr Ungewöhnliches ist. Dann hat er zu mir gesagt: »Ich habe über eure Freundschaft zu dritt nachgedacht. Ich dachte, Monsieur Claude käme wegen Anne. Ich habe ihn nie richtig leiden können, vermutlich aus Eifersucht.«

Wenn Sie und ich nur Freunde sind, brauchen Sie sich

wegen Alex nicht den Kopf zu zerbrechen. Wenn mehr aus uns wird, so bin ich sicher, daß ihr euch mögen werdet. Charles hat überhaupt keine Meinung zu alledem geäußert.

9. April.

Ich habe im Wald unseren bleifarbenen Teich wiedergefunden. Ich habe mich auf den bemoosten Baumstamm gesetzt. Die Frösche sind ständig auf dem Sprung – genau wie ich. Auch zwischen ihnen spielen sich Romane ab.

Sie haben auf einen Brief von mir gehofft... dabei wäre es doch viel schlimmer, wenn ich mich zwingen müßte, Ihnen zu schreiben.

Bin ich wirklich so *ohne Saft und Kraft?* – Ich war in den letzten drei Jahren öfters krank. *Sollte Ihre Mutter doch recht haben?*

Wenn ich auf ein Zipfelchen Gutes in mir stoße, weiß ich nun erst recht nicht mehr, ob es von Ihnen kommt.

Wenn ich Ihnen in Gedanken *nicht kalte* Dinge sage, reiße ich mich augenblicklich am Riemen, aus Angst ich könnte Ihnen nicht entsprechen.

15. April.

Ich schicke Anne ein Buch über die intime Anatomie der Frau. Sie wird Ihnen womöglich Fragen stellen. Sie hat weniger gelesen als ich. Ich habe keine Ahnung, was sie in ihrem Künstlerleben sonst noch dazugelernt hat. Mein Ziel ist es, sie davon abzubringen, natürliche Funktionen mit Angst und Schrecken zu verbinden, was ich ja auch getan habe.

Um zwischen zwei Dingen wählen zu können, muß man beide kennen. Ich kann keine Wahl zwischen Tugend und Laster treffen, da ich zufällig eben nur die Tugend kenne.

ANNE AN CLAUDE.

6. Mai.

Am letzten Tag bei Ihnen zu Hause hat Ihre Mutter zu mir gesagt: »Wenn Claude Muriel heiratet, werde ich nie mehr im Leben ihn, noch Muriel, noch ihre Kinder sehen wollen.«

Die bringt das auch fertig. Wenn man sie so sah, konnte sie einem leid tun.

Heut nacht habe ich in Ruhe über Sie und Muriel nachgedacht. Sie haben vieles gemeinsam. Sie stürzen sich förmlich auf neue Aufgaben, die Sie sich nacheinander selbst aussuchen, ob es nun gilt, eine Sprache zu lernen oder jemandem zu helfen, ist einerlei. Sie haben Courage. Im Moment, wo Sie es tun, spüren Sie keine Anstrengung, aber hinterher klappen Sie zusammen.

Ihr habt beide, was ich nicht habe und was ich den Napoleonischen Instinkt nennen möchte.

CLAUDES TAGEBUCH.

15. Mai.

Ich habe Claire in Paris besucht. Auf dem Weg nach Dover haben wir uns auf die Brücke gesetzt, vorn im Bug, die Sterne über uns.

Claire sagte: »Kannst du dich noch an die kleine Insel in Budapest erinnern?«

Ich sehe die kleine Insel wieder vor mir. Ich war damals sechzehn. Wir waren gerade auf Europarundreise und hatten am Vortag bis spät in die Nacht Zigeunermusik gehört. Claire hatte mir einen kleinen Vorwurf gemacht, den ich unbegründet gefunden hatte; ich weiß nicht mehr, worum es ging, aber es artete sehr bald in einen Disput vom Schlage D... I... A: Dia aus. Wir stellen schließlich fest, daß wir einander nicht mehr verstehen und beschließen, die Reise einzeln fortzusetzen. Die beiden Rundreisebillets werden voneinander getrennt. Ich gehe hinaus, setze mich auf eine Bank, das Reisegeld habe ich in Napoleondor-Münzen in einem Ledergürtel bei mir. Ich möchte Claire zwei Drittel davon überlassen, weil ein Junge auf Reisen mit weniger auskommt. Claire aber will nicht mehr als die Hälfte.

Am nächsten Morgen nehmen wir unser letztes gemeinsames Frühstück ein. Dabei begraben wir unseren Streit und trennen uns doch nicht.

Ein schmerzlicher Traum, den ich mit fünfzehn hatte, lebt in meiner Erinnerung wieder auf.

Claire, die Verlobte meiner Kindheit, kommt zu mir ins Zimmer, mit ernster Miene, halbnackt, mit archaischen Juwelen geschmückt. Mit den Gesten einer Priesterin legt sie sich auf mich. Mit Hilfe einer Art Stachel dringt sie in mein Geschlechtsteil ein, weitet den engen Gang, wie man einen Handschuhfinger weitet. Das tut sehr weh. Der Schweiß rinnt mir die Flanken hinunter. Claire verschwindet.

Bald darauf kommt sie wieder, mit noch farbigerem Ritualschmuck angetan. Sie bearbeitet mich erneut mit ihrem Stachel, diesmal weniger heftig, dabei dringt sie aber noch tiefer in mich ein, was extrem schmerzhaft ist, und sie stößt etwas in mich hinein; ein Krampf und ein Flüssigkeitsstrahl reißen mich aus meinem Traum.

Von diesem Traum an hatte Claire für mich keine körperliche Bedeutung mehr. Das Band war zerschnitten. Meine Sohnesliebe blieb intakt, aber eine wilde Leidenschaft erfüllte mich, und ich machte mich auf die Suche nach einer Frau, die ganz das Gegenteil von Claire sein, ihr aber dennoch ähneln sollte.

Claire erzählte mir: »Dein Vater hat in erster Linie an dich gedacht. Ich dachte nur an ihn allein. Bei deiner Geburt hast du mir dermaßen weh getan, daß ich mich weigerte, dich anzusehen, als man dich mir brachte. Dein Großvater war empört. Dein Vater lachte. Ich bin eingeschlafen, er hat alle hinausgeschickt, und dich hat er auf ein Kissen am Kopfende unseres Bettes gelegt und uns allein gelassen, von Angesicht zu Angesicht, alle beide schlafend. Als ich die Augen wieder aufschlug, habe ich dich gesehen. Es war sonst niemand da. Dann habe ich dich in meine Hände genommen. Es war wie mit einem Geliebten. Ich habe einen Schrei ausgestoßen. Das war alles. Dein Vater hat ihn gehört und ist wieder hereingekommen.

Später, als er starb, waren wir wieder allein. Ich habe mich deiner angenommen. Ich habe dich *mein Monument* genannt und dich Stein für Stein errichtet. Deinetwegen habe ich Latein und Griechisch gelernt. Ich habe deine Liebe zu Reisen und Sprachen unterstützt und deine Art, dich selbst zu formen, wie es dir behagte.

»Ich habe keine Angst, dich zu verlieren. Ich habe bloß Angst, daß du dir Schaden zufügst.«

Wenn deine Zeit gekommen ist, wirst du einer Tätigkeit nachgehen, die dir Spaß macht, deinen Lebensunterhalt sichert und dir erlaubt, eine Familie zu gründen.

Es wäre fahrlässig, mit der Familiengründung zu beginnen. Du hast die Kneipp-Kur nötig gehabt und bist im Krankenhaus gewesen. Du bist immer noch sehr gebrechlich. Vielleicht wirst du nur ein Denker und sonst nichts. Für einen geregelten Beruf bist du ungeeignet. Muriel hat starke geistige Qualitäten, aber seit drei Jahren verbringt sie die Hälfte ihrer Zeit damit, ihre Augen zu kurieren, um sie sich sogleich wieder zu verderben. Sie wird eine Schriftstellerin oder eine Ärztin werden. Ihr habt beide das gleiche Feuer. Man hat euch zur Heirat gedrängt. Von selbst wärt ihr gar nicht auf den Gedanken gekommen.

Mister Dale und seine Frau sind gute Freunde der Familie Brown und neuerdings auch unsere Freunde. Ich habe sie ersucht, uns allen zu helfen.

Ich habe ihnen mitgeteilt, wie ich die Dinge sehe. Sie haben mich eingeladen, bei ihnen zu wohnen, und dich erwarten sie morgen zum Mittagessen.«

Claire mildert ihre Ausdrucksweise. Sie hatte sich schon einmal einer strengeren bedient. Ich fühlte, wie sehr sie verlangte, daß ich mich von Muriel trenne. Es gab durchaus auch Richtiges in dem, was sie sagte.

Das Essen fand im engsten Familienkreis statt. Die jüngste Tochter war gar nicht anwesend. Caroline war eine zärtliche Freundin von Claire. Sie hatte zu ihr gesagt: »Mein Vater ist zum Schiedsrichter geboren und überaus menschlich. Er wird eine Lösung finden.«

Mister Dale erklärte: »Wir haben uns hier zusammengefunden, um über eine mögliche Heirat zu sprechen. Ich habe das *Für* und auch das *Wider* zur Kenntnis genommen. Der Fall ist einfach, da alle Parteien einander in Zuneigung verbunden sind. Zwei junge Leute wollen nicht etwa auf der Stelle heiraten, sondern die Freiheit haben, es zu tun, wenn sie es wollen. Die Mutter des Mädchens drängt zu einer baldigen Entscheidung, egal wie sie ausfallen mag. Die Mutter des jungen Mannes hingegen ist der Auffassung, der gegenwärtige Gesundheitszustand beider mache eine Heirat unmöglich.

Nach sorgfältiger Abwägung machen meine Frau, meine Tochter und ich den folgenden Vorschlag: Muriel und Claude sollen sich aus Rücksicht auf ihre Mütter mit einer Trennung auf ein Jahr einverstanden erklären; während dieser Zeit sollen sie sich gesundheitlich wieder herstellen, einander nicht besuchen und auch keine Briefe schreiben. Das ist ein Opfer. Sollten sie jedoch nach Ablauf eines Jahres noch den Wunsch verspüren zu heiraten oder ihre Freundschaft wieder aufzunehmen, sollen sich weder die Mutter von Muriel noch die von Claude dem widersetzen. Ich werde morgen Mrs. Brown und Muriel diesen gleichlautenden Vorschlag ebenfalls unterbreiten.«

Claire hatte sich einen Sieg auf der ganzen Linie erhofft, aber in einem Jahr kann ja so mancherlei passieren.

Ich empfinde dieses gewaltsame Auseinanderreißen als unmenschlich, besonders jetzt, wo Muriel und ich es so dringend nötig haben, einander zu sehen.

Mr. Dale ging dann auf andere Themen über. Mrs. Dale und Caroline küßten Claire. Sie ging an meinem Arm nach Hause.

Am darauffolgenden Tag fand bei den Dales das Mittagessen mit Muriel und Mrs. Brown statt. Mr. Dale wiederholte den Vorschlag. Mrs. Brown gab zu verstehen, daß sie nach Ablauf eines Jahres auf einem Ja oder Nein bestehen müsse. Muriel errötete heftig. Mr. Dale machte deutlich, daß diese Forderung nicht gerechtfertigt sei. Mrs. Brown legte gegen die Behauptungen Claires über Muriels Gesundheitszustand Protest ein.

»Sie hat einen Schock erlitten und ist davon krank geworden«, sagte Caroline.

»So stehen die Dinge nun einmal«, sagte Mrs. Brown.

»Denken wir darüber nach«, sagte Muriel.

MURIEL AN CLAUDE.

18. Mai.

Mutter und ich sind zufällig, nach unserem Mittagessen bei den Dales, bei Ihnen vorbeigekommen. Sie waren nicht zuhause. Man will, daß wir uns für ein Jahr trennen. ... Das ist eine ganz neue Idee. Mein Denken ist im Augenblick sowieso blockiert.

Wir sind wie Tiere, die zur Jagd gezwungen werden.

»Ihre Mutter«, sagt Mr. Dale, »ist wirklich leidend. Uns eilt es überhaupt nicht. Ihr vielleicht aber doch?«

Kommen Sie schnell.

Anne ist gerade gekommen. Sie wird in die Trennung einbezogen.

Gott schütze uns!

Die kennen nur die drei Worte: Liebe – Freundschaft – Entfernung. Diese Zustände durchdringen einander unablässig, und man kann sie gar nicht immer beim richtigen Namen nennen.

CLAUDES TAGEBUCH.

22. Mai.

Ich kehre eilends wieder zur Insel zurück. Man bereitet mir einen warmen Empfang. Muriel und ich sind in der Gefahr vereint. Unser Treuegelöbnis berührt Mrs. Brown und Anne. Sie behandeln uns taktvoll. Es ist alles ruhig und gelassen. Noch existiert unser *Trio* in Freiheit.

Die zwölf kleinen Schweine sind groß und dick geworden und nicht mehr voneinander zu unterscheiden. Ich erkundige mich nach der Aussaat in jedem Gartenbeet.

Muriel und Anne haben die Anrede der Pompadour an

Ludwig XV. gelesen: »Frankreich! Dein Kaffee schmeckt beschissen!«

Sie sagen zu mir: »Guten Tag. Frankreich!«

Ich mag diesen Namen und die Mädchen auch, und sie benutzen ihn eine ganze Stunde lang.

»Aber«, sagt Muriel zu Anne, »er ist nicht nur *Frankreich*. Er hat uns aus Don Quichotte, aus Dante vorgelesen, er hat uns das alte Griechenland neu erstehen lassen, er hat uns Schopenhauer, Knut Hamsun, Ibsen und Tolstoi nahegebracht. Er ist vielmehr das, was wir Engländer *den Kontinent* nennen, Europa ohne England.«

Am nächsten Morgen sagen sie zu mir: »Guten Tag, Kontinent!«

Da das nicht gut klingt, lassen sie es bleiben. Aber weil ich zuviel rede, sagt Muriel zu mir: »Ein guter Vertreter des Kontinents muß bemerken, wenn er seine Zuhörer von der Insel langweilt.«

MURIEL AN CLAUDE.

25. Mai.

Diese Trennung ist eine Kleinigkeit, wenn wir unseren Mut zusammennehmen. Stellen wir uns einmal vor, einer von uns wäre gestorben.

Wir sollten einwilligen. Anne ist dieser Meinung.

Ich bin nur ein Teil Ihres Lebens.

Ihr Zimmer bleibt gemacht.

Ich werde Sie mit dem Pony vom Mittagszug abholen.

Sie haben nur Ihre Mutter. Ich habe meine auch, darüberhinaus aber auch noch Anne, meine Brüder und die Insel. Ich bin weniger zu bedauern.

Wann soll dieses Jahr beginnen? Warum nicht gleich, dann ist es schneller vorbei. Warum nicht schon am nächsten Montag, am Tag, an dem Sie dreiundzwanzig werden?

Wir haben so viele Auseinandersetzungen mit unserer Innenwelt gehabt, und siehe da, plötzlich macht uns die Außenwelt zu schaffen!

Wir werden jeder ein Tagebuch führen und es einander schicken.

11 *Die Trennung*

MURIELS TAGEBUCH.

29. Mai 1902.

Claude ist vor ein paar Stunden abgereist.

Was ich zu tun habe? – Nun ja, eine bessere Frau werden, stärker, sanfter, großzügiger, ehe er in einem Jahr zurückkehrt.

31. Mai.

Voll Sorgen erwacht. Mutter hat mir einen nachdrücklichen Kuß gegeben, wegen Claude. Das habe ich erst hinterher begriffen. Ich habe versucht, die Sonate zu spielen. In mir gab es nur Claude und Erschöpfung. Anne sagt, ich soll mit ihr in den Garten gehen. Nein. Ich bleibe allein am Klavier zurück. Ich breche in Schluchzen aus, das erleichtert mich. Zu meiner Überraschung schmerzt mich die Tren-

CLAUDES TAGEBUCH.

29. Mai 1902.

Vor zwei Stunden waren wir noch zusammen. Meine Kehle schnürt sich mir zusammen wie im Januar. Aber jetzt liebt sie mich ein wenig. Ich hatte es mir kaum noch erhofft, ich hätte mich schon mit dem zufrieden gegeben, was mir heute geblieben ist.

Was für drei schöne Tage haben wir doch auf der Insel gehabt! An der Seite von Anne und Mrs. Brown, inmitten von Blumen. Schon als ich auf der Straße daherkam, habe ich Muriel im zweirädrigen Planwagen bemerkt, mit Melchior, dem Pony, das flott herantrabte; und sie tat auch noch so, als benütze sie die Peitsche.

Anne und Muriel haben am Klavier gesessen, so

nung. Ich will nicht. Das Heilmittel dagegen ist in London arbeiten. Ich schreibe an die Leiterin des Waisenhauses.

In der Kirche bin ich nur geblieben, um die Kommunion zu empfangen, für Claude. Ich weiß nicht, was das heißen soll, aber es war *für ihn*. Die Tränen rannen mir herunter. Als ich Gott empfing, habe ich »Claude, Claude« gesagt mit meinen feuchten Lippen. Gott hat verstanden und mich beruhigt.

Wäre ich bereit, alles zu verlassen und ihm zu folgen?

Er ist anders als alle anderen, besser ist er nicht.

Wenn er mich in einem Jahr noch liebt, werde ich ihm sagen, er soll mich seine Liebe spüren lassen. Wäre er ein Pirat und entführte mich mit Gewalt, ich hätte nichts dagegen.

2. Juni.

Ich weine nicht mehr. Bei jedem Sonnenuntergang möchte ich sie immer wieder vor mir sehen; sie haben gesungen, aber ihre Stimmen klangen weniger sicher als gewöhnlich.

Der letzte Spaziergang mit Muriel in der Nacht. Wir haben uns noch einmal auf die breite Randmauer gesetzt. Welch ungeheure Kraft trieb mich, meine Arme um sie zu schlingen! Eine Stimme jedoch hat zu mir gesagt: »Nein, noch nicht. Überstürze nichts. Du kommst sonst nie wieder von hier fort.«

Das letzte Mittagessen im blühenden Obstgarten, der Abschied wie eine Messerklinge: man spürt es erst hinterher.

2. Juni.

Ich bin mit Caroline Dale auf den Ball gegangen und

fällt mir Claude ein. Ich richte mich auf ein Leben ohne ihn ein, das ist sehr viel geruhsamer. Werde ich wieder von vorn anfangen?

Anne scheint ebenfalls deprimiert zu sein.

7. Juni.

Mutter erlaubt, daß ich einen Monat in London arbeite. – Ich bin mit meiner Cousine wieder zur Abtei gegangen. Ich glaubte, Claude noch in seinem Chorstuhl sitzend vorzufinden, ich spürte ihn ringsum im Raum schweben, ich war ausgelassen und geschwätzig. Eine Migräne bereitete allem ein Ende.

Liebe ich Claude? – Ich glaube nicht. – Brauche ich ihn? – Nein. – Habe ich den Wunsch, ihm zu gehören, mit ihm zu leben? – Nein.

Stimmen haben gesungen: »Gott straft jene, die er liebt.« – Ich habe nur gelächelt: damit ist Claude gemeint.

habe mit ihr getanzt. *Die beiden* waren nicht da.

4. Juni.

Neue Sitzung im Unterhaus. – Wenn ich es mit unserer Kammer vergleiche, kommt es mir vor wie Muriel, verglichen mit mir.

Beim Nachhausegehen nach Mitternacht habe ich zwei arme Kerle gesehen, die in einer Gasse auf der Erde schliefen, der eine zusammengekauert, der andre im trockenen Rinnstein ausgestreckt. Was tun?

8. Juni.

In der Schweiz hat sie mir einmal ein Stück Hochzeitskuchen gegeben und gesagt: »Essen wir davon. Wir werden von dem Menschen träumen, den wir einmal lieben.« Am nächsten Morgen hat sie mir lachend gestanden: »Ich habe von Ihnen geträumt. Aber das zählt nicht, weil wir unsere Kuchenstücke vertauscht hatten.« ... Was auch stimm-

Mein Gott, mach, daß er aufhört, mich so zu lieben, weil ich nicht begreife, was das bedeutet.

11. Juni.

Augenschmerzen, Migräne, Depressionen: bin ich würdig?

Alex getroffen, der zu den Dales gekommen ist. Er findet unsere Trennung gut.

te. Es war das einzige Mal, wo sie kokett gewesen ist.

Das Spiegellabyrinth, Notre-Dame von Paris, das Gewitter auf dem See, die Kälte im Waggon, der Rauhreif auf der Insel... ich bin zuversichtlich.

9. Juni. London.

Träume. – Muriel schlief ausgestreckt neben mir, ohne daß wir einander berührt hätten. Ich wünschte mir nicht mehr.

Diese Nacht erschien sie mir wieder. Ich faßte mir ein Herz. Ich wollte meinen Arm unter ihrer Taille hindurchschieben, aber mein Ärmel blieb an ein paar Nägeln hängen, und ich erwachte.

11. Juni. London.

Claire ist krank. Heut morgen, solange sie noch bei Kräften war, hat sie diese dazu benutzt, Beschuldigungen auszustoßen. Hinterher hat sie geweint, und gesagt, daß sie ja eigentlich gar keinen Grund mehr dazu hätte, da sie jetzt ja glücklich

13. Juni. London.

Ich habe den Freizeitraum des Waisenhauses betreten. Die Heimleiterin war außer Haus. Die Waisenmädchen haben mich aufgefordert, mit ihnen Ball zu spielen, was ich mit Freuden getan habe. Beim Abendessen mußte ich das Gebet sprechen, habe aber ein paarmal gestockt, da ich es schon ein wenig vergessen hatte.

Wie anhänglich diese kleinen Zwölfjährigen sind! Schon kann ich Florrie, Cecil, Gladys, Emilie, Rose auseinanderhalten. Ihre Namen bilden eine Girlande in meinem Kopf.

Ich habe einen dreistündigen Spaziergang mit ihnen gemacht, ohne mir bewußt zu werden, daß ich da mit Claude spazierenging.

Der Konditoreikurs im Souterrain ist ebenso unterhaltsam wie nützlich.

Ich wohne direkt neben Toynbee Hall! Auf der Straße habe ich Angst, Claude zu begegnen, und meine Augen halten daher sein müßte, daß sie aber neurasthenisch werde; ein Wort mit dem sie in bezug auf andere viel Schindluder getrieben hat. – Ich habe sie in eine Vorstellung von *Hamlet* mitgenommen. Das hat sie für den Augenblick geheilt.

12. Juni.

Am letzten Tag hat Mrs. Brown zu mir gesagt: »Oh, in einem Jahr werden Sie Gewißheit haben?«

Muriel hat zweifelnd den Kopf geschüttelt.

Meine Liebe ist wie ein Kind, das bei mir wohnt. Manchmal schläft es, manchmal hat es Hunger.

Werden wir in England oder in Frankreich leben?

Muriel hat Französisch auf Anhieb gelernt, viel schneller und besser als ich Englisch, und mit Deutsch wird das nicht anders sein. Sie soll auf ihre Augen aufpassen!

ständig Ausschau nach ihm.

15. Juni. London. Im Bett. Sie haben einen Fehler gemacht, Claude, indem sie *eine Frau kennenlernten,* wenn auch nur so kurz. Man muß das Verlangen in sich so lange stauen, bis einem *diejenige welche* oder *derjenige welcher* über den Weg läuft. Alle Zerstreuung nimmt einem nur die Kraft. Sollten Ihre Anschauungen auf diesem Gebiet sich nicht ändern (meine werden das nicht tun), werde ich Ihnen nicht erlauben, mir den Hof zu machen.

Dominique, im Roman von Fromentin, hat unrecht daran getan, Madeleine seine Liebe nicht schon vor der Ehe zu zeigen. Sie haben mir Ihre Liebe noch nicht *gezeigt.* Ich kenne nur Ihr Über-Ich, das Ihr wahres Ich am Gängelband führt: wie kann ich wissen, ob Sie mich lieben oder nicht?

Wenn Liebe in mir ist, so ist sie wie ein unsichtbarer Stern, der kaum größer wird.

Heute in der Kirche hat der junge Pastor eine bewegende Predigt gehalten. Was für eine Genugtuung muß es bedeuten, einen Ehepartner zu haben, der an das Gebet, an die Gottheit Christi glaubt, der mich bei seinem Dienst an den Armen teilnehmen lassen würde. Ich habe Claude, der gerade herumstreunte, ganz kühl betrachtet und gesagt: »Ich kann Sie nicht lieben.« – Aber gleich darauf habe ich ihm wieder zugelächelt und ihn wieder geliebt, ihn, meinen besten Freund, meinen Bruder. Er ist jung, er wird sich noch entwickeln. Ich habe Vertrauen in den Mann, der er ist, nicht in seine Prinzipien.

Nach der Predigt haben wir ein Kirchenlied angestimmt. Der Pastor sah von seiner Kanzel auf uns herunter. Ich schlüpfte in meinen Mantel und legte mir meine Schärpe, eine beliebige, die ich gern trage, kreuzweise über die Brust. Der Pastor guckte schon wieder. Plötzlich, immer noch singend, spreizte ich meine Schärpe auseinander und ließ meinen Brustansatz und meine seidene Bluse sehen. Im selben Augenblick dachte ich an Claude: »Es geschah instinktiv, es war keine böse Absicht dahinter«, würden Sie sagen, Claude. – Nun, Sie hätten nicht recht, denn ich weiß, daß ich mich schlecht, schlecht und nochmal schlecht benommen habe. Ich könnte sagen warum, aber ich will es nicht.

Morgen müßte ich, aus Arbeitsgründen, Toynbee Hall für einen Augenblick betreten. Es ist ein Zufall, ich kann nichts dagegen machen. Ich muß meinen Augen eben abgewöhnen, überall nach Ihnen zu suchen. Ich wünschte, Sie hätten die Freude, eine Aufgabe zu übernehmen, die meiner bei den Waisenmädchen entspricht.

16. Juni. London.

Ich habe Ihren Hof überquert, er war voll von jungen Leuten. Glücklicherweise waren Sie nicht in der Gegend.

Ich könnte keine gewöhnliche Freundschaft mehr mit Ihnen anknüpfen.

Sie hätten mich zwingen können, Sie zu lieben. Sie haben es nie versucht. Jetzt ist es zu spät. Und es ist ein Glück für uns beide, weil wir ja so verschieden sind.

20. Juni. London.

Meine Augen fahren fort, seinen Wohnbereich nach ihm abzusuchen. Ich werde ihm sagen: »Sie sind kein Ehemann für mich.«

Er hat mir niemals ernsthaft den Hof gemacht, allenfalls auf dem Turm von Notre-Dame. Und wieder frage ich mich, hat er mir da überhaupt den Hof gemacht? – Er hat sich auf eine Art präsentiert, daß ich nicht umhin konnte, ihn zu lieben. Das war es. –

Gute Nacht, Claude! Ich liebe Sie nicht.

Ist das wahr? Ich hoffe es.

Ich habe eine richtige Schwäche für die Gesichter der Pastoren in den Armenvierteln! Einer von ihnen hat uns gestern besucht und hat mit jedem Waisenmädchen geredet. Ich mache Hausbesuche bei Familien. Welch einfaches Heldentum finde ich da vor! Aber auch beinah ausgewachsene Monster.

21. Juni. London.

Ich habe mich in den Straßen verlaufen. Claude, mein Freund, was machst du heute, daß du mich so quälst? Werde ich dich lieben? Aber nein!

Ausstellung in der Royal Academy. Bei jeder zarten Frauensilhouette in Schwarz: das ist Claire! Bei jedem sehr großen Jungen: das ist Claude! Sie hätten gut da sein können. Sie haben mir nichts von der Ausstellung ge-

21. Juni. London.

Ich bin mit Claire *Trilby* anschauen gegangen, das Stück war gut gespielt. Trilby warst du, Muriel, Little Billee war ich! Und Claire, die uns ja auseinander gebracht hat, sagte auch noch: »Ach, die arme Trilby! Ach der arme kleine Billee!«

... wenn wir Seite an Seite leben könnten, wie es uns behagt, wenn wir alles ganz von selber entstehen ließen... Kinder

sagt. Ich hatte Lust zu rufen: »Claude, wo bist du? In welchem Winkel steckst du?«

Ich vertiefe mich in die *Lois sur les Pauvres*. Ich bin erschöpft. Für morgen hat man mir einen Ruhetag gewährt. Ein Tag für Claude, denn ich habe ihn heute beinahe geliebt.

Man hat mich in ein anderes Waisenhaus geschickt. Ich werde dann in Luftlinie dreihundert Meter von ihm entfernt sein.

24. Juni.

Besuche in Gefängnissen. Ich habe mich in seiner Straße verspätet, als ich nach Geschäften suchte, die es dort gar nicht gibt, und ich habe von ihm geträumt, das erste Mal seit unserer Trennung. Soll ich diesen Traum aufschreiben? – Er hat gesagt, er wird seine Träume aufschreiben.

Traum. Unsere Stirnen berührten sich beinah, wir waren traurig und ruhig, und Mutter war auch da, irgendwo. Ich hielt eine nur dann hätten, wenn wir sicher wären, daß wir sie wollen?

Anne ist aber auch eine Perle.

schöne Blumensamenkapsel in der Hand, sie war ganz schwarz. Ich zerschnitt sie in zwei Hälften, drückte die Körner heraus auf meine Handfläche und hielt sie Claude hin, um sie ihm zu zeigen. Er nahm meine Hand, besah sie ganz aus der Nähe und sagte: »Was mögen sie nur bedeuten...?« Er wollte sagen: *diese Linien*, denn er schaute nicht die Körner an, sondern meine Handfläche, und es gefiel ihm, meine Hand zu halten. Ich spürte die Gegenwart von Mutter, unser Trennungsgelöbnis, und auch, daß wir nicht hätten zusammen sein dürfen. Wir machten eine Bewegung mit unseren Mündern. Da wachte ich auf, und alles war verschwunden. Ich war noch nie so nahe dran gewesen, die Lippen meines Bruders zu küssen, die eines Mannes überhaupt. Es war wie Schicksal, ohne Freude.

Ich werde nicht heiraten. Ich werde hier arbeiten.

25. Juni.

Die alte Zeitungsverkäuferin hat ihre gesamten Ersparnisse aufs Spiel gesetzt, um für ganze fünf Schillinge Plaketten anzuschaffen, die sie zur Krönung des Königs an den Mann bringen will. Doch der König ist erkrankt, und der Verkauf ins Stokken geraten. Sie kommt auf eine Gratis-Suppe zu uns. Sie hat mir gesagt: »Ich liebe Gott, weil er mir immer wieder aus der Zwickmühle geholfen hat, selbst wenn ich nichts zu beißen habe, denke ich doch mit Freuden an Ihn.«

Ich habe den Tee in einem Raum genommen, von dem aus man direkt auf Balliol House hinaus sehen kann; dreißig Meter von Claudes Zimmer, das er mir einmal gezeigt hat.

Ich habe ein Familiendrama miterlebt, im Anschluß an eine Niederlage beim Spiel. Ich wußte gar nicht, daß Pferderennen sogar noch die Ärmsten der Armen interessieren. Ich finde es gut, daß die

Lotterie in England verboten ist.

26. Juni.

Getträumt, daß ich Claude auf der Straße getroffen habe. Ein kurzer, intensiver Traum ohne Einzelheiten.

29. Juni. Insel.

Es ist ein Monat vergangen, seit er abgereist ist. Hier ist es seither schlimmer geworden. Die ewige Frage: »Liebe ich ihn?« taucht wieder auf. Ich weine aus Wut. Eine strenge Stimme ruft mich zur Ordnung: »Er ist nicht dein Typ und auch nicht dein Ideal von einem Mann. Sieh dich nach anderen Männern um!«

Aber seine unablässige Gegenwart muß doch etwas zu bedeuten haben. Und mein Weinen bilde ich mir ja schließlich nicht ein!

Ich rede nie mit Anne oder Mutter über ihn.

Meine Arbeit erfordert Ehelosigkeit. Warum mich nicht vollends da hinein-

28. Juni.

Ein Monat von zwölf ist nun um.

In der Bibliothek des Britischen Museums, durch den großen Rahmen des beweglichen Lesepults hindurch, glaubte ich ihr Gesicht zu sehen. Ich werde nocheinmal den Kellner bei einem Armeleutebankett spielen, aber ohne sie.

stürzen und Claude zuvorkommen?

Es hat aufgehört zu regnen. Ich bin vors Haustor getreten und habe gesagt: »Claude, du hast mir geholfen, das zu sein, was ich bin. Mich dir versprechen, für immer, und auch noch auf der Stelle, das kann ich nicht. Aber wenn du entschlossen zurückkommst und mich in deine Liebe einhüllst, hast du eine Chance.«

3. Juli. Insel.

Anne beruhigt mich. Sie lebt in ihren Gedanken ganz woanders. Sie ist zu zierlich gebaut, sie renkt sich andauernd die Handgelenke aus. Ich habe sie gefragt: »Sorgt sich Mutter etwa um mich?« – »Ja. Sie fragt sich, ob du auf Claude verzichtest.«

4. Juli. Insel.

Ich habe drei Stunden lang Heu gemacht. Ich sang und bewegte die Heugabel im Rhythmus dazu: »Claude, du mein Herz, das schlägt, das

2. Juli. London.

Ich erfahre eben durch eine ihrer Freundinnen, daß Muriel im Waisenhaus nebenan gewohnt hat, und daß ich ihr also hätte begegnen können. Was hätte ich da nur gemacht?

Ich wäre auf sie zugelaufen, hätte ihre Hände genommen und einen Augenblick mit ihr geplaudert. Es wäre da wohl keine Zeit gewesen, lange zu überlegen. Es wäre einfach ein Geschenk des Himmels gewesen.

(Ab hier sind in Claudes Tagebuch mehrere Seiten mit Blaustift durchgestrichen, mit der Bemerkung: Wiederholungen.)

mich erstickt ... komm, hilf mir beim Heumachen!«

Die Worte kommen mir ganz von selbst. Manchmal bin ich nicht mit ihnen einverstanden. Zum Beispiel damit: »Ach, könnte ich dich doch lieben! Hol mich schnell weg von hier!«

5. Juli. Insel.

Als mich Mutter beim Abendessen gezwungen hat, über meinen Hunger zu essen, hab ich das einfach mit mir machen lassen. Welche Schande!

Gestern abend habe ich wieder meine Krise gehabt und auch noch heut morgen, zum erstenmal seit Weihnachten. Gott möge verhüten, daß ich Claudes Frau werde!

15. Juli. London.

Nach London zurückgekehrt. Claude ist endlich in Paris. Mein Geist ist viel freier. – Ich habe den Traum, an den ich mich nach dem Erwachen nicht mehr erinnern konnte, erneut geträumt, aber anders als die früheren Träume, die mir Gott gesandt hat.

Ich kleidete mich, mit Anne, ruhig im Zimmer an. Claude saß, verschwommen, hinter mir auf meinem Bett. Er berührte meinen Leib, der nackt war, mit seiner Fingerspitze und schleckte diese hinterher ab, als hätte er sie in Honig getaucht. Das war vulgär und unmoralisch. – »Lassen Sie das!« sagte ich zu ihm. Aber er machte weiter. – »Ich erlaube das nicht!« schrie ich und sah ihn dabei indigniert an. Er verschwand.

Es ist ein Traum ohne Wunder, ein degenerierter Traum.

Claude rückt immer ferner. Das erleichtert mich. Unsere Anschauungen entzweien uns. Werde ich in zehn Monaten Halt gefunden haben? – Er wird dann herausgefunden haben, daß ich für ihn nicht wesentlich bin.

20. Juli. London.

Diese Nacht über bin ich zum ersten Mal voll verantwortliche Heimleiterin und die einzige Erwachsene im ganzen Waisenhaus.

Ich werde dieses *Tagebuch für Claude* nicht weiterschreiben. Es ist eintönig. Wenn ich eins schreibe, dann nur für mich allein. Ich werde nie heiraten.

ENDE DES TAGEBUCHS VON MURIEL FÜR CLAUDE.

*

MURIELS TAGEBUCH FÜR SIE SELBST.

26. Juli. London.

Ich lese eine Studie von Martineau *über die echten und die künstlichen Gefühle.*

Spiele ich mir selber Theater vor?

Ich habe Claude niemals *meinetwegen,* sondern nur *seinetwegen* heiraten wollen.

Wenn er eine andere Frau liebt, wird alles in Ordnung sein.

Ich habe Schwierigkei-

28. Juli. Paris.

Ein Traum: ein Fenster mit zugezogenen Vorhängen, auf das ich spähe. Es öffnet sich. Ich erblicke Anne, die mir ruhig zulächelt. Muriel ist nicht zugegen. Anne ruft sie. Ich habe die Bewegung ihrer Lippen gesehen, ohne jedoch die Stimme zu hören. Muriel ist aufge-

ten mit meinen Waisenmädchen. Rosy ist absichtlich zu spät zur Messe gekommen. Ich habe die anderen allein zur Kirche vorausgehen lassen und dann mit Rosy nachkommen müssen. Sie hat sich geweigert zu singen. Ich war empört. Die Hl. Kommunion hat mich wieder besänftigt.

2. August. London. Gestern waren es drei Jahre, daß ich Claude und seine Mutter kennengelernt habe. Meine Erinnerung an ihn hat dieser Tage abgenommen. Ich lege keinen Wert darauf, ihn zu sehen, aber ich werde in der Richtung weiterarbeiten, die er mich hat finden lassen.

Ganz weit hinten am Horizont bleibt ein Punkt sichtbar: es ist die Vorstellung, ich könnte am Ende gezwungen sein, *ja* zu sagen. Dieser Punkt aber entfernt sich.

Ich stehe in der Küche, schneide mit meinen drol

taucht, wie jemand, der zu spät kommt, der gelaufen ist und dabei in die Hände klatscht. Das war alles.

1. August. Paris. Ist es nicht ein Zeichen von Schwäche, sein Werk von den Gefühlen eines anderen abhängig zu machen?

15. August. Tirol. Claire und ich haben uns im Gebirge einquartiert, in der Nähe von Innsbruck. Es ist der letzte Sommer, den ich mit ihr verbringe, wenn ich Muriel heirate. Ich versuche, ihn ihr angenehm zu gestalten.

Die beiden Söhne des Wirts sind Studenten. Sie bringen mir bei, wie man sich mit dem Säbel duelliert und versetzen mir dabei Hiebe auf die linke Schulter, die einzige Stelle, die nicht vom gepolsterten Fechtkostüm oder von der Fechtmaske bedeckt ist. Ich bringe ihnen dafür das Boxen mit gepolsterten, von ihrer Mutter geligen kleinen Mädchen Hammelkoteletts ab. Warum schneide ich nicht ebenso klar wie dieses Fleisch mein Gefühl für Claude ab?

Gott sei gepriesen für diese Mädchen! Welch brodelndes Leben in ihnen! Ich könnte ein Buch darüber schreiben.

17. August. Insel.

Ich bin für eine Woche auf die Insel gefahren, von Claude befreit. Er ist *nicht mehr da*. Anne drückt sich, wenn ich von ihm sprechen will. Befürchtet sie, sie könne mich beeinflussen? Hört sie auf, mich zu lieben? Hoffentlich nicht!

22. August. Insel.

Es ist alles doch nicht ganz so in Ordnung, wie ich gedacht hatte. Auf die Insel kommt Claude wieder; doch, doch, aber viel ruhiger. Ich habe einige *Vergißmeinnicht* gepflanzt. »Es ist für Claude«, habe ich zu mir gesagt, »im kommenden Mai werden sie blühen!«

nähten Handschuhen bei und verpasse ihnen Kinnhaken.

Sie wiederum nehmen mich im Morgengrauen und bei Sonnenuntergang auf die Damwildjagd mit. Sie haben auf dem Berg eine Jagdhütte, wo man ganz bekleidet auf schiefen Holzplanken übernachtet, ohne Wasser: die Hände wäscht man sich mit Bier. Das würde Alex Spaß machen.

Sie haben zwei Schwestern. Die eine ist achtzehn und schon Schwiegertochter und hat blauumränderte Augen. Sie war verlobt, und die Verlobung ist in die Brüche gegangen. Man bemitleidet sie.

Eines Abends bin ich mit einem Ingenieur nach Innsbruck hinuntergegangen. Er hat mich in eine geräumige Brauereischänke geführt, wo dicke Frauen äußerst tüchtig jodelten. Beim Hinausgehen habe ich die Sterne gegrüßt.

Auf dem Weg zur Pen-

Und doch kommt mir diese einjährige Pause gelegen.

27. August.

Traum. Er ist hereingekommen. Ich wollte seine Hände nehmen wie eine Schwester, ich habe es aber nicht getan, da ich ein Mißverständnis befürchtete. Ich wollte ihm einen Kuß geben, wie einem Bruder, aber ich habe es nicht getan, aus demselben Grund. Ich wälzte mich in meinem Bett. Mutter hat mir von ihrem Zimmer aus zugerufen: »Was ist los?« und mich dadurch aufgeweckt. Ich habe geantwortet: »Ein Vierteljahr ist morgen um«, als Aufhänger, damit sie über Claude reden kann. Sie hat den Aufhänger unbenutzt gelassen.

30. August. Insel.

Claude taucht wieder auf, neutral, ohne mich zu quälen.

sion zurück mußte ich zwei Stunden lang durch dichtes und dunkles Gestrüpp laufen, auf einem schmalen, ansteigenden Pfad, der auch da und dort Schlaglöcher aufwies. Als ich mich eben in die Büsche schlagen wollte, glaubte ich eine geschmeidige und beängstigende Gestalt sich vor mir ins Unterholz ducken zu sehen. Ich blieb stehen, überlegte und überwand mich, der Gestalt zu folgen. Der Mond brach kaum durch die Wolken. Meine Hand ruhte am Revolver. Hatten mir diese großen tirolerischen Pfeifen nicht gut getan, an denen ich gepafft hatte? Der Schweiß lief mir nur so hinunter. Ich hatte Angst, diesem Schemen, oder wer da auch immer den Pfad herunterkam, zu begegnen. Nun, es kam niemand, und meine Angst legte sich wieder. Ihr, meine Schwestern, hättet Euch wohl überhaupt nicht gefürchtet.

Lächeln werde ich, wenn ich überhaupt etwas tue.

Er ist mit Claire in Österreich, haben die Dales gesagt.

Ich lese *Auferstehung*.

Claude, vergißt du mich etwa? Ich hoffe es.

7. September. Insel.

Starke Versuchung, eine Photographie oder die Handschrift von Claude anzusehen. Gefahr! Ich tu's nicht.

Beim Tennis, das Claude so gern spielt, bekam ich nach zwei Sätzen Sehbeschwerden. Ich mußte nach Hause fahren und mich hinlegen. Ich möchte so gern aktiv, ausgelassen, fröhlich und unermüdlich sein! Sollte ich meinen Nachmittagsschlaf wieder einführen? Meine Gartenarbeit einschränken?

Meine schlechte Laune kommt wieder. Ich sollte auf der Stelle für ewig Nein sagen.

Heute morgen haben Mutter und Anne, die

25. August.

Ich wurde noch vor Morgengrauen auf meinen Lauerposten geführt. Die drei anderen Burschen verteilten sich weiter oben im Gebirge. Der Tag war kaum angebrochen. Die Damhirsche ließen sich nicht blicken. Der Sonnenaufgang kündigte sich an, die Farben ringsum waren von jungfräulicher Frische. Ich lag auf der Lauer und mit mir jedes Zipfelchen Landschaft ringsum. Das träge Wogen der Wolken wurde zu einer Niederkunft ganz in Kirschrot. Ich war in Hochstimmung, gespannt bis zum äußersten.

Am Horizont erschien der Rand der Sonnenscheibe und warf den ersten Strahl, aus Gold wie dein Haar.

Einem – ich weiß nicht welchem – höheren Gesetz gehorchend legte ich mein Gewehr beiseite und *überließ* mich dieser Schönheit, deren Teil auch du bist, Muriel. Ich glaube

doch sonst so zurückhaltend sind mit ihrer Kritik, zu mir gesagt: »Du bist richtig unausstehlich!«

Ich fühle mich häßlich, wenn ich wütend bin.

Ich bin dann in Mutters Bett gekrochen und habe ihre Hand genommen. Meine Augen waren naß. Ich bin eingeschlafen.

Claude spaziert in meinen Gedanken und in meinem Herzen herum. Ich werde ihn immer lieben und keinen anderen, sogar wenn er mich nie wiedersieht.

Mein Vetter Billy ist für ein paar Tage hier. Er ist fünfundfünfzig. Als kleines Mädchen habe ich ihn verehrt. Er hat mich auf den Schultern getragen. Er hat die Ausstrahlung eines treuen und glücklichen Gatten.

26. September. Insel.

Alex hat zufällig erfahren, daß ich Deutsch lerne. Er hat mir das vorgeworfen, wegen der Augen.

nicht, daß du diesen Satz begreifst.[1]

Eine Hirschkuh erscheint plötzlich auf einer Lichtung in einer Entfernung von etwa hundert Schritt. Ich betrachte sie durch mein Fernglas, sie scheint etwas zu suchen.

Mein Karabiner schießt mit Schrot, was auf diese Entfernung keinen sicheren Treffer erlaubt.

Meine Kameraden haben einen großen Bogen gemacht, um mir das Wild zuzutreiben und haben mir eingeschärft, ich solle alles, was eine nennenswerte Größe hat, abschießen.

Ich ziele sorgfältig auf die Hirschkuh und drücke ab. Sie macht einen leichten Satz, dann noch einen und springt unverletzt ins Unterholz.

[1] Claude erfuhr erst zwei Jahre später, beim Lesen von Muriels Beichte, daß sich ihrer eines Tages ein ähnlicher Gleichklang mit der umgebenden Natur bemächtigt hat, als sie zwischen hohen Kornähren mit dem Gesicht zum Blau des Himmels gewandt dalag.

Die Insel ist umgeben von ihrem Wasserrauschen. Ich bin den ganzen Nachmittag über allein und glücklich gewesen. Ich sage nicht mehr: »Mutter haßt mich«, ich sage: »Mutter liebt mich.« Ich bin entspannt. Ich hatte mich wieder einmal übernommen.

4. Oktober. Insel.

Ich beginne ein neues und geregeltes Leben zu Hause. Es wird den Feuerfunken Claude nicht auszulöschen vermögen. Ich will die Vorstellung nicht mehr akzeptieren, er könne mich nicht lieben, und trotzdem macht mir dieses Leben auf der Insel auch ohne ihn Spaß.

Mir fallen die Haare aus! – »Aber nein«, sagt Mutter, »so schlimm ist es nicht! Außerdem wachsen sie wieder nach!« Und dann redet sie einfach von etwas anderem.

Mir ist das gar nicht egal, schon wegen Claude. Ich möchte ihm so vollkommen wie möglich ent-

Nach einem Augenblick der Enttäuschung freue ich mich mit ihr.

1. September

Ich habe mich endlich darangemacht, nach Herzenslust Nietzsche und dazu den Kommentar von Jules de Gaultier zu lesen, ich tue kaum noch etwas anderes. Er sagt das, wonach ich so sehr gesucht habe. Ich möchte ihn meinen Schwestern vorlesen. Ich zitiere:

»Was nur Wert hat in der jetzigen Welt, das hat ihn nicht an sich, seiner Natur nach, – die Natur ist immer wertlos: – sondern dem hat man einen Wert einmal gegeben, geschenkt, und wir waren diese Gebenden und Schenkenden! Wir erst haben die Welt, die den Menschen etwas angeht, geschaffen!«

»Ihr wollt noch bezahlt sein, ihr Tugendhaften!... Es gibt keinen Lohn- und Zahlmeister...«

gegentreten, auch wieder Hockey spielen, keinen Schnupfen mehr haben, gut in Form sein. Ende Mai oder Anfang Juni wird er hier sein.

5. Oktober. Insel.

Ich wollte allein zum Augenarzt gehen. Aber Mutter hat darauf bestanden, mitzukommen. Da packte mich der Haß, ein hinuntergeschluckter Zorn mit seinen üblichen Folgen.

Ich möchte Claude entweder ganz oder gar nicht.

Wenn es nein heißt, dann soll es so sein wie der Tod.

8. Oktober. Insel.

Ich liebte Claude und konnte nicht einschlafen. Er ist vor meinem Fenster erschienen. Ich bin zur Haustür gelaufen und habe ihn fest umarmt. Ich habe ihn in den Salon geführt, habe ihn zum Schlafen auf dem Sofa in eine Decke gehüllt. Am nächsten Morgen wollte ich

»Was groß ist am Menschen, das ist, daß er eine Brücke und kein Zweck ist. Der alte Gott ist tot.«

»Das Leben ist das, was sich immer selber überwinden muß.«

»Also gehört das höchste Böse zur höchsten Güte des Übermenschen.«

Ihr könnt Euch vorstellen, meine Schwestern, wie mich das alles berührt. Ich tue nichts anderes mehr als lesen und denken. Meine Migräne ist wiedergekommen, aber es ist ein geringer Preis dafür.

Hier geht es weiter:

»Eine Moral ist eine Attitüde von besonderer Nützlichkeit für eine vorgegebene Physiologie.«

»Man möchte wissen, wie die Dinge an sich beschaffen sind: aber siehe da, es gibt keine Dinge an sich! Gesetzt aber sogar,

glatt hingehen, um ihn zu holen, so stark war der Traum gewesen.

Ich brenne darauf, ihn Anne und Mutter zu erzählen. Aber nein, *vielleicht doch lieber nicht:* wenn er mich dann nicht mehr liebt?

12. Oktober. Insel.

Ein wirrer Traum. Mutter, Anne, Claude und ich gehen zusammen in einen Wald, je zwei zu zweien, mit wechselnden Partnern. Sie dürfen nicht wissen, daß ich ihn liebe, doch Claude verhält sich so, als wolle er es ihnen zeigen.

Wenn Claude wüßte, wie es zur Zeit um mich steht, würde er herbeieilen wie Lohengrin. Ich schlafe mit meiner Wange an seiner ein. Könnte mir das mit einem anderen passieren? Es ist so unmöglich, daß ich darüber nur lächeln kann.

Ich trage den Frieden im Herzen. Ich danke Gott für Mutter und diese glückselige Insel. Das Halbjahr wird bald um

es gäbe ein An-Sich, ein Unbedingtes, so könnte es eben darum nicht erkannt werden. Wir wissen nicht, ob es existiert.«

Diese Gedanken berauschen mich. Ich werde mein Leben besonders jenen unterwerfen:

»Nicht nach dem Glück trachten, sondern nach dem Erhabenen.«

»Grausamkeit gegen sich selbst ist die höchste Tugend.«

Lauter Schlüssel für uns!

Ich lebe mit Zarathustra. Ich werde euch davon erzählen. Er macht einen *Mönch* aus mir.

Wenn sich das bestätigt, werde ich dieses Tagebuch sogleich an Muriel schicken.

Sie wird erleichtert und zufrieden sein, daß unser Trio wieder auflebt. Ich werde zunächst nicht nach London zurückkehren, sondern nach Deutschland weiterreisen.

sein. Seine Auffassungen über Frauen werden reifer werden. Ich bete für seine Reinheit.

Ich möchte gern zwei Leben führen: ein verheiratetes mit Claude, und eines hier mit Mutter.

Der Dale-Sohn hat Alex geschrieben, daß er Claude und seine Mutter in Paris getroffen hat, und daß es ihnen gut geht.

Der kleine Freddy mit dem etwas schielenden Blick konnte seine Lektion nicht, weil »die Kuh von Papa Samstag abend ausgerückt ist und *vier* Zäune übersprungen hat«.

Ich habe ihm geraten, »seine Lektion vor Sonnabend zu lernen und mir nicht jedesmal damit zu kommen, wenn die Kuh von Papa wieder einen neuen Rekord aufstellt«. Er hat nur gelacht.

27. Oktober. Insel.

Donnerschlag. Ein Brief von Claude, im Telegrammstil, lautend: 1. Sein bester Freund ist gestor-

Im Januar wollte ich auf der Stelle ein Kind von Muriel. Ich träume in Ruhe davon. Weil ich geheilt bin. Ich denke an keine andere. Anne werde ich als erste wiedersehen, in Paris.

3. Oktober. Paris.

Diese Nacht über habe ich unsere gemeinsame Geschichte in allen Einzelheiten wieder durchlebt. Eines Tages werde ich ein Buch daraus machen. Muriel hat gesagt, die Geschichte unserer Schwierigkeiten könnte auch anderen nützlich sein.[1]

13. Oktober. Paris.

Wenn ich je heirate, wird das sehr spät sein, und dann nur eine robuste, einfache, gute und fast stumme Frau.

[1] Dieses Buch ist 53 Jahre später entstanden.

ben. Ich kenne Gedichte von ihm auswendig.

2. daß er Anne im Concert Rouge getroffen hat.

3. daß er, mit Einverständnis seiner Mutter, sein Tagebuch an Anne schicken wird, damit sie es liest und mir schickt.

Es ist, als hätte ich schon wieder geträumt.

28. Oktober. Insel.

Ein zweiter Brief von Claude, genauso kurz. Er schreibt, das Jahr ist um, sein Tagebuch wird mir alles sagen.

Claude liebt mich nicht mehr! Mein Gott, steh mir bei! Er mußte ein Jahr warten. Nun, nachdem er herausgefunden hat, daß er mich nicht mehr liebt, ist es seine Pflicht, mir das zu sagen. – Ich habe soeben begonnen, mir meine Liebe zu ihm einzugestehen, da liebt er mich nicht mehr. Ich sage das ständig vor mich hin.

Ich habe Mitleid mit ihm, weil sein Freund gestorben ist, ich wollte hingehen, ihn trösten, da ich Idiot glaubte, daß er mich braucht.

Jetzt bleibt mir nur noch das Beten.

Ich werde Mutter sagen, daß es aus ist mit uns, und daß es so gut ist.

Warum bin ich Gott nicht dankbar? Ich habe ihn ja angefleht, Claude soll aufhören, mich zu lieben. Gott hat mich erhört, das ist alles.

Diese trockenen Briefe... Ich habe Angst um mich. Ich bin niederträchtig! Laß mich in Ruhe! Ich will nichts mehr von dir wissen. Du hast Angst vor einem Leben an seiner Seite? Du kannst an eine Heirat nur mit Schrecken denken? Hier hast du nun deinen Lohn!

Also Claude, heißt es nun adieu sagen? Die leise Stimme, die mir schon in Paris zuraunte, die alles durchdrang, die sagte: »Sie, Sie werden eines Tages lieben« – sollte sie unrecht haben?

29. Oktober. Paris.

Als ich mit Claire im Concert Rouge war, habe ich Anne bemerkt. Ich habe schnell eine Nachricht auf einen Zettel gekritzelt und diesen Anne überbringen lassen.

Ich habe zu Claire gesagt: »Ich habe beschlossen, nicht zu heiraten. Um das zu tun, was ich will, muß ich allein sein. Ich werde Muriel schreiben. Wir werden wieder Bruder und Schwester sein und folglich die Beziehungen unterhalten können, die wir wollen. Ich reise nach Deutschland.«

Claire hat zunächst folgendes eingewandt: »Ihr habt euch doch beide auf ein Jahr geeinigt.« Ich habe erwidert: »Du hast doch das, was du wolltest, in einem halben Jahr schon erreicht.« – Schließlich hat sie mit den Worten eingelenkt: »Was aus ist,

Also ist es gut, daß ich dich zurückgewiesen habe, als du in Liebe zu mir entbranntest. Ich glaubte, mein *Ja* bedeute dein Unglück.

Mein Gott, mach, daß ich wieder zur Ruhe finde, mach, daß ich ihn selbstlos liebe, daß ich ihn verstehe, daß ich das tue, wovon er träumt, was er sich wünscht.

Meine Liebe war wie etwas Unwirkliches. Es gab darin nur einen einzigen Fixpunkt: die rühmliche Liebe von Claude zu mir, sanft, heilig, bezaubernd, die er in seinem Inneren gehütet hat, die ich aber manchmal mit einem Blick erhaschen konnte. Und siehe da, nun ist alles zu Ende!

Das tut mir gut, es geschieht mir ja ganz recht, daß er mich nicht mehr liebt!

Aber er soll mich ja nicht bitten, seine Schwester zu bleiben!

Ich benehme mich wieder unmöglich zu Mutter. ist aus. Erspar es mir, ihre Briefe zu sehen und sprich nie wieder von ihnen.«

Ich brenne darauf, Anne sofort zu sehen.

Ich habe an Muriel geschrieben: »Ich gebe Anne mein Tagebuch, damit sie es liest und dann an Sie weiterreicht.«

31. Oktober.

Muriel hat geantwortet: »Bringen Sie mir Anne nicht durcheinander.«

Ich habe zurückgeschrieben: »Anne hat mein Tagebuch schon in Händen!«

»Ich werde mich meinen Studien widmen, ohne Braut und ohne Kinder. Das dürfte Sie eigentlich erleichtern.«

»Wenn Sie und Anne ein geruhsames Leben führen möchten, müssen Sie mir adieu sagen.«

»Wenn Sie aber wollen, daß wir *zu dritt* weitermachen, bin ich dazu bereit.«

ENDE VON CLAUDES TAGEBUCH.

FORTSETZUNG DES TAGEBUCHS VON MURIEL FÜR SIE SELBST.

1. November. Insel.

Bei Goethe steht:

Deine Liebe sei so tief wie das Meer und so ruhig wie die Nacht.

Wenn Claude mich gefragt hätte: *ja* oder *nein?* Hätte ich dann *ja* gesagt? Hier stocke ich schon, und das verurteilt mich.

Ich habe da gar nichts zu entscheiden: das hat ja er getan.

Meine Lippen sagen: »Gottseidank! Was Claude und was mich betrifft.« Mein Herz jedoch sagt nichts dergleichen.

Anne, die von alledem noch nichts wußte, hat mir geschrieben: »Claude ist wundervoll, so stark und so groß.«

2. November. Insel.

Heute morgen im Dorf habe ich in meiner Unterrichtsstunde das Leben von Claudes Freund behandelt. Ich habe seine beiden Sonette übersetzt und vorgetragen. Die Jungen waren ganz hingerissen. Es täte mir leid für sie, wenn ich sie verlassen müßte. Es gibt ja so viel zu tun, gerade in so einem winzigen Dorf.

4. November. Insel.

Nichts von Claude. Aber einen aufrichtigen Brief von Anne. Sie liest gerade das Tagebuch, wird es mir dann auch schicken. Claude wünscht nicht mehr zu heiraten.

Mein Gott, gib mir Mut!

Wird sich Anne eines Tages ebenfalls in Claude verlieben? Sie ist jetzt immerhin eine Frau.

Ich darf sie nicht merken lassen, daß es für mich beschlossene Sache ist, Claude zu lieben.

Nun bin ich frei, meinen einsamen Weg zu gehen.

Ich danke dir, mein Gott, daß du mir dies friedliche Elternhaus geschenkt hast und eine Mutter, die mich braucht.

Wie muß Claude gelitten haben, als er sein *Zerstörungswerk vollbrachte!*

Kommt es öfter vor, daß Männer unter großer Anstrengung Frauen so weit treiben, bis sie etwas von ihnen wollen, um ihnen dann einfach zu sagen: »Nein, danke«?

Seine Schwester sein? Das kann ich nicht. Aber ein ganzes Leben ohne ihn? Das kann ich erst recht nicht.

NICHT ABGESCHICKTER BRIEF VON MURIEL AN CLAUDE.

6. Dezember. Insel.

Ihre Antwort lautet *nein*. Meine ist *ja*.

Wir haben den Platz getauscht, wie beim Spiel mit den Stühlen.

Sie wünschen also nicht mehr, daß ich Sie liebe?

Wenn Sie kämen, würde ich Sie so sehr lieben, daß Sie es merkten, und Anne und Mutter auch, dann würden die beiden versuchen, Sie umzustimmen.

Wenn ich Sie sähe, würde meine Liebe die Ihre erwecken.

Kommen Sie bloß nicht.

11. Dezember. Insel.

Claudes Tagebuch ist eingetroffen. Ich habe es soeben gelesen. Es ist drei Uhr morgens.

Claude hat nichts Böses getan. Er braucht Zuneigung. Er wird weiterhin mein Bruder sein.

Nie ein Kind an meiner Brust. Nie einen Bräutigam. Gott hat mich zu einer anderen Aufgabe ausersehen.

Anfangs dachte ich: »Claude wiedersehen? Niemals!«

Doch da er *in mir drinnen ist,* was macht's?

Ich habe Angst um ihn. Ich vertraue ihm.

Ich schreibe ihm: »Ich bin Ihre Schwester.«

14. Dezember. Insel.

Claude hat gebebt vor Liebe. Ich habe ihn zurückgewiesen.

Er hat von Reisen gesprochen, von uns beiden als Weltenbummlern, von Babies, sogar schon von der Wohnungseinrichtung.

Ich war noch nicht soweit.

Ich hätte einen Mann gebraucht, der so langsam ist wie ich. Aber hätte ich den geliebt?

Heute bin ich soweit.

Vor lauter Warten ist er ein Asket geworden.

Er sagt: »Seien Sie froh, meine Liebe ist tot. Sie sehen doch, sie rührt sich nicht mehr.«

Ich habe noch immer mein *Ja* tief im Hals stecken.

Ich bin auf der Straße mitten unter den Passanten dahingegangen und habe meine Tränen hinuntergewürgt. Dabei sagte ich: »Aber ja, es ist doch alles bestens...«

Anne schreibt mir nicht... Weshalb auch, ich Dummkopf! Habe ich sie doch selber davon überzeugt, daß das eingetreten ist, was ich mir erhoffte. *Sie glaubt mir.* Es gibt gar keinen Grund für sie, mich zu trösten...

Ich bleibe allein mit dieser absurden Liebe, deren Anfänge weit hinter mir liegen.

Daß dieser Schmerz doch einen guten Menschen aus mir machen möge!

Ich warte, bis es Nacht ist, um zu weinen. Es ist gleich soweit. Ich kann nicht mal weinen, ich zittere nur.

Das Leben macht mir sehr zu schaffen. Mein Kinderhort läuft gut. Mit dem Herzen aber bin ich nicht mehr dabei.

Wird Claude ganz allein ohne Liebe überhaupt arbeiten können?

Er, der mir all seine Zeit *geschenkt* hat, ohne mir das aufzurechnen!

ENDE VON MURIELS TAGEBUCH
FÜR SIE SELBST.

12 Muriels Tagebuch 1903

(Auf der Insel, vom 21. November 1902
bis Ende Mai 1903.)

Ich führe dieses Tagebuch in der Hoffnung, daß es nach meinem Tod von Nutzen sei. Claude wird darin etwas schlecht wegkommen, der Wahrheitsgehalt des Textes bleibt jedoch unangetastet. Ich könnte nicht so freimütig schreiben, wenn ich mir ständig bewußt sein müßte, daß andere Augen das lesen werden.

Anne, ich bitte dich, leg das alles für Claude zurück, ohne es anzuschauen, ebenso alle meine Briefe und Schriftstücke, die aus der Zeit nach unserer Begegnung stammen. Er soll sich dessen nach Belieben bedienen, so wie ich mir wünsche, er hätte sich meiner zu meinen Lebzeiten bedient.

Claude wird den Wunsch haben, herauszufinden, wie ich *wirklich* gelebt habe, nachdem er sein NEIN erklärt hatte.

Zwar bäumt sich mein Stolz gegen dieses Geständnis auf, doch ich habe nach Gelegenheiten zum Heldentum gesucht: hier ist eine!

Soll ich mein Tagebuch der letzten sechs Monate lesen und darüber weinen? – Nein.

Claude hat mich aus guten Beweggründen heraus zu mir selbst geführt. Ich nehme das Geschenk an und reiche es an Bedürftige weiter. Was die Freundschaft zu ihm angeht, so werden wir später weitersehen. Ich muß mich zuallererst loslösen.

Um zu schreiben habe ich eine halbe Stunde von der Zeit gestohlen, die ich eigentlich Mutter *schulde*. Oh wie gern wäre ich allein!

22. November.

Ein Brief von Claude. Ich fasse ihn zusammen:

1. »Ihre Nächstenliebe ist oberflächlich.«
2. »Ich habe Frauen zu Freundinnen.«

Ich seufze, ich bete.

Es ist zwei Wochen her, daß ich sein Tagebuch erhalten habe. Meine Kehle ist noch immer wie zugeschnürt. *Frauen als Freundinnen* klingt mir immer noch in den Ohren nach.

Ich begreife seine Moral nicht.

Diese Nacht habe ich mich neben die weiße Tür hingekniet und das Geländer berührt, das seine Hände gehalten haben.

Ich bin mehr als allein, ich verstecke mich geradezu vor Mutter. Ich benehme mich grauenhaft zu ihr.

Aufhören, Claude zu lieben? Das kann ich nicht, aber ich schiebe den Gedanken in den hintersten Winkel meines Herzens.

»Ihre Nächstenliebe ist oberflächlich...« – Ist es nicht viel schwerer, den ganzen Tag für andere zu leiden, als theoretisch Revolutionen anzuzetteln? – Oder sollte man beides tun?

Claude, ich möchte dich aus keinem anderen Grund sehen, als aus dem, daß ich dich sehen möchte. Schade für mich, daß ich das erst im nachhinein will. Deine Entscheidung kann ich nur mit meiner Vernunft akzeptieren. Was deine so weiblichen Freundinnen betrifft...

Ich möchte wie damals deinen Gedanken folgen, auch wenn es weh tut.

– Du hast mir gesagt: »Ich liebe dich.«

– Ich habe dir gesagt: »Warte.«
– Ich wollte sagen: »Nimm mich doch.«
– Du hast gesagt: »Dann geh.«

24. November.

Lüge ich, wenn ich meine Liebe vor dir verberge?

Wenn du wüßtest, was mich meine Freundschaft kostet, würdest du sie ausschlagen.

Wenn du das *wüßtest,* könnte ich neben dir nicht ruhig bleiben.

Anne kommt bald. Ich möchte mich gern an ihrer Schulter ausweinen. Aber das darf nicht sein.

30. November.

Ich lese deine Briefe mit neuen Augen. Wie du mich geliebt hast! Ich öffne mich dir. Laß uns ganz schnell heiraten! Alles andere wäre falsch.

Zu dir hinrennen, dich packen, schütteln, dich überzeugen. Meine Liebe wird dich tragen. Du weißt es nur noch nicht!

Kinder? Ich würde sie hier aufziehen, bei Mutter, oder in der Nähe von Paris, ganz wie du willst.

Ich brauche dich. Es kommt mich an wie eine Springflut. Wo bist du? Etwa bei diesen Frauen?

Die Grausamkeit deiner Briefe ist mir ein Beweis deiner Liebe. Du bearbeitest uns beide mit Beilhieben, ergo ist sie noch nicht tot.

7. Dezember.

Wieder lese ich Claudes Briefe durch. Er hat geschrieben: »Wenn wir gemeinsam und behutsam dieses *Nein* als Tatsache setzen, wird es keine gewaltsame Trennung zu geben brauchen.«

Gewiß nicht, wenn wir frei und in Kontakt geblieben wären.

Aber leider doch, weil man uns auseinandergerissen hat.

Wenn ich nun ein Jahr warte (kann ich das überhaupt?), wird Claude mich dann rufen?

Wäre ich zwei Jahre jünger anstatt zwei Jahre älter als er, fiele mir das Warten leichter.

Schreckt ihn mein Gesundheitszustand?

Vergangenen März schrieb er mir: »Wenn Sie mich eines Tages lieben, wird mir die Anstrengung, deren ich bedarf, um zu verzichten, allen Mut für andere Dinge nehmen.«

Seine geliebte Arbeit!

Wie schafft er es zeitlich überhaupt, andere Frauen zu sehen? Was sucht er überhaupt in ihnen? Er ist entschieden zu neugierig.

Ich bin seine Frau, seine Schwester, seine Freundin, alles was er will.

7. Dezember. Sonntag.

Wieder seine Briefe vorgenommen. Du hast mir geschrieben: »Ruhm für Sie in meinem Herzen!« Das kann ich auch von dir sagen. – Und: »Man liebt nicht, ohne ein klein wenig wiedergeliebt zu werden.« – Also liebst du mich doch ein klein wenig!

Ich denke an dich und lächle, obwohl du mich nicht mehr liebst. Wenn Gott es zuläßt, werde ich dich immer lieben.

Zu Weihnachten werde ich dich in mein Herz einschließen. Von außen wird man mir nichts anmerken.

Eltern sollten ihre Kinder mit zwanzig vor die Tür setzen und nicht nach ihrer Gesellschaft verlangen.

16. Dezember.

Zu Weihnachten werde ich Blumenverkäuferin sein, in einer der Straßen Londons, mit einem großen Korb, und später werde ich mich als Putzfrau in einer Fabrik betätigen. Einfach um zu wissen, wie das ist.

17. Dezember.

Ein Brief von Claude! Der erste *wahre* seit seiner Abreise. Ein Brief ohne Grausamkeit. Ich lese ihn wieder und wieder. Ich hatte schon Angst, er würde überhaupt nicht mehr schreiben. Mein Kummer wird mich für eine Weile verlassen. Er nennt mich: »Meine Schwester...«

Wie traurig!

18. Dezember.

Ich habe von Claude geträumt. Ich war seine Schwester und hielt meine Liebe geheim. Wir trieben botanische Studien mit einem Mikroskop. Wir besahen uns einen der Länge nach aufgeschnittenen Grashalm und dessen Samenkörner. Claude stand so nahe bei mir, daß ich nicht mehr an den Halm dachte: er schob mit einer resoluten Handbewegung meinen Kopf ans Okular, und drückte mir dabei in den Nacken, damit ich hineinsähe.

Ich erstickte schier. Ich ergriff sein Handgelenk. Sprang auf die Füße. Und erwachte.

Das ist schon der zweite botanische Traum, der mit einem solchen Tumult endet.

Ich nehme mir wieder die Bibel vor. Ich suche Trost.

Ich warte. Ich glaube einfach nicht an sein NEIN.

21. Dezember. Sonntag.

Anne kommt. Wie kann ich ihr bloß zuhören, wenn sie von Claude spricht. Gott verhüte, daß sie das errät!

Weihnachten 1902.

Es hat immer arme Mädchen gegeben, die im Schatten von Männern unter ihrem wahren Wert dahinvegetieren, weil sie von jenen nur geduldet werden. Vielleicht ist das auch mein Schicksal. – Ist eine solche Liebe rein und dauerhaft, gereicht sie einem Mann zur Kraft und zum Reichtum, selbst wenn dieser Mann es nicht weiß. Meine Liebe ist nicht rein, da sie Forderungen stellt, und dauerhaft ist sie auch nicht.

Mein Stolz will sich nicht den Verlust von Claude eingestehen. Aber die Tatsache läßt sich nicht von der Hand weisen.

Wir haben geredet, Anne und ich. Sie hat Claude kaum zu Gesicht bekommen, er war auf Reisen in Deutschland. Sie wird ihn im Frühjahr treffen. Sie hat mir schonend zu verstehen gegeben, daß ich mit meinen Ratschlägen für andere manchmal etwas vorschnell bei der Hand sei. Sie hat mir zwei kleine Beispiele gegeben, die Hauptsache jedoch unterschlagen: meinen vornehmlichen Widerwillen dagegen, daß Claude ihr sein Tagebuch zuerst gezeigt hat.

Ich habe nichts darauf geantwortet.

Solltet ihr beiden euch eines Tages lieben, dann sollt ihr nichts davon wissen. Es ist zu eurem besten, wenn ich mich Anne nicht an den Hals werfe und ihr alles beichte.

Silvester 1902.

Vor einem Jahr war noch nicht die Rede vom Wort Liebe. Was für unbeschwerte Zeiten!

Claude schreibt mir: er rät mir, *mein Leben zu ändern.* Ich antworte ihm ausführlich, er soll mich gefälligst in Ruhe lassen, zerreiße aber hierauf meinen Brief. Ratschläge will er mir geben, ausgerechnet er!

1. Januar 1903.

Familientreffen. Es sind sechs Männer anwesend. Ich warte nur auf Claude.

Heute morgen Jagd durch Rauhreif und Sonne, die Sümpfe entlang, allein mit Alex. Für mich war es, als sei Claude auch mit dabei.

Meine Liebe war nie so lebendig wie die von Claude, aber einmal in Fahrt gekommen, ist sie nicht zu bremsen. Seine war ein Freudenfeuer. Meine ist ein Herdfeuer, das ich unbewußt schüre. Sein Feuer hat alles geschmolzen. Meines ist nur beständig.

5. Januar.

Gestern vor einem Jahr, an einem Samstag, ist Claude zum ersten Mal auf die Insel gekommen. Trotz Paris war ich noch ein Kind. Ohne mich zu berühren, hat er eine Frau aus mir gemacht.

Anne hat ihm die Tür geöffnet und ihn in den Salon geführt. Er kam zur angekündigten Zeit; ich habe nicht in seine Richtung geschaut, ich habe mein Blumenbeet umgegraben. Ich hatte Lust, damit fortzufahren. Warum auch nicht? Es war für ihn wie für mich etwas durchaus Normales, seine Blumen zu pflegen, wenn einem danach ist. Er wird gleich kommen, mir die Hand schütteln, als ob wir uns erst gestern gesehen hätten. Er weiß, warum ich erst immer seltener geschrieben und schließlich ganz aufgehört habe, Briefe zu schreiben. Er hat es fast genauso gemacht wie ich. Das geschah auf Bitten seiner Mutter hin.

Ich fahre in meiner Tätigkeit fort, mit erzwungener Ruhe. Ich habe meine rotwollene Mütze und meine Knabenstiefel an. Ich grabe jetzt ganz in der Nähe des Hauses um. Ich habe lediglich noch die Furche vor dem großen

Salonfenster zu ziehen. Claude muß wohl mit Mutter und Anne zugange sein. Ich höre auf, das Lied zu singen, zu dessen Rhythmus ich umgegraben habe. Wird er mich rufen oder ans Schiebefenster klopfen? Mein Herz pocht. Die Dämmerung sinkt nieder. Im Salon geht das Licht an. Meine Hacke schlägt gegen einen Ziegel des Hausfundaments. Mir ist, als hätte ich ihn dabei berührt, ihn! Ein Freudentaumel befällt mich, ich entferne mich eilig, um das Gartengerät wegzuräumen und mir die Hände zu waschen.

Dann betrete ich den Salon. Claude erhebt sich. Ich schaue ihm erstaunt in die Augen. Wir schütteln einander die Hände. Ich fühle, wie ich erröte, während ich ein paar belanglose Worte mit ihm wechsle. Das fatale Erröten ist von Anne registriert worden und leider auch von Mutter, die sich bald einen Reim darauf machen wird.

Sicherlich wollte ich das überhaupt nicht. Ich hegte sogar noch etwas Groll gegen ihn, wegen der Unterbrechung unseres Briefwechsels. Und das war der Grund, weshalb ich mich ihm so zögernd näherte.

Abends legte ich mich auf das Sofa. Ich ließ Claude und Anne laut einige Gedanken zur Erziehung vorlesen.

Zu Claude sagte ich in lautem und barschem Ton: »Ich hoffe, Sie lassen Ihre Kinder auf dem Land aufwachsen. Das macht ja so viel aus!«

Claude, der mir den Rücken zugewandt hatte, antwortete: »Ja«, aber mit dermaßen erstickter Stimme, daß ich mich schon wieder nach dem Grund fragen mußte. Ich habe ihn später erfahren: er wollte damals schon, daß ich die Mutter dieser Kinder bin.

14. Januar.

Als er von der Intervention seiner Mutter in allen Einzelheiten erfuhr, bekam er ein ganz eingefallenes Gesicht.

Bei der Abreise hat er mich dann noch ganz leise gefragt: »Ich darf Ihnen doch schreiben, oder?« – »Ja.« – »Auch alles, was ich will?« – »Gewiß.« – »Darf ich auch wiederkommen?« – »Ja.« – Und nacheinander waren die Kummerfalten von seiner Stirn gewichen.

Hier folgt die Schilderung des letzten Tages vor unserer Trennung:

Die Sache wurde eine Woche nach dem Vorschlag durch die Dales zu Beschluß gebracht. Wir werden uns also für die Dauer eines Jahres trennen, und danach sollen wir frei sein, einander zu heiraten, sofern wir es dann noch wollen.

Ich nahm meine Cousine Julie ein Stück in meinem Ponywagen mit. Sie sagte mir: »Wollen Anne und Herr Claude sich nicht bald verloben?«

Ich war verblüfft und sagte: »Davon kann keine Rede sein. Wir sind seine engen Freundinnen. Er wird morgen kommen und sich verabschieden.«

Claude kommt also. Ich lade ihn zum Erbsenauspellen ein, was ihm Spaß macht.

»Wenn wir schon keine Gelegenheit haben, einander lebwohl zu sagen«, meint er, »denken wir uns einfach, wir haben es gestern abend getan, als wir auf dem Mäuerchen saßen.« – »Ja«, sage ich.

Die Zeit vergeht wie im Fluge, der Tag der Abreise ist da.

Er muß den Zug um dreizehn Uhr kriegen. Er bittet Anne und mich, etwas für ihn zu singen. Ich habe nicht die geringste Lust dazu. Ich setze mich ans Klavier und schlage irgendwelche Akkorde an. – »Das hier?« frage ich frostig.

»Ja«, antwortet er.

Ich befürchte, daß mich mein Gefühl übermannt und

ich mit dem Lied nicht zu Ende komme. Aber ich schaffe es. – »Danke«, sagt Claude mit leiser Stimme.

Ich singe es ein zweites Mal, diesmal mit voller Stimme.

Mutter kommt herein, schmaler denn je; sie wird sich gleich neben Claude setzen, der etwas weggerückt ist, um besser zu hören. Nun gibt Anne etwas mit ihrer feinen und zarten Stimme zum besten. Claude setzt sich wieder hinter uns.

Dann war es Zeit für Claude, sein Mittagessen einzunehmen, allein. Wir sahen ihm alle drei zu, wie er erst schüchtern, dann aber mit wachsendem Appetit ein Mahl zu sich nahm, das sich aus Produkten unseres Bauernhofs zusammensetzte und unter blühenden Apfelbäumen aufgetragen wurde.

»Ihr verwöhnt mich ja richtig«, sagte er, »das ist ja viel zu viel für mich.« – Trotzdem aß er alles auf.

Anne sah auf die Uhr. Es war Zeit aufzubrechen. Ich schenkte ihm noch eine Butterblume, Anne ein Minzenblatt. Claude nahm sein Fahrrad. Fröhlich sagte ich zu ihm: »Ich mache Ihnen das Tor auf.« Und schon rollte er davon.

»Gehen wir zum Tennisplatz?« sagte ich.

Anne und Mutter sahen einander an und sagten nichts.

Ich dachte: »Wird nun alles ganz furchtbar oder nicht? Werde ich ihm in einem Jahr überhaupt noch schreiben?«

Mutter sagte zu mir: »Du liebst ihn.«

Ich kann es nicht ausstehen, wenn man mir sowas sagt. Das finde ich schon selber heraus, wenn es soweit ist. Man sollte nie über solche Dinge reden.

19. Januar 1903.

Wind, Schnee, und Mutter hat Migräne. Ich liege im Bett mit einem Schnupfen, der alle meine Pläne durchkreuzt. Das Claude-Fieber hat mich gepackt. Ich träume von unmöglichen Zusammentreffen, auf der Straße, wo ich Blumen verkaufe, oder in der Fabrik, wo ich als Putzfrau arbeiten werde.

Ich habe mein Geheimfach geöffnet. Habe das kleine Foto von Claude angeschaut. Es wird überflüssig, ich sehe ihn auch so klar vor mir.

Ich habe für nichts Interesse. Ich brauche jetzt eine harte strenge Arbeit, die mich auf eigene Füße stellt. Anne ist auch der Meinung.

Ich habe geglaubt, meine Aufgabe auf Erden sei, bei Mutter zu leben und ihr auf dem Anwesen und im Haushalt zu helfen. Claude aber hat mir gesagt, daß das nicht stimmt. Er hat recht! Hier braucht mich niemand wirklich, ich zehre mich hier nur selbst auf. Anne kann mir auch nicht helfen, da ich die Hauptsache vor ihr verberge. Sie beißt mir leicht in die Wange, wie früher, anstatt mich richtig und ernsthaft zu küssen. Ihre Augen glänzen vor verhaltener Zuneigung. Ich möchte, daß sie sie ganz über mich ausschüttet.

Mein Gott! Dich hätte ich ja beinah vergessen. Lenke Du mich!

25. Januar 1903. London.

Ich arbeite mit aller Liebe in London, um meine Liebe nicht zu spüren. Ich bin von der fixen Idee besessen, dich in meine Arme zu schließen und zu sagen: »Sagen wir nichts.«

Genau heute vor einem Jahr bin ich gekommen, um mit dir jenen denkwürdigen Tag zu verbringen: und du warst nicht am Bahnhof. Das war vielleicht schön!

Ich habe die *Komödie der Liebe* von Ibsen gelesen, auf die du mich hingewiesen hast. Was da steht, ist bitter und falsch.

28. Februar. London.

Meine Arbeit geht gut voran. Ich vernachlässige mein Tagebuch, weil ich in beschaulicher Ruhe lebe. Ich bin frei von Verzweiflung. Ich könnte es zehn Jahre so aushalten. Jeden Abend grüße ich unseren Stern, wenn er da ist.

7. März. London.

Ich lese das Evangelium. Aber ich liebe dich heute morgen zu sehr, mit aller Zärtlichkeit, nicht unter Tränen wie gestern abend. Ich meine dein Gesicht in der Flamme des Gasbrenners zu erkennen. Ich liebe es mehr als ich es respektiere. Es sind schon dreihundert Tage, daß ich dich nicht gesehen habe. Unsere letzten Tage waren etwas unaufrichtig, findest du nicht auch?

Ich bin fünfundzwanzig, du dreiundzwanzig. Mit vierzig wirst du eine Frau haben wollen. Ich werde dann zweiundvierzig sein. Du wirst dir dann eine Fünfundzwanzigjährige nehmen.

Sollte ich dann einem Mann begegnen, der mir Achtung und Zutrauen einflößt, und sollte er mich um meine Hand bitten, werde ich ihm von unserer Liebe erzählen und ihn heiraten, falls er dann immer noch will, ohne jedoch aufzuhören, dich zu lieben.

Dieser Tage habe ich das Gesicht eines kultivierten Mannes gesehen; es war asketisch, ruhig und schön.

Wäre alles anders, wenn Claude wüßte, daß ich ihn liebe? – Und wenn er mein *ich liebe dich* erhalten hätte, bevor er sein NEIN absandte?

22. März. London.

Da ist auch schon die Wiederkehr unserer Tage am Strand, in den Wäldern, in der Abtei.

Ich bin ohne Claude zufrieden, wenn ich im Chor mitsinge. Meine Verpflichtungen hier in London bewahren mich davor, ein Gefühl der Leere zu empfinden.

28. April. Insel.

Der Wagen, das Pony, Mutter und ich, wir sind allesamt in einen tiefen Graben gefallen. Ob Claude das erfahren hat?

Ich werde dieses Tagebuch am 28. Mai, dem Jahrestag unserer Trennung, abschließen.

28. Mai. Insel.

Ich hatte schon geglaubt, alles hinter mir zu haben. Weit gefehlt! Schon wieder ein Rückfall.

Claude wird nie wiederkommen, ich werde ihn nie wiedersehen, er wird mich niemals lieben. Ich werde langsam krank. Ich bin für alle unerträglich.

Wenn ich doch für immer meiner Mutter fern und im Getriebe fortlaufender Verpflichtungen bleiben dürfte ... Hier nehmen die Erinnerungen überhand.

Ein Traum: Kinder kommen herein und bespritzen Claude mit einer großen Wasserspritze, wie man sie zum Blumengießen im Garten verwendet. Ich ziehe ihn beiseite. Er fragt mich etwas über die Spritze. Ich sehe seine Augen nur undeutlich. Plötzlich sage ich zu ihm: »Oh, nur einen einzigen! Einen richtigen!«

Und ich gebe ihm beinah mit Gewalt, die Arme um seinen Hals geschlungen, einen langen Kuß auf die Lippen. Er ist überrascht, läßt es geschehen. Ein wunderbarer Kuß, eine Erfindung Gottes.

Claude sieht mich an. Gleich wird er etwas Endgültiges sagen ... endlich werde ich begreifen ... ich bin dermaßen erregt, daß ich aufwache. *Was wollte er sagen?*

Ich sehe mein Gesicht im Spiegel, eine veränderte Muriel, *eine Muriel, die Claude gehört.*

Nur Martha allein weiß alles.

Claude, du bist ein Hindernis zwischen Anne und mir. Im Gegensatz zu einst. Warum?

Du findest es nicht gut, daß ich auf der Insel lebe? Tröste dich mit dem Gedanken, daß das Anne Freiheit verschafft. Wir haben sie in diesem Jahr nicht mehr als acht Wochen hiergehabt.

Ich hatte in White Chapel ein Zimmer gemietet, um dorthin zurückzukehren. Nun lassen mich meine Augen schon wieder im Stich ... ich muß darauf verzichten.

Claude, dein Name klingt süß. Gott wird dich leiten, den anderen Menschen zum Segen. – Er möge verhüten, daß du dich verzettelst.

Ich sehe dich von ferne, groß, ein wenig gebeugt ...

13 Muriels Beichte

20. Juni 1903. Insel.

Eine Bombe hat in mein Leben eingeschlagen und das Unterste zuoberst gekehrt. Ich habe daraus eine Erzählung verfertigt, nur für Anne und Claude, einzig und allein für sie beide auf der ganzen Welt.

Geschrieben vom 18. bis zum 24. Juni 1903. –
Das Nichtwiedergutzumachende.

Heute morgen habe ich ganz ohne Vorwarnung beim Lesen einer an uns Erzieherinnen verteilten Broschüre erfahren, daß ich seit meiner Kindheit unter »schlechten Gewohnheiten« leide, die meinen Körper und meinen Geist ausgezehrt haben.

Ich zitiere: »Das Ergebnis dieser Gewohnheit sind Durchblutungsstörungen, chronische Erschöpfung, geschwollene Augen. Ein fröhliches und energisches Mädchen kann hierdurch mißgelaunt und schlaff werden. Das körperliche, das geistige und das moralische Gleichgewicht sind bedroht.«

Sind das bleibende Gesundheitsschäden? Ist es mit fünfundzwanzig Jahren zu spät? Kann ich das je wieder aufholen, was ich hätte gewesen sein können? – Moralisch vielleicht. Aber körperlich? – Die Natur verzeiht nichts.

Ich habe Schindluder mit mir getrieben. Das erfahre ich erst heute.

Hat sie sie einmal befallen, läßt diese Gewohnheit ihre Opfer nur mehr schwer los. Ich bin eines davon. Diese Gewohnheit hat mit acht eingesetzt, das ist jetzt siebzehn Jahre her. Ich gehöre nicht mehr zur Armee der reinen Frauen.

Ich danke Gott, daß er mich keine Braut hat werden lassen.

Daraus folgt:

1. Ich darf keine Ehe eingehen.

2. Ich habe die Pflicht, dies alles Anne und Claude mitzuteilen. Davor wird mich kein Schamgefühl zurückhalten können. – Ich bin, was ich bin, nicht das, was die sich vorstellen. Also legen wir unsere Erfahrungen offen. Hier ist eine davon!

Ich werde das sagen, woran ich mich erinnere. Sollte ich erst warten, bis ich geheilt bin, ehe ich zu euch spreche? – Etwas befiehlt mir, es sofort zu tun.

Es geschieht aus einer praktischen Überlegung heraus. Ihr habt mich immer für ein intaktes Mädchen gehalten. Ihr sollt wissen, daß ich das nicht bin.

Ich war acht Jahre alt. Ein kleines Mädchen, Clarisse, ein Jahr älter als ich, war die Erste in meiner Klasse und ich war die Zweite. Sie hatte hübsche Zöpfe um ihren Kopf geflochten, schöngeschwungene Augenbrauen und sah aus wie ein Engel. Man hielt sie mir in allem als leuchtendes Beispiel vor. Ihre Familie kam in den Ferien für eine Woche zu uns nach Hause. Wir waren knapp mit Betten. Deshalb legte man sie zu mir an Stelle von Anne in mein ziemlich großes Bett, das einen Himmel hat. Anne war gerade bei einem Onkel.

Als wir allein waren, zog sie sich ihr langes Nachthemd aus, faltete es sauber zusammen und legte es unter die Daunendecke, dann zog sie mir meines aus, faltete es ebenfalls zusammen und legte es zu dem ihren. Sie schlug das Laken über uns und nahm mich in die Arme. Ich war voll Anbetung für sie. Es war eine Nacht der Zärtlichkeiten zwischen zwei kleinen Mädchen, das eine entschlossen, das andere fügsam. Sie war wie eine rosarote Zuckerpuppe. Sie brachte mir bei, daß es angenehm ist, wenn man gewisse Stellen des Körpers berührt, eine vor allem. Wir taten es jede Nacht. Wir zogen unsere Nachthemden erst im Morgengrauen wieder an. Sie schärfte mir ein, daß dies unser Geheimnis sei und daß ich niemandem etwas davon erzählen solle. Ich dachte nicht, daß es etwas Schlimmes sei, im Gegenteil, sie war in meiner Achtung noch gestiegen, und ich war voll Erkenntlichkeit ihr gegenüber. Als sie abreiste, machte ich es allein weiter und bedauerte, daß sie nicht mehr da war.

Ich habe bis zum elften Lebensjahr keine besonderen Erinnerungen bewahrt. Es hatte sich bis dahin zu einer phasenartigen Gewohnheit entwickelt, und ich begann, ohne zu wissen weshalb, dagegen anzukämpfen. Ich wußte nicht, wozu dieser Teil von mir gut war, auch nicht, daß die Kinder im Bauch ihrer Mutter entstehen. Meine Augen, Ohren, meine Nase waren empfindliche Organe; ich erlaubte nie, daß andere Kinder sie berührten. Ich wußte nur, daß dieser Körperteil etwas Intimes war, daß ihn niemand sehen lassen und ich niemand davon erzählen durfte, nichtmal Mutter. Den einzigen Klaps, den ich je gekriegt habe, kriegte ich deswegen. Dies geschah zum Zweck, mein Schamgefühl zu festigen. Sie erzog mich auf eine nachgiebige und großzügige Weise, außer in diesem Punkt. Sie zwang mich sozusagen, ihr das zu verschweigen.

Besagte Gewohnheit regte sich eine ganze Weile nicht in mir, kehrte dann jedoch wieder. Ich erlag ihr damals, manchmal mit Wut, öfters hintereinander. Bis mir klar wurde, daß es dagegen anzukämpfen galt.

Ich kam mit einer älteren Cousine, die ich sehr mochte,

überein, in meinen Briefen durch ein besonderes Zeichen anzuzeigen, wenn ich wieder einem Laster erlegen sei, das ich haßte, ohne dieses jedoch näher zu benennen, und durch eine Ziffer, wie oft das geschehen sei: sie konnte sich ja auch denken, es handele sich dabei um meine Wutanfälle.

Mein Vater war gestorben. Ich liebte Gott wie meinen Vater, und Jesus auch. Ich glaubte, daß ich jedesmal, wenn ich sündigte, auf seine Dornenkrone drückte und damit die Engel davon abhielt, zu mir zu kommen.

In einem alten Plüschbeutel, der meine Schätze enthielt, habe ich eine schöne Darstellung von Christi Geburt wiedergefunden, eingerahmt von dünnen Strichen, die von einem sehr spitzen Bleistift herrühren: jeder Strich steht für eine meiner Niederlagen. Das Bild hing damals am Kopfende meines Bettes. Wenn ich widerstand, war das jedesmal eine große Freude.

Mit dreizehn Jahren kriegte ich den Spitznamen ›Sonnenstrahl‹. Das leuchtete mir ein, wenn ich mir die Fotos von damals wieder anschaue. Viel später bin ich oft noch ausgeschimpft worden, weil ich dickköpfig war.

Mit sechzehn ging ich als Zögling auf das Internat, das ich sehr liebte, begeistert vom Unterricht und von der Verantwortung, die man mir übertrug. Das Gift schlummerte in mir und erwachte von Zeit zu Zeit.

Ich erinnere mich – ich war etwa siebzehn – an einen heißen Sonntag inmitten von Klatschmohn, Schmetterlingen, unter Sonne und Schwalben; wie ich so auf dem Rücken ausgestreckt in einem reifen Kornfeld, den Blick zum Himmel gewandt dalag, erlag ich ausgiebig meinem Laster, getrieben von ich weiß nicht welcher Kraft[1]. Da ging es wieder heftig von neuem los. Ich schluchzte vor Gewissensqualen. Ich rückte mein Bett

[1] Siehe Seite 178.

so, daß ich die Sterne sehen konnte, damit sie mir helfen sollten. Ich trug ein Armband, das einen vor Anfechtungen aller Art bewahren sollte. Ich legte mir die Bibel griffbereit. Ich hatte siegreiche Monate, dann wieder plötzliche Niederlagen. Bisweilen betrachtete ich die SACHE als ein praktisches Mittel zum schnellen Einschlafen und zum Aufwärmen meiner kalten Füße.

Ich haßte es jedoch, ihr untertan zu sein.

Ich fühlte ein perverses Lächeln auf meinen Lippen, wenn ich eingesehen hatte, daß es an diesem Abend zwecklos sein würde, dagegen anzukämpfen, und ein erleichtertes, wenn ich mich wieder hatte gehen lassen. Meist aber führte ich einen erbitterten Kampf. Die SACHE rief gebieterisch nach mir, ich rang die Hände, barg mein Gesicht im Kissen, flehte Gott an. Wenn ich nicht einschlafen oder mich durch etwas anderes ablenken konnte, kam diese schreckliche BESTIE so lange, bis ich sie empfing, schnell und in vollen Zügen, um sie dadurch wieder abzuschütteln. Ich verbot mir selbst, danach noch zu beten.

Mit achtzehn bescherten mir Konfirmation und Hl. Kommunion einen beinahe vollkommenen Sieg. Und ich bemerkte auch, daß auf die seltenen Rückfälle eine Mattigkeit des Körpers wie des Geistes erfolgte, was meiner Arbeit Abbruch tat. Dies hielt die BESTIE auf Distanz, sogar als ich einmal krank im Bett lag.

Sie erhob ihr Haupt wieder leicht in Paris, vielleicht wegen des Weins, den ich ab und zu trank. In den vergangenen Jahren waren die Ausrutscher seltener, und wenn, dann passierten sie im Halbschlaf.

Claude hatte damit nie etwas zu tun. Im Gegenteil. Vom Januar bis zum Juni 1902 nicht ein einziges Mal; das war, als wir einander sehr nahe standen. Er hat mich und Anne ganz nebenbei über Dinge unterrichtet, die uns eigentlich Mutter hätte sagen sollen. Eines Tages hat er auch von Mädchen gesprochen, die in einer besonderen Beziehung zueinander stehen, da habe ich Clarisse im Geiste vor mir gesehen. Aber er ist nicht so deutlich geworden, daß ich alles verstanden hätte.

Ein im Müßiggang verbrachter Tag, ein Tag ohne Gebet, eine ungebührliche Anstrengung der Muskeln oder des Geistes schaffen die Vorbedingungen für die Sünde.

Das amerikanische Buch *Was ein junges Mädchen wissen muß,* ist gut. Wenn ich gewußt hätte, daß ein solcher Körperteil eines Tages an der Erzeugung meiner Kinder beteiligt sein würde, hätte ich Clarisse widerstanden.

Lange Zeit habe ich geglaubt, die Geschlechtsorgane der Frau lägen im Körperinnern, und alles was draußen sei, habe damit nichts zu tun.

Hätte mir Mutter Clarisse nicht ins Bett gelegt, wäre mir *das* all die Jahre über verborgen geblieben.

Mein Augenleiden, das so lange angehalten hat und immer noch nicht überstanden ist, meine Migräneanfälle, meine Depressionen, mein plötzliches Erschlaffen im Augenblick des Handelns, kann das alles vielleicht davon herrühren?

Hier die Abschrift eines Beistandsbriefs, den ich aus Amerika erhalten habe und der mir sehr geholfen hat:

LIGA CHRISTLICHER FRAUEN VON...
U. S. A.

SEKTION KEUSCHHEIT

8. September 1903.

»Meine liebe junge Freundin,

Ihr Hilferuf weckt all meine Sympathie.

Ich verstehe sehr wohl, wie es um sie steht, und ich

hege keinen Abscheu, sondern aufrichtige Bewunderung für Ihre Offenheit.

Sie müssen unbedingt die Meinung ändern, die Sie von sich selbst haben.

Wenn ein kleines Kind sich auf eine Leiter hinauftraut, ohne die Gefahr zu ermessen, und fiele kopfüber herunter, würden Sie dann Abneigung gegen es verspüren oder ihm etwa den Sturz vorwerfen?

Nein, Sie werden ihm einen Notverband anlegen. Sie werden ihm sagen, daß es *in Zukunft besser aufpassen* soll, und den Vorfall vergessen.

Sie haben schon gute Vorkehrungen zum Widerstand getroffen.

Sie werden nur dann zu verurteilen sein, wenn Sie jetzt, da Sie es wissen, den Kampf aufgeben.

Drohen Sie mitten im Schlaf zu unterliegen, sagen Sie zu sich selbst: ›Das war ich nicht. Ich habe einen solchen Abscheu vor dieser Handlung, daß ich sogar mitten aus dem tiefsten Schlaf erwache, aus dem Bett springe und meine kalten Waschungen vornehme.‹

Vertun Sie Ihre Zeit nicht mit Selbstvorwürfen. Führen Sie ein tatkräftiges, den Mitmenschen zugewandtes Leben.

Dieser Mißbrauch eines Ihrer Organe, der Ihnen wider Ihr besseres Wissen beigebracht worden ist, wird ganz von selbst aufhören.

Mit ganzem Herzen Ihre

Mrs. X..., Directrice.

P. S. – Anbei einige Anleitungen zu Wasser-, Atmungs- und Ernährungskuren.«

Dritter Teil Anne und Claude

14 *Anne und Claude entdecken einander*

CLAUDES TAGEBUCH.

Paris. Januar 1904.

Ich bin in Mitteleuropa gewesen, habe Philosophen, Dichter und Maler besucht, habe geschrieben und Übersetzungen gemacht. Ich kann ohne meine Schwestern leben, aber ich habe sie weder vergessen noch andere an ihre Stelle treten lassen. Wir schreiben einander noch, aber nicht mehr so häufig.

Ich bin Anfang 1904, zur gleichen Zeit wie Anne, nach Paris zurückgekehrt. Sie hat ein Atelier. Muriel hat immer noch ihr Augenleiden. Sie hat in London und in ihrem Dorf gearbeitet, aber weniger, als sie eigentlich vorhatte. Sie scheint immer frommer zu werden, hat auch nicht ein einziges Mal mit Anne von mir gesprochen; Anne findet es bedauerlich, daß sie einander fremd werden.

Ich statte Anne überraschend einen Besuch ab, nur für eine Stunde, und werde nach wie vor herzlich empfangen. Wir nehmen sogar unsere alte Gewohnheit wieder auf, abends zusammen auszugehen.

Sie ist mittlerweile sicher, ohne dies jedoch zuzugeben, daß ihre fixe Idee von damals, *also die Sache zwischen Muriel und mir,* nie mehr zustandekommt. Dabei hätte nicht viel gefehlt.

Sie ist nun nicht mehr hauptamtlich die hingebungsvolle jüngere Schwester von Muriel. Sie ist jetzt wieder wie an jenem ersten Tag, als sie ihr Lorgnon abnahm.

Sie ist nun eigenständig, und das gefällt mir. Ich halte sie über meine Unternehmungen auf dem laufenden. Wir werden uns wieder neu entdecken.

20. Februar 1904.

Monate sind verstrichen. Es wird bald zwei Jahre her sein, daß ich die Insel auf meinem großen Fahrrad verlassen habe. Anne kam mir heute ganz besonders hübsch vor; sie hatte auch eine wohlklingende Stimme.

An einem großen Tisch in ihrem Atelier zeigt sie mir ihre neuesten Entwürfe. Ihr ist heiß. Sie ist gerannt. Ihr Herz schlägt noch immer. Ihre Brust zeichnet sich klar, aber unaufdringlich durch die Bluse ab. Das Hindernis Muriel besteht nicht mehr zwischen uns. Ich erinnere mich an ihre Stimme in jener Nacht, als wir den Bach überquerten, an ihren Fuß, der die Spiegelfronten im Labyrinth entlangtastete und an ihre Schulter, die sich unter dem Rückstoß des Gewehrs eindellte. Habe ich sie etwa eines Hirngespinstes wegen vernachlässigt?

Einmal mehr schießt mir der wahnwitzige Gedanke durch den Kopf, diese Brüste in meine Hände zu nehmen. Weshalb sollte ich es nicht heute versuchen? Ich tue es also behutsam und mit Bedacht, wie man eine noch am Baum hängende Frucht in der Hand wiegt.

Wird sie jetzt kreischen und mir eine Ohrfeige verpassen?

Anne streckt ihre rechte Hand vor, um meine abzuwehren... Doch nein! Ihre Hand schmiegt sich leicht um die meine und hilft ihr beim Anfassen der Brust.

Wir schauen einander erstaunt an. Ein ganzes Sittengebäude stürzt in sich zusammen. Annes Haushälterin klopft mehrmals und immer stärker an die Tür, gibt schließlich auf und geht. Hat sie vielleicht durchs Schlüsselloch geschaut und uns gesehen? Sie ist die Schwester von Claires Haushälterin. Da kann man nichts machen. Anne nimmt mit ihrer Rechten meine Rechte weg, knöpft sich mit der Linken zwei Knöpfe weit die Bluse auf, läßt meine Hand hineinschlüpfen und legt sie wieder an ihren Platz auf die nackte Brust. Ich kann es gar nicht fassen. Ich möchte mein Gesicht dem ihren nähern.

»Laß dir Zeit«, sagt sie. »Das zuerst. Ich hatte Lust darauf, und du hast es erraten... (Sie fängt als Erste mit dem Du an) Hör zu, möchtest du, daß wir in diesem Sommer zehn Tage miteinander am Ufer eines Sees verbringen? (Ich nickte mit dem Kopf.) Ich verlasse Paris übermorgen.«

Sie gab mir ihre Lippen.

Sie reiste nach London und ich nach Rom.

ANNE AN CLAUDE *(in Rom)*.

28. Februar. London.

Schon an dem Tag, als ich dich zum ersten Mal sah, hast du mir einen ungeheuren Eindruck gemacht, als du von Watts sprachst und von seinem Bild *Die Hoffnung,* das du aus denselben Gründen mochtest wie ich. Du schienst mir in allem etwas reifer zu sein als ich. Aber mein ganzes Leben lang hatte ich neben mir eine höhere Tochter, die mich in jeder Hinsicht in den Schatten stellte: ihre ersten Preise jeweils, ihre Fähigkeit, mich in jedem Spiel zu schlagen, nötigten mir Respekt ab. Sie fand zwar, ich spiele besser Cello als sie Klavier, dafür aber übertraf sie mich im Singen. Sie konnte Verse schmieden, sie war die einzige wirkliche Schauspielerin auf der Bühne unserer Stadt: ich spreche von Muriel.

Beide habt ihr mir mit eurem Gespräch geholfen, meine Hemmungen abzubauen. Ich habe euer Zusammentreffen zu meinem Vergnügen arrangiert, so wie man einen Wettstreit zwischen zwei großen Kanzelrednern ausrichtet. Nicht aus Bescheidenheit habe ich mich im Hintergrund gehalten, sondern aus ganz offensichtlichen Gründen. Ich erlitt heftige, aber kurze Eifersuchtsanfälle, da ich mich nicht als euresgleichen fühlte. Vom ersten Augenblick an habe ich euch als Ehepaar gesehen. Und ihr habt euch ja auch geliebt, mit mancherlei Komplikationen. Ich hatte mich schon mit allem abgefunden, als ich beim letzten Mittagsmahl so unter den blühenden Apfelbäumen dasaß, ehe du, so gut wie mit ihr verlobt, von dannen gingst.

Ihr Zögern hat mich überrascht. Sie strahlte gar keinen Triumph aus. Erst die Lektüre deines Tagebuchs hat mir Klarheit verschafft. Ich habe mir ganze Seiten daraus abgeschrieben. Und da dämmerte mir etwas: zwei so absolute Wesen wie ihr beide können überhaupt nicht zusammenkommen.

Wir haben einander wiedergesehen, du und ich. Und wie damals hast du mir einen unglaublichen Auftrieb für meine Arbeit gegeben. Zu meinem Erstaunen sahst du mich plötzlich mit ganz anderen Augen an. Auch ich konnte nicht mehr anders, nachdem du mir deine Hand auf die Brust gelegt hattest. Damit hat alles angefangen.

Muriel und du, ihr wart nur zwei Pole, aber ich habe mich ohne Zögern dir genähert. Ich liebe Muriel noch immer. Im Geiste aber fühle ich mich ihr entrückt und dir verbunden.

15. März. 1904. Im Wald.

Ich bin unglücklich, daß ich dich nicht sehe. Sag doch der Novizin, die ich bin, was sie tun soll.

Leidest du auch so? Wahrscheinlich nicht. Du mußt sehr beschäftigt sein, wie immer. Darf ich Novizin dir schreiben, was zu tun ist...?

Eben geht ein Regenschauer nieder... der Regen peitscht meine Haut, die nicht mehr nur mir allein gehört, da sie schon von fremden Lippen berührt worden ist... Wasche mich rein von meinen Befürchtungen, Regen!... Ich möchte frei sein wie der kleine Hase, der sich dort hinten in die Büsche schlägt... Dir gehören, Claude, rückhaltlos.

20. März, Chelsea.

Mutter will, daß ich nach Hause komme, damit ich ihr helfe, Muriel gesundzupflegen. Ich habe ganz sanft geantwortet: nein. Ich käme mit meiner Arbeit ja doch nur stückchenweise voran, würde mich nur aufsässig verhalten. Und Mutter würde ständig mit neuen Wünschen daherkommen. Muriel hat nichts von Mutters Vorgehen gewußt, sonst hätte sie es verhindert. Ich schreibe an sie, aber vorgelesen werden ihr meine Briefe wiederum von Mutter, wegen ihrer Augen.

Ich habe einfach das Bedürfnis, unseren Anschauungen gemäß mit dir zusammen zu leben.

Ich habe deine Lippen auf den meinen gespürt, als es vier Uhr schlug. Hast du da an mich gedacht? Erinnerst du dich?

30. März, Chelsea.

Ein Brief von Mutter: Muriel wird – so schreibt sie – mit ihrer Behandlung, von der ihr Augenlicht abhängt, nur fortfahren können, wenn ich daheim bin. Am Ende werde ich doch in dieses Gefängnis zurückkehren. Wenn es da nur Muriel gäbe, wäre ja alles gut, aber dort herrschen eine Atmosphäre und unsichtbare Dogmen, die einem die Hände binden und einen zur Heuchelei zwingen.

Die arme Muriel, sie tut mir so leid, und ich hänge an ihr.

13. April. Insel.

Ich bin gestern auf der Insel angekommen. Ich habe deinen Rat beherzigt: »Bis hierher und nicht weiter.«

Um sich besser in der Gewalt zu haben (siehe ihre *Beichte*), hatte Muriel sich unterdessen über Nacht zur hundertprozentigen Vegetarierin gemausert. Aber ihre Augen sind dadurch noch anfälliger geworden. Deshalb verabreicht man ihr nun wieder fleischige Kost, was gut anzuschlagen scheint.

Und hier folgt, was man alles von mir erwartet: ich soll die Blumenbeete rund ums Haus betreuen, weil Mutter Blumen ja so gern hat – ich soll den neuen Hund abrichten, übrigens ein reizendes junges Tier – ich soll an Stelle von Muriel die Organisation eines Wohltätigkeitsbazars übernehmen, der in zwei Monaten stattfinden soll.

Ich habe Muriel geantwortet: »Deswegen bin ich nicht gekommen, sondern einzig und allein wegen deiner Augen. Ich bin Bildhauerin.«

Muriel hat von den Pflichten geredet, die wir unseren Eltern gegenüber hätten. Ich habe ihr geantwortet, daß ich ihre Meinung diesbezüglich längst nicht mehr teile.

Die beiden begreifen gar nicht, wie sehr ich mich verändert habe. Nach langem Hin und Her wollten sie mir jeden Morgen bis elf Uhr frei geben – was mir einfach nicht genügt. Denen aber auch nicht!

Ich werde also mit und ohne Worte kämpfen müssen. Wenn ich mich von ihrem Alltagstrott anstecken lasse, werde ich noch stumpfsinnig. Dieses famose Wohltätigkeitsfest bringe ich halt noch hinter mich; dabei haben die gehofft, ich bleibe den ganzen Sommer über da!

17. April 1904. Insel.

Ich werde auch noch Italienisch lernen. Schreib meine Adresse mit der Schreibmaschine, wegen Mutter. Schreib Muriel wegen ihrer Augen. Den Brief lese ich ihr dann vor. Sie weiß nur, daß wir uns in Paris sehen, sonst weiß sie nichts. Sie strickt, geht an meinem Arm spazieren, läßt sich von mir vorlesen und hat keine akuten Beschwerden mehr.

Ich bin froh, daß du mich in gewissen Punkten tadelst. Du wirst noch weitere entdecken, wenn du ein bißchen nachbohrst.

Das gilt auch für dich, du bist auch nicht immer so, wie ich das gern hätte.

25. April. Insel.

Dein Brief! Also schon in Wales, als wir nachts den Bach überquerten und ich so schlechter Laune war, hattest du Lust, mich zu küssen! – Erinnerst du dich an das andere Mal, als wir Verstecken spielten? Ich bin so heftig gegen einen Ast gelaufen, daß ich ganz benommen war. Du hast mich an den Handgelenken gepackt, damit ich nicht hinfalle. Deine Stimme nahm dabei einen ganz bekümmerten Ton an. Auch dein Gesichtsausdruck veränderte sich. Ich riß meine Gelenke aus deinen Händen. – Welche Freude, sich daran zu erinnern...

5. Mai 1904 Insel.

Letztes Jahr in der Schweiz gab es in unserem Hotel einen sehr gepflegten jungen Mann von allzu glatter Schönheit. Mein Bruder plauderte öfter mit ihm. Mich hingegen interessierte er gar nicht.

Doch dann habe ich geträumt, daß er mich um die

Taille faßte. Als ich ihn daraufhin wieder sah, war ich etwas verwirrt. Ich spielte Beethoven für ihn und schoß dabei pfeilartige Blicke auf ihn ab. Eines Morgens, noch vor Sonnenaufgang, ist er abgereist. Ich bin aufgestanden und habe eine lange Wanderung ins Gebirge gemacht, erst schien noch der Mond, dann ging die Sonne auf, schließlich wurde es heller Tag; und immer habe ich dabei nur an ihn gedacht.

Dieses und noch andere Erlebnisse lassen mich vermuten, daß ich später einmal mehrere Liebschaften haben werde. Ich bin von einer Neugier, die ich fast heilig nennen möchte.

Gelingt mir ein Entwurf, bin ich im siebten Himmel; mißlingt er mir, bin ich im Fegefeuer. – Und dann lasse ich mich in den gefährlichen Sumpf von Trost durch Häuslichkeit hineinziehen. – …

Nein! Ich will ganz für mich bleiben, manchmal mit dir zusammen sein, und in Ruhe meiner Arbeit nachgehen.

11. Juni 1904. Insel.

Der Augenarzt hat Muriel den Gebrauch der Augen für die Dauer von vier Monaten verboten. Es ist schon mehr als zwei Jahre her, seit sie und ich offen miteinander geredet haben. Was hältst du eigentlich von ihrer *Beichte*. Sag nichts, wenn du nicht möchtest.

Es fällt mir schwer, unser Geheimnis zu hüten. Ich würde Muriel und Mutter am liebsten reinen Wein einschenken.

Zwischen Mutter und mir herrscht große Spannung, was sich verheerend auf meine Arbeit auswirkt. Das Geld, das ich habe, ist von Vater, ich habe einfach darauf bestanden. Reich bin ich zwar nicht, aber immerhin unabhängig.

In physischer Hinsicht habe ich Mut. Nur seelisch bin

ich ein Hasenfuß. Unlängst wäre ich beinah von einem Wagen überfahren worden. Meine allererste Befürchtung war, meine Bildhauerei aufgeben zu müssen, dann erst dachte ich an dich, dann an Muriel und erst ganz zuletzt an die Familie. – Alex reist morgen ab: ich habe also mehr Zeit zum Modellieren. Charles führt schon das Steuer eines Hochseedampfers.

Wenn ich mein Gesicht im Spiegel sehe, bedauere ich, dir nichts Besseres anbieten zu können. Was macht es schon, wenn ich beim Klettern abstürze. Ich stehe einem Krieg auch nicht mehr so feindlich gegenüber. Ich habe auch keine Gewissensbisse mehr. Die Lektüre der Zitate in deinem *Tagebuch* für Muriel haben einen anderen Menschen aus mir gemacht.

Ich habe bloß Angst, daß du mich verläßt, ehe ich soweit bin, daß ich dich verlassen kann.

Bediene dich meiner. Brich mich. Setze mein Leben aufs Spiel. Ich hätte so gern zugesehen, als du Pilar liebtest: ich hätte sofort eine Plastik von euch angefertigt. Ich möchte ganz zu Feuer werden.

Du sagst mir: »Ich liebe dich, weil ich dich brauche.« – Goldene Worte!

Jawohl! Brauche mich!

Künstler, die sich noch nicht dafür halten, sind weniger zu bemitleiden als solche, die es zu sehr tun.

Ich bin beschämt und wütend, daß ich aus lauter Vorsicht davor zurückgeschreckt bin, dir zu gehören. Ich hätte in Paris bleiben sollen.

Wir sind vor drei Monaten nicht weit genug gegangen, du und ich. Seither warte ich auf etwas, ich weiß selbst nicht worauf, doch so sehnsüchtig, daß ich schier verrückt werde.

Mein Junge, deine Briefe wirken auf mich entweder wie eine kalte Dusche oder wie eine Tasse Kaffee.

Rede ich zuviel von mir? – Du erzählst mir ja nicht genügend von dir!

Ich mag es, wenn du mir sagst: »Es gibt dich, aber außer dir gibt's noch den Rest der Welt.« – Ich gebe dir stolz dasselbe zurück.

Du beschäftigst dich mit mir, zwar nicht eingehend, aber von einem hohen Standpunkt aus, auf eine Weise, die mich glauben macht, daß du mich liebst, ohne daß ich jedoch wüßte, weshalb.

CLAUDES TAGEBUCH.

Luzern. 2. Juli 1904.

Ein Telegramm: *»Ankomme Dienstag Mittag Luzern.«* Ich nehme in Rom den Rapido, spüre wie die Räder Anne entgegenstampfen. Ich fahre durch eine brennendheiße Gegend mit schneebedeckten Berggipfeln. Ich treffe zwei Tage eher ein, um mich auf ihr Kommen einzurichten. Ich miete ein Zimmer, dessen hölzerner Balkon zum See hinausgeht.

Ich erwarte Anne auf dem Bahnsteig. Der lange Zug leert sich. Keine Anne! Ich werde unruhig. Schließlich erspähe ich sie am Zugende, wie sie gerade mit einem großen Rucksack und einem schweren Koffer aussteigt. Ich laufe ihr entgegen. Anne hält mir ihre Wange hin. Das Band ist noch nicht gerissen. Sie sieht ernst aus und ist etwas schlanker geworden. Wir setzen uns auf den Koffer, während wir auf den Gepäckträger warten.

»Daß ich hier bin«, sagt sie, »habe ich eigentlich Muriel zu verdanken, obwohl sich ihr Augenleiden noch immer nicht gebessert hat. Heute hat sie Geburtstag. An Stelle eines Geschenks hat sie sich von Mutter, die mich nicht fortlassen wollte, erbeten, daß ich heute hierher in die Schweiz fahren durfte. Sie weiß nicht, daß ich zu dir gefahren bin. Ich hätte es ihr so gern gesagt, obwohl sie sich immer, wenn sich das Gespräch um dich dreht, sofort hinter eine Mauer eisigen Schweigens zurückzieht. Unter vier Augen hätte ich es vielleicht versucht, aber die ganze Atmosphäre im Haus hindert mich daran.

Rom scheint dir gut getan zu haben. Du siehst blendend aus! Da kommt der Gepäckträger!«

Anne gefiel das alte Zimmer mit den zwei Betten, sie zeigte auf das eine und sagte: »Da schlaf ich heute nacht, und du schläfst, wo du möchtest. Morgen klettern wir zu den Felsen und Tannen hoch.«

Ich höre ihr zu, sehe sie an, überlasse ihr die Initiative für alles Weitere. Ich bin nur glücklich, daß sie da ist. Ein richtiges Verlangen nach ihr spüre ich gar nicht.

Am Abend küßt sie mich und redet und redet:

»Ich möchte keine Kinder gebären, sondern Statuen. Ich habe unverheiratete Paare gesehen und habe sie beneidet. Ich habe ein Buch von Malthus gelesen, das mich sehr überzeugt hat. Ich will nun kein junges dummes Mädchen mehr sein, aber irgendwie habe ich Angst. Ich mach's wie euer famoser Marschall, ich sage zu meinem Körper: ›Was, du zitterst, altes Jammergerippe? Wie würdest du erst zittern, wenn du wüßtest, wo ich dich hinführe‹.«

»Bravo!« sage ich.

»Ich habe Biographien von berühmten Frauen gelesen, die ein freizügiges Leben führten. Ich teile nicht mehr Muriels religiöse Prinzipien, noch ihre Bereitschaft, um jeden Preis und jederzeit zu dienen. Ich möchte mich durch meine Werke ebenso nützlich machen wie Watts durch die seinen, ich möchte die Menschen aufrütteln. Ich glaube nicht mehr daran, daß zwei Menschen unabdingbar füreinander bestimmt sind, was mir bei Muriel und dir zuzutreffen schien. Ich glaube vielmehr, daß man gezwungen ist, es auszuprobieren. Deshalb habe ich dich an meine Brust gelassen. Deshalb bin ich auch hier. Wir stehen ganz am Anfang. Wir haben ja noch immer Schwierigkeiten, einander ernst zu nehmen. Ich weiß nicht, ob ich dich liebe, aber ich lerne eine Menge von dir, ich finde dich amüsant, du gefällst mir.«

Ich bin stolz auf Anne und zugleich etwas verlegen. Die treibende Kraft ist eindeutig sie. Muriel und ihre Mutter verblassen davor. Ich empfinde Anne gegenüber Achtung, ich möchte sie beschützen, zärtlich zu ihr sein, sie macht mich neugierig und übt große Anziehung auf mich aus. Kein Mann hat sie bislang berührt.

»Erzähl mir noch mehr von Pilar, aber mit allen Einzelheiten«, sagt sie. – Doch müde von der Kanalüberfahrt, die beschwerlich war, schläft sie in meinen Armen ein.

Geweckt werde ich von ihr, indem sie mich wild am Schopf zieht: »Raus hier! Claude! Das Schiff fährt in einer halben Stunde.«

Sie trägt unmögliche Unterwäsche, sie sieht aus, als sei sie mit dem Messer aus einer Art rotem Flanell zugeschnitten, was sehr militärisch wirkt.

Das Schiff bringt uns an den Fuß eines zerklüfteten Vorgebirges, dessen verstreute Felsblöcke den Wald überragen. Dieser lichtet sich hier und dort, und sogar eine Schutzhütte ist vorhanden.

Ich liege auf dem Bauch, die Ellbogen auf den tannennadelübersäten Waldboden gestützt, auf der Spitze meines linken Zeigefingers sitzt eine winzige Schnecke, die mit ihrem schlanken Hälschen ins Leere tastet, auf meinem rechten Zeigefinger dagegen eine erbsengroße Schnecke mit Häuschen, die dasselbe tut.

Anne versucht mit dem Zeichenstift dies Bild der Unschuld aufs Papier zu bannen.

Ich rudere mit einem Boot, ähnlich jenem, mit dem ich und Muriel in das Gewitter geraten sind; Anne macht vorne vom Bug aus einen Kopfsprung und taucht unter dem Kiel hindurch.

Mit einem kleinen Meißel und einem Hammer bearbeitet Anne einen Felsen, daß die Brocken fliegen; der Fels sieht von seiner Form her und durch den Moosbewuchs einem archaischen Hundekopf ähnlich.

In der Dämmerung lauschen wir dem Gequarre der Kröten.

»Lauter Wunder!« sagt Anne, »und uns habe ich noch gar nicht mitgerechnet.«

Sie legt sich mit einem klugen Gesichtsausdruck schlafen und gibt mir noch einen kurzen Kuß.

Am Morgen führt sie mich in den Obstgarten unter einen hohen Kirschbaum, sagt: »Bleib hier so stehen!« klettert an mir hoch, kniet erst auf meinen Schultern, richtet sich über meinem Kopf auf und schwingt sich in die Baumkrone. Sie wirft mir wohlgereifte schwarze Kirschen zu und nascht selber davon. Ein Kirschkern landet in meinem Ohr. »Pardon«, sagt sie, »ich habe auf die Nase gezielt.« Zwischendurch pfeift sie ständig, um mich aus der Fassung zu bringen.

Wir jonglieren mit Tannenzapfen... wir fangen Frösche... hören aber damit auf, als der junge Hausknecht des Gasthauses einen mitten durchschneidet, wie es üblich ist, und sich die Schenkel zum Kochen aufhebt.

Unsere Küsse werden immer intensiver. Werde ich je dazukommen, etwas anderes mit diesem halben Jungen anzufangen? Meine Geduld ist nicht gespielt.

Wir spielen Messerwerfen im Sand mit meinem Taschenmesser, wir schießen mit Pfeil und Bogen und mit dem Revolver. Sie schneidet hervorragend dabei ab.

»Ist es vulgär, zu jemandem *Kumpel* zu sagen?« fragt Anne, nackt im Bett liegend.

»Nein. Das ist ein vertrauter Umgangston. Ein Schülerausdruck. Es klingt viel herzlicher, viel lustiger, viel vertrauter als *Kamerad.*«

»Also bin ich dein Kumpel.«

»Ja, die meiste Zeit sind wir gute Kumpel. Aber wir sind nicht nur das allein. Kumpel küssen einander nicht auf den Mund und haben Herzklopfen dabei, wie ich das immer habe. Kumpel wollen eigentlich nicht *mehr* voneinander.

»Und du willst eigentlich doch *mehr?*«

»Mal nein, mal ja. Ich genieße es, daß mir all unsere Zeit zur Verfügung steht. Jedoch ich spüre die Neugier nach *mehr* in mir.«

»Ich merke schon«, sagt Anne, »du redest so um den Brei herum, läßt dabei aber doch nicht locker. Worauf soll denn das Ganze hinauslaufen?«

»Endlich den Brand zu entfachen, den wir gelegt haben.«

»Gut, aber was dann?«

»Ja dann, dann kann man natürlich nicht wissen, was das Feuer mit uns macht.«

»*...mit uns macht*«, wiederholt Anne mit veränderter Stimme, wie ein Echo. »Komm Claude, jetzt tun wir's, auf der Stelle!« – und sie zieht mich über sich.

Sie ist feuerrot im Gesicht, und schaut ganz ernst drein.

Ich versuche es erst ganz sanft.

»Los, mach schon!« sagt sie.

Ich halte erneut inne.

»Nun mach endlich!«

Dieser Ton überzeugt mich. Ich durchstoße ein leichtes Hindernis. Ich bin in ihr. Sie sieht mich mit Kumpelaugen an, das ist alles, was sie macht.

Dieses Spiel jedoch stellt alle bisherigen in den Schatten. Wir versuchen, es richtig zu lernen.

»Es war aber auch höchste Zeit«, sagt sie, »und außerdem macht es mir Spaß, weil es dir auch Spaß macht und weil es etwas Intimes ist, aber mit uns hat es noch nicht sehr viel zu tun. Es ist wie unsere Küsse, nur nicht so schön.«

»Bei dir lodert das Feuer ja auch noch nicht«, sage ich.

»Lodert es denn bei dir?«

»Ja merkst du denn das nicht?«

»Doch. Aber bei mir lodert's nicht. Es ist, als ob du das Spiel allein spielst. Glaubst du, das wird je anders?«

»Das bleibt abzuwarten.«

»Ja«, sagt sie. – »Du hast mir ja auch gesagt, daß Claire bei deinem Vater auch nie etwas dabei empfunden hat. Ist das vielleicht gar der Normalfall?«

Am neunten Tag schlage ich vor, daß wir noch etwas länger als zehn Tage dableiben. Anne will nicht.

»Ich hab's mir reiflich überlegt«, sagt sie. »Ich habe mir geschworen, nicht länger zu bleiben. Es geschieht zu deinem und meinem Besten. Wir brauchen jetzt beide einen Bremsklotz. Besser etwas zuwenig als etwas zuviel. Ich werde übermorgen allein aufbrechen und zur Paßhöhe hinaufsteigen. Dort oben in der Gegend kenne ich ein paar Bauern, da gibt es auch weiche Gesteinsarten. Du hingegen fährst mit Claire ans Meer, weil sie das braucht. Wir kommen ja bald wieder zusammen. Wir sind freie Menschen, und das ist schön so.«

Also mußte ich den Bremsklotz schlucken.

Es ist soweit, Anne bricht mit dem Rucksack auf. Sie hat zierliche Hüften, ihre Augen blinzeln in der Sonne. Sie hat mir noch gesagt: »Ich wende mich noch einmal um, sobald ich bei der Pappel bin.« Sie tut es und sendet mir einen ernsten Gruß, indem sie nur mit dem Kopf nickt.

ANNE AN CLAUDE.

14. Juli 1904.

Es ist zwei Tage her, seit ich dich verlassen habe. Ich bin vier Stunden gewandert, ohne zu rasten, aber auch ohne mich anzustrengen, manchmal habe ich dabei geredet. – Mit wem wohl? – Mit dir! Ich bin auf dem Brückengeländer balancierend über einen Wildbach gegangen (das hab ich früher schon immer gemacht), über einen Wasserfall hinweg, der an den Felsen zerstob. Der Wasserstaub sprühte mich an, und die Sonne schien drauf: mir war, als ginge ich durch lauter kleine Regenbögen. Mein Rucksack drückt mich nicht allzusehr. Ich mache mir einen Spaß daraus, abwechselnd knausrig und verschwenderisch zu sein. Ich bin dein, mitsamt meinem Sonnenbrand.

20. Juli.

Ich lese wieder deinen Brief, den du mir vor einem Jahr geschrieben hast. Jetzt verstehe ich ihn plötzlich von vorn bis hinten. Ich bin erstaunt, was dieser Brief ganz von allein bewirkt hat.

Zehn Tage Ehe, das ist nicht viel! Dafür berühre ich jetzt endlich wieder den Boden, seit du weg bist.

Böcklin mag ich auch. Schick mir die *Physik der Liebe* von Rémy de Gourmont.

CLAUDES TAGEBUCH.

Knocke. 5. August 1904.

Ich verbringe mit Claire einige Wochen im Hotel an einem belgischen Strand. Ich gebe mir alle Mühe, ihr den Aufenthalt so schön wie möglich zu machen. Ich habe einen kleinen Flirt mit einer Rheinländerin angefangen, die in ihrem farblichen Äußeren ganz Muriel gleicht. Ich lade Anne ein, nur zehn Fahrradminuten entfernt, im Nachbardorf Quartier zu beziehen. Ich habe für sie ein Zimmer mit Blick auf das Meer gemietet und außerdem einen kleinen Schuppen als Atelier. Morgen kommt sie.

6. August.

Statt ihrer kommt ein Brief: »Katastrophe. Mutter und Muriel krank im Bett. Da gibt es nichts zu überlegen: ich muß sofort zu ihnen und sie pflegen. Ich hab jetzt schon eine Gänsehaut.«

Sowas mußte ja einmal kommen. Können wir das je wieder nachholen?

Acht Tage später ein weiterer Brief: »Ich habe geweint. Du bist wahrhaftiger als meine Bildhauerei. Ich werde dir nicht viel schreiben. Du kannst dir ja alles selbst vorstellen, ich würde mich ja doch nur wiederholen.«

27. Dezember 1904.

Fünf Monate später kommt Anne zu mir nach Paris, zwei Tage nach Weihnachten. Sie ist ganz unruhig, unzufrieden, zweifelt an sich selbst. Sie scheint mir reifer, schöner geworden zu sein. Ich schaue sie an, ohne ihr das zu sagen. Sie liest es in meinen Augen, springt in meine Arme und umschließt meine Hüften mit ihren Schenkeln. Nackt und von Kopf bis Fuß von mir liebkost, gibt sie endlich ihre Panzerungen auf. Nun spürt sie endlich mein Verlangen. Sie schöpft daraus. Als ich sie nehme, betreten wir beide Neuland. Von dem halben Jungen, der sie noch am Seeufer war, ist nicht mehr viel geblieben. Sie ist nun eine junge Frau und entzückt darüber, es zu sein.

»Wie lange habe ich doch warten müssen«, sagt sie am Abend, als es endlich soweit ist, »aber wie reich bin ich belohnt worden!« Ich habe gesagt: »Ich will Feuer werden.« Und nun bin ich es auch geworden.

12. Januar 1905.

Wir treffen uns in ihrem Atelier, zu jeder beliebigen Tageszeit, wann immer ich mich freimachen kann. Ich bin schließlich ein vielbeschäftigter Mann. Ich arbeite an der Gründung einer Zeitschrift mit und habe Übersetzungen termingerecht abzuliefern. Ich kann mich daher nicht allzuoft freimachen.

Eines Tages hat sie mich ganz überraschend per Rohrpost zu sich bestellt. Das entspricht ganz und gar nicht ihren Gepflogenheiten, und sie hat sich auch fest vorgenommen, das in Zukunft nicht mehr zu tun. Ich lasse also alles liegen und stehen, eile zu ihr und bleibe bei ihr.

Ich nehme sie in die Arme, trage sie zu ihrem Bett. Sie entschlüpft mir und nimmt schnell noch ein Bad. Sie hat keine Scheu mehr vor meinen Blicken.

»Anne, immer wenn ich komme, stürzt du dich in deine Badewanne. Dabei wäschst du dich doch ohnehin jeden Morgen, oder?«

»Ja, wie es sich für jede ordentliche Engländerin gehört. Aber seitdem habe ich wieder geschwitzt!«

»Ach du liebes Bißchen! Und wenn ich lieber *dich* rieche, wenn du schwitzt, anstatt den Kräutergeruch deiner Seife, und dich daher bitte, nicht mehr zu duschen, bevor ich dich umarme, was hältst du davon?«

»Ich stimme dir zu«, sagt sie.

Doch abermals kam Rohrpost, ich mußte wieder alles fallenlassen, und mich unverzüglich aufmachen, »um das Feuer nicht ausgehen zu lassen«.

21. Januar 1905.

Claude, Claude, ich bin *zu* glücklich. Mein Verlangen nimmt in dem Maße zu, wie du es stillst.

Findet man als Mann denn Befriedigung, wenn man mit einer Frau schläft? Ich als Frau bin da wohl ganz anders. Ich habe dich den ganzen gestrigen Tag für mich gehabt. Trotzdem kann ich nicht genug von dir kriegen. Ich weiß bald nicht mehr, was ich tun soll. Du füllst mich aus. Sowie du von mir gehst, bin ich wieder leer. Wer hätte das gedacht?

Komm, wann immer du willst; aber das macht das Ganze nur noch schlimmer. Mir ist, als seist du hundert Meilen von mir entfernt. Wenn ich meine Bildhauerei nicht hätte, würde ich glatt verzweifeln.

Hätte ich dich ständig bei mir, müßtest du mich doch bisweilen verlassen, und trotzdem würde ich darunter leiden. Ich bin eben unersättlich.

Und wenn wir schließlich eines Tages genug voneinander hätten? Kannst du dir das überhaupt vorstellen?

Liebe mich so oft du nur kannst.

4. Februar 1905.

Mein Claude, komm nur, wenn du kannst, aber sieh zu, daß du bald kannst. Ein kurzer Besuch ist schlimmer als gar keiner. Ich verfluche deine Arbeit, die dich dermaßen in Beschlag nimmt. Ich bin an der Grenze meines Wartevermögens. Schon in meiner Familie war ich unglücklich, und nun bin ich es wieder, diesmal sogar vor lauter Glück. Heile mich, ohne mich auszuschimpfen. Bring Ordnung in mich.

Komm, wann immer du willst, auch spät in der Nacht.

Im Licht unserer Liebe wird mir klar, daß ich mit meiner Bildhauerei ganz von vorne beginnen muß.

Ich bin deine Anne, mach mit ihr, was du willst, selbst gegen ihren Willen.

Dieses Papier ist deine Haut, diese Tinte ist mein Blut, ich drücke fest auf, damit es eindringt. Jetzt verstehe ich erst, weshalb Pilar, die du ja nicht im geringsten vergessen hast, – genauso wenig übrigens wie ich – dir mit den flachen Händen ins Gesicht geschlagen hat.

Weshalb wohl?

Nun, denk mal nach!

Wenn sich, wie du behauptest, die Philosophie eines Volkes daran erkennen läßt, wie die Frauen sich in der Liebe verhalten, so muß die spanische Denkungsart von außerordentlicher Klarheit sein!

CLAUDES TAGEBUCH.

5. März.

Auf die beiden darauffolgenden Rohrpostnachrichten hin war es mir einfach unmöglich zu erscheinen. Wir befanden uns gerade mitten in der Drucklegung der ersten Nummer unserer Zeitschrift. Und Anne konnte nicht schlafen. Sie sagte und dachte wohl auch, sie hätte Verständnis dafür, und es sei alles nicht so schlimm. Sie empfindet sowas jedoch als einen unnatürlichen Einschnitt.

Ich gelange nach und nach zur Überzeugung, daß Anne sich mit dem, was ich ihr gebe, nicht zufriedengeben wird. Je mehr ich mich verausgabe, desto schöner haben wir es beide, desto mehr aber wächst ihr Verlangen, es möge immer so weitergehen.

Es macht mich sehr traurig, daß ich nicht so oft bei

ihr sein kann, wie ich es gern hätte, und sie wiederum macht es traurig, wenn sie sieht, daß ich traurig bin.

»Wärst du ein Matrose«, sagt sie, »hätte ich mich mit deiner zeitweiligen Abwesenheit einfach abzufinden. Aber da du keiner bist, rufe ich nach dir, wenn ich es ohne dich nicht mehr aushalte; dabei lasse ich mich ganz von meiner augenblicklichen Stimmung leiten, selbst wenn du gerade am Abend zuvor da warst. Leider habe ich damit auch nicht immer Erfolg. Wenn du dann nur für ein Stündchen vorbeischaust, behalte ich dich ja doch wieder die ganze Nacht hier. Dabei glaubte ich, endlich vernünftig geworden zu sein. Ich bin es leider nicht. Ursprünglich hatten wir ausgemacht, wir gehen ein jeder seiner Arbeit nach und treffen uns erst hinterher. Mir ist die Liebe, in der ich ja noch ein Neuling bin, zum Schlüssel für alles geworden: mit unseren Worten und Taten errichten wir unsere Liebe wie eine Statue, die nur uns allein gehört; das ist alles, was zählt. Ich würde dich aber lieber verlieren, als zu oft nach dir rufen zu müssen.«

Sie beschäftigte sich schließlich doch wieder mit ihrer Bildhauerei, wobei ihr auf Anhieb ein Holzschnitt gelang, der eine neue Schaffensperiode einleitete. Sie freute sich mächtig.

Sie arbeitete nunmehr nach einem festen Stundenplan, den ich zu respektieren hatte.

»Eigentlich«, sagte sie zu mir, »sollte ich mir außer dir noch einen Liebhaber zulegen, was ich übrigens auch dir gestatten würde. Dadurch wärst du etwas entlastet.«

15 Anne, Claude und Mouff

CLAUDES TAGEBUCH.

30. März 1905.

Drei Monate sind vergangen. Ich habe Anne zu einer russischen Freundin mitgenommen, die sehr freizügige Anschauungen hat; es war ein netter Abend, es wurde getanzt und reichlich Wodka getrunken.

Gegen zwei Uhr morgens waren von den Gästen nur noch etwa fünfzehn übriggeblieben. Man hatte die Idee, von Zeit zu Zeit für ein paar Minuten das Licht auszumachen.

Ich saß auf einem niedrigen Divan. Anne, die mit Mouff getanzt hatte, saß auf einem anderen, etwa vier Schritt von mir. Ich hatte das aufmerksame Interesse bemerkt, das Anne bei Mouff erweckt hatte; er war ein Slawe, von kleiner, fast vierkantiger Statur, einem ausladenden Schnurrbart, von kühlem und professoralem Äußeren, alles in allem aber von herkulischen Ausmaßen. Der Platzwechsel von Sofa zu Sofa hatte im Dunklen stattgefunden.

Wieder geht das Licht aus. Ich spüre, wie mich jemand berührt, mich an den Ohren packt und wie mich ein Mund auf den meinen küßt, was ich mir gern gefallen lasse, weil ich meine, es sei Anne. Aber irgendwie merke ich, daß sie es doch nicht ist, und meine Lippen schließen sich wieder. Es ist eine Russin, schon etwas älter als ich, mit der ich eben noch geplaudert hatte. Ich ziehe mich zurück und bedaure gleichzeitig, Anne hierher mitgenommen zu haben.

Auf dem Heimweg sagt Anne zu mir:

»Mouff hat mich gefragt, ob er sich meine Holzschnitte ansehen darf. Er sagt, er kennt dich. Ich habe gesagt, er darf kommen. Hätte ich ablehnen sollen?«

»Ich habe dich zu diesem Ball mitgenommen, damit du dort neue Freunde kennenlernst. Ja, ich kenne Mouff. Wir haben öfters miteinander geredet, ohne uns jedoch zu verstehen. Ich glaube, er ist seriös und intelligent.«

»Ich habe ihn nicht angesprochen«, sagte Anne, »er hat sich an mich gewandt, und er hat mich interessiert.«

Wir gehen zu Anne nach Hause. Ich erzähle ihr von diesem Kuß auf den Mund, und daß ich zuerst geglaubt hatte, sie sei es gewesen (dabei drückt sie mir die Finger zusammen); dann spüle ich mir noch den Mund aus, ehe ich sie küsse.

10. April.

Mouff kommt Anne besuchen. Er besieht sich ihre Arbeiten und macht Bemerkungen dazu, die sie beeindrukken. Er selbst ist Maler und Schriftsteller. Er lädt Anne in sein Atelier ein. Sie geht hin. Er macht ihr den Hof.

15. April 1905.

Wir lassen unsere Liebesglut mit Unterbrechungen immer höher lodern. Eines Tages sagt sie zu mir:

»Glaubst du, Muriel hättest du noch mehr als mich geliebt?«

»Ich weiß nicht. Sowas kann man sich nicht vorstellen. Sie lebt in einer anderen Welt. Sie ist und bleibt mir ein Rätsel.«

»Ich glaube ja. Als ich dich kennenlernte, habe ich dich schon mit ihr verlobt gesehen. Ich hielt euch wie füreinander geschaffen, und dafür muß es Gründe geben. Sie schlägt mich in jeder Sportart. Wenn sie es darauf anlegte, würde sie mich vielleicht auch hierin schlagen. Mir ist es beinahe gelungen, euch zu verheiraten. Manchmal war ich eifersüchtig, wie in jener Nacht am Strand. Ich stellte mir die Frage: ›Werde ich ihn einmal ganz für mich haben?‹ Dann habe ich mich wieder für eure Liebe eingesetzt, bis zu dem Tag, als ich dein Tagebuch von der Trennung gelesen hatte, es war wie eine Offenbarung für mich.

Ich habe begriffen, daß eure Beziehung nicht wieder einzurenken war. Erst da habe ich begonnen, dich für mich in Erwägung zu ziehen, und das hast du schließlich gespürt.«

»Nach und nach hast du aufgehört, ein Junge zu sein.«

»Durch dich, Claude. Aber schon dieser Junge hat dich sehr geliebt. Es ist schon eine aufregende Sache, wenn man merkt, daß der Mann, der einem gefällt, einen ganz haben will... Wärst du eifersüchtig auf Mouff?«

»Und wie! Er ist das genaue Gegenteil von mir. Aber vielleicht zieht dich gerade das an. Außerdem bin ich ihm gegenüber voreingenommen. Ich finde ihn, ohne ihn allerdings näher zu kennen, deiner nicht würdig. Ich kann mir euch beide zusammen einfach nicht vorstellen. Aber auch hier kann ich mich nur auf Vermutungen stützen. Ich sehe nur, was dabei für ihn abfiele, nicht aber, was du von ihm hättest. Aber es geht mich ja schließlich nichts an.«

»Schade«, sagte Anne, »daß du so wenig Zeit hast. Du hältst nur einen schönen Vortrag, tust so, als sprächst du gleich für euch beide, als hättet ihr euch beide eines Besseren besonnen, und gibst mir noch die Worte mit auf den Weg: ›Vergessen Sie nicht, Madame, die Welt ist groß, und sie haben die Wahl.‹ Dabei kümmert's dich nicht einmal, ob du vielleicht derjenige bist, für den man sich entscheiden könnte. Man kann dir deswegen nicht einmal böse sein. Du kommst mir vor wie ein Missionar oder ein Rennpferd, das man sich nicht anzuschirren traut. Ich frage mich, ob ich nicht früher oder später einen Mann brauche, der mehr für mich da ist... Ich liebe die Liebe mehr als ich dich liebe. Du kommst meinen Vorstellungen zwar am nächsten. Aber ich bin versucht, auf Erkundungsreise zu gehen.«

Ich mußte für zehn Tage verreisen. Kam jedoch einen Tag früher als geplant nach Hause und schaute bei Anne zur gewohnten Zeit vorbei. Ich klopfe wie immer viermal an die Tür des Ateliers, mit Pausen dazwischen. Zum ersten Mal keine Antwort. Ich klopfe abermals. Alles still. Ich rufe: »Anne! Anne!«

Nichts.

Ich denke: »Sie ist wohl ausgegangen. Oder aber Mouff ist bei ihr.« Ich gehe.

Ich erhalte eine Mitteilung per Rohrpost: »Komm.«

»Ach«, sagt sie, »ich habe dir nicht geöffnet. Und dabei war ich doch da! Ich saß gerade auf Mouffs Schoß, er hat mich zurückgehalten. Als du ›Anne! Anne!‹ riefst, wollte ich dir antworten, aber er hat mir mit seiner breiten Hand den Mund zugehalten.«

»Hättest du ihn bloß gebissen!« dachte ich.

Ich sagte aber nur:

»Ich bin so froh, daß ich nicht hineingegangen bin, während er da war.«

Acht Tage später: »Du hast geglaubt, Mouff habe mich genommen? Nein. Noch nicht. Aber wir waren dicht davor. Ich möchte dir aber nichts von ihm erzählen. Obwohl er nichts dagegen hat.«

Fünf Tage später wieder Rohrpost: »Komm schnell.«

Ich eile hin.

»Claude, zwischen Mouff und mir ist es passiert, heute

nachmittag. Ich habe soeben ein Bad genommen. Schnell, lieb mich.«

Ich liebte sie.

»Claude, wir zwei! Was hast du getan? Was hab ich getan? Ich wollte es nicht. Ich liebe ihn ja noch gar nicht. Doch als er mich so an sich drückte, war ich plötzlich so schrecklich neugierig auf ihn, als ob es dabei gar nicht um mich ginge. Du bist doch auch immer so neugierig.«

»Ja«, sagte ich. »Und Mouff ist sicher ein toller Bursche.«

»Mag sein. Aber zwischen dir und mir ist etwas Heiliges.«

»Und zwischen dir und ihm ist nichts Heiliges?«

»Noch nicht«, sagte Anne.

Ich bemerke Mouff in einer Bar, wie er gerade mit einer Polin flirtet. Wir wechseln einen kühlen Blick. Ich bin verletzt wegen Anne. Ich werde nicht davon reden.

Mitternacht. An einer Wand entdecke ich Mouffs berühmtes niedriges Fahrrad mit seinen vielen funkelnden Nickelteilen und den großen roten Gummireifen. Ich befühle den vorderen, er ist prall aufgepumpt. Eine Pumpe glänzt am Rahmen.

Soll ich ihm einen Streich spielen?

Ich lasse sorgfältig die Luft aus dem Reifen, wie ein Dieb, schraube die Ventilkappe wieder auf und mache mich davon.

Er wird einen Augenblick lang wütend sein, dann wird er den Reifen wieder aufpumpen und sehen, daß er die Luft hält!

Anne sagt zu mir: »Dein Tagebuch für Muriel hilft mir, klar zu sehen. Du brauchst in deinem Leben eine Frau nicht in dem Maße, wie ich dich brauche. Ich habe geglaubt, ich sei mit der Zeit, die du mir schenktest, ausgefüllt, und ich baute darauf. Gegen meinen Willen aber braucht die neue Anne, die du aus mir gemacht hast, weit mehr. Dazu kommt noch meine Neugier, der du auf die Sprünge geholfen hast.«

Sie sagt weiter: »Denkst du manchmal an Muriel? (Ich nicke ein *Ja* mit dem Kopf.) Sie schläft tief unter ihren kranken Augen. Eines Tages aber kann sie erwachen.«

Anne hatte bald zwei regelmäßige Liebhaber. Wir wußten alle beide voneinander. Anne sagte es uns, ohne in Einzelheiten zu gehen. Uns bekam es schlecht. Anne dagegen ausgezeichnet.

Sie sagte mir: »Wenn ich mir vorstelle, was Muriel dazu sagen würde... oder was ich selbst noch vor einem Jahr dazu gesagt hätte: eine Ungeheuerlichkeit... Und dabei stimmt es gar nicht. Es ist einfach so über mich gekommen. Sowas ist unverwechselbar, sowas kommt wie ein Blitz aus heiterem Himmel. Mein Instinkt wird mir zwar weiterhin sagen, daß ich nur einen einzigen Mann an meiner Seite haben will, wie Martha ihren Dick.«

»Ich bin eifersüchtig auf Muriel, aber ich beherrsche mich. Du bist eifersüchtig auf Mouff, aber du beherrschst dich.«

30. April 1905.

»Mouff hat Freunde in Persien, die ihn eingeladen haben«, erzählt mir Anne eines Tages. »Er will mich mitnehmen. Was meinst du dazu?«

»Es ist ein tolles Land. Wenn du Lust dazu hast, fahr hin.«

»Dann fahre ich«, sagt Anne.

Zweimal noch feierten wir ein Wiedersehen, das die ganze Nacht dauerte.

ANNE AN CLAUDE.

22. Mai 1905. Teheran.

Ich habe dir noch gar nicht gesagt, wie leid es mir getan hat, dich in Paris zurücklassen zu müssen. Ich habe auch herausgefunden, weshalb. Der Kummer, den du wegen Mouff gehabt hast, hat mich überrascht. Ich war deinetwegen froh, ihn kennengelernt zu haben: Dadurch habe ich dich entlastet.

Du bist mein Leben gewesen. Du hast die Klugheit, den Mut gehabt – oder vielleicht auch nur den Egoismus – mir das abzuschlagen, was ich von dir verlangte. Jetzt wo es vorbei ist, sage ich dir dankeschön.

Du bist es gewesen, der mich zu Mouff hingeführt hat, und ich bin dir dankbar dafür.

(Zwei Briefe sind verlorengegangen.)

1. Januar 1906.

Ich bin immer noch hinter der unantastbaren Liebe her. Ich bin erschöpft, leer, und plötzlich schwebe ich wieder über das ganze Elend hinweg. Mouff ist unheimlich lieb zu mir. Seine Frau (denn er ist verheiratet) lebt in Rußland. Sie lassen einander totale Freiheit. Seine Freunde geben eine kultivierte und lustige Runde ab. Ich habe dir überhaupt nicht nachgetrauert, außer in einem Punkt. Ich sage dir nicht in welchem. Ich kehre zur Insel zurück.

20. Februar 1906. Insel.

Muriel hat blind schreiben gelernt. Sollte sie dir schreiben, vergiß nicht, daß vielleicht Mutter ihr deinen Antwortbrief vorliest. Die schwere Prüfung mit ihren Augen wird nur noch, wie es heißt, einen Monat dauern. Dann wird sie reisen können. Sie wird mich in Paris besuchen kommen. Sie war so gern hier. Heute findet sie es gefährlich. Wenn sie mit ihren Glaubensgrundsätzen hier anrückt, wird ihr Paris kaum gut tun. Sie ist zwei Jahre blind gewesen und hat in großer Einsamkeit gelebt.

Sie hat gesagt: »Ich möchte Claude sehen.«

Mit dir, wie mit allen anderen, wird sie wie ein Kind ganz von vorn anfangen müssen.

8. März 1906. Insel.

Dein Brief ist handfest. Danke.

Ist die vollkommene Vereinigung ein Mythos?

Wo ist meine frühere Kraft geblieben? Ich werde immer verwundet bleiben. Der Grund liegt in mir. Ich greife in meinen Unternehmungen nicht ordentlich durch. Dadurch lasse ich immer größere Mißverständnisse aufkommen.

Du hast mir gesagt: »Fürchte dich nicht davor, zu lieben.« Ich habe gehorcht.

Dabei muß ich an meine Tante denken, zu der mein Onkel gesagt hat: »Hab keine Angst vor der Seekrankheit.« Dabei erlag er ihr selbst immer wieder.

Ich rücke Muriel wieder näher.

In zwei Monaten bin ich wieder in Paris.

16 Der lange Kuß

MURIELS TAGEBUCH 1906.

1. Januar 1906.

Ich will versuchen darzulegen, wie es mit Claude und mir steht, um meine Gefühle richtig einzuordnen.
Seit zwanzig Monaten (1904–1906) bin ich nicht mehr in der Lage gewesen, meine Augen normal zu gebrauchen, und ich habe Claude weder etwas Geschriebenes zukommen lassen, noch dergleichen von ihm erhalten, was *von Belang* wäre. Einiges ist als Echo über Anne zu mir gedrungen.

Im Sommer 1904 litt ich unter fürchterlichen Gewissensqualen, im Anschluß an meine Entdeckung (siehe meine *Beichte*) und den darauffolgenden inneren Kampf. Im September wurde ich zur hundertprozentigen Vegetarierin. Im November habe ich den letzten wahren Brief von Claude erhalten. Im darauffolgenden Winter führte ich ein intensives geistiges Leben, dafür so gut wie gar kein körperliches. Ich lag unablässig mit Mutter im Streit, weil sie mich zwingen wollte, Fleisch zu essen. Im März verschlechterte sich der Zustand meiner Augen, und es erfolgte eine langdauernde Behandlung. Im Mai kam Anne zurück, und ich konnte, mit einer Binde auf den Augen, an ihrem Arm spazieren gehen. Ich danke Gott, daß er Claude keine blinde Frau gegeben hat. In meinem ehrgeizigen Bestreben, alles zu lernen, habe ich mein Augenlicht leichtfertig aufs Spiel gesetzt und beinahe auch verloren.

Während dieser letzten zwei Jahre habe ich nichts getan. Daraus habe ich viel gelernt und so mein inneres Gleichgewicht zurückgewonnen. Der Augenarzt kam häufig.

Im Sommer 1904 reiste Anne in die Schweiz, ich hatte zum erstenmal einen stechenden Schmerz in der linken Augenhöhle und war vom Verlust beider Augen bedroht. Ich habe drei Monate in absoluter Finsternis zugebracht und war überempfindlich geworden: ein heftiger Wortwechsel von der Straße her konnte mich schon zum Weinen bringen. Es kam vor, daß ich leise nach Claude rief, wenn ich allein war. Ich beklagte mich nie, und meine Genesung hat mir auch keine Freude gebracht: meine Augen begriffen die Welt nicht mehr. Mutter las mir laut aus *Im Einklang mit dem Universum* vor, ein Buch, das starken Nachhall in mir auslöste. Ich fühlte die Anwesenheit Gottes ganz hautnah und empfand Claude nur als eine Art Vorstufe dazu. Ich konnte meinen Träumen Einhalt gebieten.

Seither habe ich wieder angefangen, mir im Geist auszumalen, wie ich mit ihm zusammentreffe. Werde ich je damit aufhören? – Vier Jahre sind es schon, seit er auf die Insel kam und dieses folgenschwere Gespräch mit Mutter geführt hat.

25. Januar 1906.

Anne wird mich zu Ostern nach Paris mitnehmen. Sie gibt mir Ratschläge bezüglich meiner Kleidung. Gestern hat sie zu mir gesagt: »Du wirst doch Monsieur Claude sehen, oder?«

»Soll ich das?«

»Selbstverständlich!«

Ich verstummte. Es ist das erste Mal, daß sie wieder von ihm spricht. Ich schwanke zwischen Angst und Verlangen. Es kommt mir alles so unwirklich vor.

Ein erlesener Traum: er hat mich zu sich gerufen, ich soll ihm einen Perlmuttknopf annähen, meine Stirn hat seine Wange berührt, unsere Lippen haben sich beinahe gestreift. Ich fühlte mich wie nach der Heiligen Kommunion.

3. Mai 1906. Paris.

Nun bin ich in Paris gelandet!

Anne hat Claude getroffen und ihn gefragt, ob er mich sehen möchte. Er hat geantwortet: »Ich weiß nicht recht.« Ich war überrascht. Ich war ganz sicher, daß er mich nicht mehr liebt. Sein Zögern aber sagt mir: »Glimmt da vielleicht noch ein Funke, und er fürchtet nur, daß du ihn anfachst?«

Ich nehme das Wagnis auf mich. Das kann ihm nicht weh tun, und ich werde mein Geheimnis zu hüten wissen.

Es ist stockfinstere Nacht. Anne schläft unweit von mir. Sie ist ganz unruhig und brabbelt im Schlaf vor sich hin: was ist los mit ihr?

Ich bin in den Jardin du Luxembourg gegangen, an die Stelle von einst; ich habe ganz allein vor mich hingelächelt, die Leute haben mich angestarrt. Ich habe an das gedacht, was noch vor mir liegt. Da ist mein Lächeln verflogen. – Anne hat mir gesagt: »Morgen ist es soweit.«

Ich stand allein am Fensterrahmen. Er ist hereingetreten, hat seinen Hut achtlos auf den Diwan geschleudert, ist geradewegs auf mich zugekommen. Er hat mich wortlos angeschaut. Schließlich haben seine Lippen meinen Namen geformt, lautlos. Daraufhin haben meine dasselbe getan. Wir haben langsam die Arme nacheinander ausgestreckt, beide gleichzeitig. Er hat mich fest in seine Arme genommen. Wie in meinen Träumen hat er mir einen Kuß gegeben, aber einen richtigen. Dieser Kuß wollte überhaupt kein Ende mehr nehmen.

Ohne ihn zu unterbrechen, hat er mich zu dem großen Lehnsessel getragen und hat sich hineingesetzt, mit mir auf seinem Schoß. Von Zeit zu Zeit entkam ihm ein Seufzer. Ich hatte dafür gesorgt, daß wir eine ganze Stunde für einander haben würden. Wir haben sie so verbracht. Wir haben nichts gesagt, wir haben uns einfach auf diesem Kuß forttreiben lassen. Ich fühlte mich wie mit Ruten windelweich geschlagen. Er konnte an meinen Lippen mein Einverständnis spüren, aber er weiß immer noch nichts von meiner ungebrochenen Liebe zu ihm. Das ist die Hauptsache.

Was wäre wohl geschehen, wenn wir mehr Zeit füreinander gehabt hätten?

Ich hätte nicht mit ihm reden können, ohne ihm alles zu gestehen.

Anne hat an die Tür geklopft, ist hereingekommen, war ganz bleich im Gesicht. Nach ein paar Sekunden hat sie gesagt: »Dein Zug fährt in fünfzig Minuten.«

Claude hat gesagt: »Auf Wiedersehen, Muriel.«

Ich habe gesagt: »Auf Wiedersehen, Claude.«

18. Mai 1906. Insel.

Ich bin wieder auf die Insel zurückgefahren. Ich bin zu nichts zu gebrauchen. Ich versuche, Claude wieder dorthinunter zu verbannen, wo er *vorher* war. Das ist schwer. Er rast in mir. Ich hätte so sehr gewollt, daß er mit mir redet. Er ist mein Leben und hat kein Wort zu mir gesagt.

22. Mai.

Ich sitze mit Alex am Kamin, nach einem arbeitsreichen Tag. Du tauchst auf, knöpfst meinen Ärmel auf, schiebst ihn behutsam zurück, hältst meinen nackten Arm in deinen leichten Fingern, eine Welle von Glück erstickt mich. Du verschwindest. – Was für kindische Träumereien!

Diese Trugbilder sind ganz unschuldig und kommen von Gott, aber ich darf mir trotzdem nicht darin gefallen. Sie würden mir nur meine Liebe schmerzlich zu Bewußtsein kommen lassen.

Mich dir ganz hingeben? – Du hast mich nicht darum gefragt. Ich liebe dich gegen deinen Willen.

Soll meine Seele doch weiden, wo sie will!

27. Mai.

Morgen haben Sie Geburtstag, Claude. Ihre Finger legen sich wie ein Halsband um meinen Nacken. Ich nehme sie, um Sie von meinem Hals zu lösen. Da drücken Sie mir ungestüm Ihre Lippen auf die meinen.

Unser großer Kuß wird später einen Sinn ergeben. Er hat für sich gesprochen.

Es ist vier Jahre her, seit ich Anne und dich verloren habe. Im Grunde hast du sie mir weggenommen. Ich werde sie wiederfinden. Sie kann höchstens eine blasse Ahnung von meinem Geheimnis haben. Du überhaupt keine.

28. Mai.

Wie wäre es, wenn ich mich dir als Geburtstagsgeschenk darbrächte? – Aber das hätte ja alles keinen Sinn, wenn wir nachher wieder auseinandergehen müßten.

Für dich bin ich eine unter mehreren. Du aber bist mein einziges Ziel. Das Schlimmste für mich auf Erden ist, wenn du nicht da bist. Du hast meinen Blick für das Elend der Menschheit geschärft. Ich bin nicht ich selber ohne dich. Meine Hände, meine Füße, meine Stirn, sie warten auf dich. Ich will denen, die mich brauchen, zu Hilfe eilen, dabei hätte ich selbst welche nötig.

In der Nacht fliege ich zu dir. Wenn du schläfst, gebe ich dir einen zarten Kuß. Wenn du schreibst, setze ich mich dir zu Füßen, meine Wange an deinem Knie. Wenn du mich anschaust, klettere ich an dir hoch.

Dieses Tagebuch hier, du wirst es eines Tages lesen!

Hat dir Anne erzählt, daß ich nur ganz groß Gedrucktes lesen kann?

Der Tag deiner Ankunft in meinem Salon in der Baumkrone, in der Schweiz, jährt sich jetzt zum sechsten Male.

Vor fünf Jahren habe ich meinen ersten kleinen Traum von dir geträumt. Vier Jahre ist es schon her, daß wir einen Nachtspaziergang gemacht haben; damals hast du sehr leicht zu durchschauende Anspielungen gemacht, die ich gar nicht gut fand.

18. Juni 1906. Insel.

Morgen werde ich neunundzwanzig Jahre alt. Ich benehme mich Mutter gegenüber unausstehlich.

»Was du bist, ist wichtiger als was du tust«, sagt meine Bibel.

Ich vergesse es immer wieder!

Du allein kannst meine Augen heilen. Du allein hast sie geküßt. Ich falte meine Hände, damit du sie mit einer Hand nehmen kannst.

Das Mädchen, das uns seit sechs Monaten im Haushalt hilft, wird uns in acht Tagen verlassen. Ich habe ihm nie von ihr erzählt. Welche Schande!

24. Juni. Insel.

Heute morgen habe ich einen schlechten Unterricht gehalten. Zum ersten Mal sahen meine Jungen aus dem Fenster, und sie hatten recht.

Claude, wann wirst du nach mir rufen? Nach meinem Tod?

Möge dir die Liebe einer Braut nocheinmal erspart bleiben.

1. Juli.

Ich befinde mich im Kollegium der Klosterschule, in der ich als Mädchen war; ich bin in meinem alten Zimmer untergebracht. Ich sähe gern die kleine Muriel wieder, die hier vor acht Jahren geschlafen hat, die von den anderen Mädchen gewählte Heimsprecherin.

Plötzlich kommt mir die verrückte Idee, ins Zimmer meiner vielgeliebten Direktrice zu laufen, sie bei der Hand zu nehmen und ihr zu sagen: »Ich liebe Claude.«

Gottesdienst in der Abtei für die früheren Heimzöglinge. Das Kirchenschiff hat sich nicht verändert. Claudes Namen geht mir im Kopf um, wie ich da unter der Kuppel sitze.

3. Juli.

Wo bin ich, Claude? – Auf dem Sofa von Dick und Martha, wo ich mich damals hingelegt habe. Du saßest am großen Kamin und später auf dem Boden. Ich habe Martha von unserem Kuß erzählt und ihr gesagt, daß ich nicht unglücklich bin. Sie hat mir gesagt: »Wir sind nur kleine Teilchen in einem großen Gefüge. Wenn uns die Liebe überkommt, so freuen wir uns, selbst wenn sie spät erwidert wird.«

Unser Kuß hat eine Wende herbeigeführt, aber: mit meinen Augenschmerzen, Migräneanfällen, Erkältungen, plötzlichen Stimmungsumschwüngen, meinen Entscheidungsschwierigkeiten bin ich wohl immer noch keine richtige Frau für dich.

Nach deiner Erklärung habe ich versucht, dich umzustimmen, indem ich dir täglich zweimal schrieb: »Ich liebe Sie nicht.« Aber ein Funken Hoffnung ist dir bis heute geblieben: ich habe ihn für dich gehütet.

16. Juli. Luzern.

Habe ich nur geträumt, ich hätte in deinen Armen gelegen? Ich finde heute morgen keinen Zugang zu dir. Augen sind da, die dich sehen, Hände, die dich berühren, Ohren, die dich hören..., ich schaue in den Fluß, ich bin ein Spielball deiner Strömung.

Meine Augen werden gesunden, ich werde wieder mit Leidenschaft zu arbeiten beginnen, wie du es gern hast, aber nicht an Dingen, die dich interessieren, sondern an meinen eigenen, die jedoch mit deinen verwandt sind.

Du hast dich damals anhand von Zitaten über meinen Shakespeare-Stil lustig gemacht, den man in unserem Theater mit Beifall aufgenommen hat; du hast mir gesagt: »Finden Sie Ihren eigenen Stil!« Ich war erst eingeschnappt, doch später habe ich eingesehen, daß ich ständig nur eine gutfunktionierende Masche wiederholte. Du hast mir Vertrauen in meine Stimme gegeben, nur durch die Art, wie du mich beim Singen anschautest. Was hast du nicht alles gemacht!

Ich liebe es, dich zu lieben. Das augenblickliche Leben ist mir eine Freude, so wie es ist.

Auf diesen mit Bleistift beschriebenen Blättern wirst du da und dort Querstriche sehen, mit denen ein Satz unvermittelt abbricht, und nicht sauber untereinander stehende Zeilenanfänge. Das kommt daher, daß ich blind schreibe, mit verbundenen Augen.

26. August. Insel.

Hast du schon einmal einen Hopfenstengel gesehen, den der Wind von seiner Stange gerissen hat, der seinen Halt verloren hat? – Der Hopfen wächst lebhaft, will überall hochklettern. Aber die Hopfenpflanze, die ich meine, erleidet ein schlimmes Schicksal. Es gibt da einen kleinen unüberbrückbaren Abstand zwischen ihr und der Stange. Sie wächst immer weiter, rankt sich zärtlich um nichts herum, bildet eine leere Spirale, die am Boden herumkriecht. Sie wird sterben, ohne etwas dagegen unternehmen zu können. Geriete sie in Reichweite der Stange, könnte sie wieder Halt finden und zum Leben finden.

Du bist meine Hopfenstange.

Ich bin weder absolut aufrichtig, noch stark, noch schön: meine Liebe aber ist all das. Das weißt du nur nicht.

30. August. Insel.

Es hat eine Zeit gegeben, wo ich geglaubt habe, ich werde deine Frau, wenn keine Katastrophe dazwischenkommt. Mittlerweile genügt es mir, dich zu lieben. Ich liebe dich, weil du Liebe brauchst, ohne es zu wissen, nicht etwa, weil ich sie brauche. Man kann gar nicht genug davon kriegen. Ich mache dir ein Geschenk. Willst du es etwa nicht? Trotzdem liegt es bereit und wird dich über kurz oder lang auch erreichen.

28. Oktober 1906. Insel.

Diese Erkenntnis ist mir erst vor zwei Monaten gekommen, doch schon verblaßt sie wieder. Ich bin beinahe glücklich, mein Kopf ruht an deiner Schulter, du hast deine Arme um mich gelegt. Ich bin eine Wärmequelle, von der du nichts weißt, ohne die du jedoch frieren müßtest; ich bin ein Duft, der in dein Fenster weht. Das ist der Sinn meines Daseins.

Schreibt Anne dir? Weißt du lediglich, daß wir in der Schweiz waren? Oder weißt du auch, daß Mutter schon seit drei Wochen Tag und Nacht auf Pflege angewiesen ist – Und du hast mir eine Arbeit gewünscht, die mich von ihr fernhält...

4. Dezember. Insel.

Ich habe beschlossen, dich zu Ostern zu besuchen. Ich bin wieder gesund, ich tue meine Pflicht im Haushalt. So läuft mein Leben dahin. – Wen kümmert das? – Mich jedenfalls nicht!

...Doch, mich kümmert es! Unser Kuß hat uns nicht weitergebracht... ich nehme das Wagnis auf mich, dich zu sehen... die Steilküste liebt die Brandung, die Sie erschüttert...

7. Dezember 1906.

Du hast mir gesagt: »Sie haben so spielerisch leicht den Zugang zum Französischen gefunden. Breiten Sie sich nun über Europa aus, wie Napoleons Armeen...«

Noch vor meiner ersten Panne mit den Augen, als ich diese Studie über Darwin anfertigte, brachte ich meine Nächte hauptsächlich mit Lesen zu. Ich habe damals auch Deutsch gelernt. Und ich hatte noch viel mehr vor, für den Fall, daß wir miteinander auf Reisen gehen würden.

Mutter ist nach Hause gekommen. Die Maske des Zorns hat sich wieder über mein Gesicht gelegt. Mutter verlangt mit unschuldiger Miene, daß ich Dinge tue, die mir gegen den Strich gehen, wie mir durch dich bewußt geworden ist: mein Vater wäre ebenfalls unserer Meinung gewesen. Ich bete, aber von Zeit zu Zeit platzt mir der Kragen. Wenn jemand vor mir in dem Ton zu meiner Mutter spräche, wie ich das tue, würde ich ihn erschlagen.

Ich halte nur mehr eine Unterrichtsstunde pro Woche ab. Früher hatte ich noch viel Energie. Nun aber fehlt mir jeder Antrieb. Nicht, daß es mir an Verstand mangelte, aber ich bringe einfach nicht mehr genügend freundliches Interesse auf.

Ich bin so froh, wenn ich einmal gutherzig bin.

Du sagst: »Man soll den eingeschlagenen Weg nicht unterbrechen.«

Meine Müdigkeit ist nichts als Feigheit.

Ich zehre noch von der Stunde unseres Kusses – und ich habe es gewagt, sie in einem kalten Brief zu verleugnen, den ich dir schrieb aus Angst, du könntest es nicht wissen.

17 *Die beiden Schwestern*

MURIELS TAGEBUCH 1907.

2. Januar 1907.

»Der Mond hat sich gerundet
Und läßt die Sterne rings verblassen.
Der kalte Hauch der Winternacht fährt mir durch Mark und Bein.
Mein neuer Freund, das Hündchen Flash,
Läuft mir voraus und kehrt von Zeit zu Zeit zurück,
Um nachzufragen, wie's mir geht.
Gott gab mir Liebe-die-bleibt
Zu Claude-der-mir-nicht-schreibt.«

Diesen Text lege ich mir zurecht und singe ihn zu einer Melodie, die mir einfällt, während ich so durch die vereiste Landschaft streife. Ich lächle dir zu und bin bei dir.

Zuhause habe ich zwei Kranke am Hals und muß jetzt sofort heim, um ihnen ihr Milchsüppchen zu kochen.

21. Januar.

Nach dem Frühstück habe ich mir ein Viertelstündchen rausgeschunden, um Anne zu schreiben, ohne ihr aber das Wesentliche mitzuteilen: »Claude schreibt nicht.«

Ich möchte den Haushalt vereinfachen, wo es nur geht, auch wenn ich damit einen Riesenkrach heraufbeschwöre... Aber ich lasse es dann doch nicht darauf ankommen. Wie recht Claire doch hatte, als sie mir unschlüssiges Verhalten vorwarf.

Ich bin ein Staubkorn, das umherfliegt, ich halte kleine

Zügel in den Fingern, um nach rechts oder links zu lenken.

Was lenken?

»Mich.«

»Wohin?«

»Das ist die Frage.«

17. Februar.

Wir haben ein Dienstmädchen gefunden. Jetzt werde ich mehr Zeit für mich haben. Was werde ich damit anfangen?

Ein bißchen Gartenarbeit, zwei Spaziergänge mit Flash, etwas Klavier, zwei Besuche in der Stadt, einen Ausflug mit den kleinen Freunden vom »Jugendclub der Naturforscher«, täglich eine Viertelstunde Bibellektüre mit Mutter. – Zu mehr bleibt keine Zeit!

4. März.

Donnerschlag! Anne ruft mich nach Paris.

8. März 1907. Paris.

Ich bin bei Anne, in ihrem Atelier, die Atmosphäre wird von ihren russischen Freundinnen bestimmt.

10. März. Paris.

Ich bin ganz allein ausgegangen, um mir den *Kuß* von Rodin anzusehen, ich stehe davor und betrachte ihn. Gott hat Claude aus einem Guß geschaffen, so wie er ist, und hat ihm das Verlangen eingepflanzt, das er nach mir hat. Auch mich hat Gott, so wie ich bin, aus einem Guß geschaffen, und hat in mir mit einiger Verspätung die Liebe zu Claude erweckt.

Da stehen nun, in weißen Marmor gehauen, zwei reine und schlichte Wesen vor mir, die sich lieben. Das ist es, was Gott für uns bereithält, für Claude und mich. Und wir lehnen es ab. Ist das nicht verrückt?

Ist unsere Liebe vielleicht nicht stark genug? – Widerstrebend glaube ich, daß Claude mich liebt. Und ich ihn. Worauf warten wir noch?

Wenn Claude mich jetzt wollte, jetzt gleich, würde ich wohl *ja* sagen – *aber ganz sicher bin ich mir da nicht.*

Habe ich Angst vor der öffentlichen Meinung? – Ich glaube nicht. – Fürchte ich, mich noch abhängiger von ihm zu machen? Auf alle meine Betätigung verzichten zu müssen? – Ich weiß es nicht. – Hätte ich Scheu davor, sofort ein Kind zu kriegen? – Sicher nicht! Ich wäre in jedem Fall seine Frau, ganz gleich was man sich darunter vorstellen mag.

Ich habe mich im Spiegel gesehen. Ich sah sehr mitgenommen aus. Da haben sich alle weiteren Fragen erübrigt.

... Anne ist nach Hause gekommen, hat mich angeschaut, hat mich umarmt, hat mich gefragt, ob ich Claude sehen will. In diesem Augenblick sind Freunde gekommen.

Anne war noch nie so schön, ich fühle mich glücklich bei ihr. In der Milchbar habe ich sie ernsthaft mit einem Russen diskutieren sehen, der von ihr äußerst angetan zu sein scheint.

17. März. Paris.

Beim Nachhausekommen habe ich einen Brief von Claude vorgefunden. Anne muß ihm was gesagt haben. Es geht ihm gar nicht gut. Er schreibt mir: »Wir haben uns eine Menge zu erzählen. Kommen Sie für eine Woche in die Bretagne mit mir, sobald ich wieder hergestellt bin.«–

Mein Gott! Mir schwirrt der Kopf und ich muß überlegen... Werde ich Abstand wahren können? Daran hatte ich noch gar nicht gedacht!

Ja, du Ungläubige, du wirst ihn ja zu Gesicht bekommen, außerdem bist du hier, wo du jetzt bist, keine zehn Minuten von seiner Wohnung entfernt.

20. März. Paris.

Claude ist noch bettlägerig. Er wohnt nicht bei Claire, sondern in seiner eigenen kleinen Wohnung mit einem prachtvollen Blick auf Paris. Er hat Anne gebeten, ihm ein englisches Medikament mitzubringen. Gleichzeitig wird sie ihm meinen Brief übergeben. Ich habe ihm geschrieben: »Ja, Claude, ich möchte gern mit Ihnen auf eine Woche in die Bretagne fahren.«

Anne hatte ihn bleich, abgemagert und trotz seines Fiebers arbeitend angetroffen.

Ich schaue nochmals in den Spiegel. Wenn ich nicht bei ihm bin, mißfalle ich mir derart, daß ich Gott dafür danke, daß er mich nicht liebt. Wenn ich bei ihm bin, fühle ich mich wie eine Königin.

21. März 1907. Paris.

Ich begleite Anne bis vor Claudes Haustür. Sie hat ihren Hut verkehrt aufgesetzt und obendrein den Veilchenstrauß vergessen. Sie ist nicht eitel. Dabei sieht sie wirklich gut aus. Sie hat mich so sonderbar angeschaut, von vorne und von der Seite, ja sie hat mich beinah gemustert, was sie sonst nie tut. Zweifellos wollte sie mich ganz richtig verstanden haben, ehe sie meine Botschaft überbringen würde.

Wir gehen schweigend dahin, ich habe mich bei ihr untergehakt. Ich spüre, daß sie mich mag. Ein in Abbruch befindliches Haus wird sichtbar, eine hohe Mauer schwankt und stürzt eben mit dumpfem Krachen in sich zusammen, eine Wolke feiner Staub wirbelt auf und hüllt uns ein. Mittendrin ein Maurer, der sich seinen langen roten Gurt um den Leib wickelt und sich dabei von einem Kind helfen läßt.

Wir sind angekommen. Anne setzt mich in meinen Omnibus, von wo aus ich sie noch im Eingangstor verschwinden sehe; auf ihrem Weg zu Claude muß sie noch sieben Stockwerke hochklettern. Sogar von hinten sieht man ihr an, daß sie bekümmert ist.

Ein wunderbarer Sonnenuntergang. Für Claude und mich ist das wie eine Messe. In Betrachtung des Sonnenuntergangs versunken, vergesse ich, bei meiner Straße auszusteigen und springe daher von der Plattform des fahrenden Busses, der Fahrer lacht und droht mir scherzhaft mit dem Zeigefinger.

Ich gehe zurück ins Atelier, ich habe Hunger bekommen und nehme erst mal den Tee.

Da klopft es an die Tür, aber nicht viermal. Anne aber hat mir aufgetragen, nur dann zu öffnen. Es klopft erneut. Dann entfernen sich Schritte.

Anne bleibt lange aus... aber die Zeit vergeht mir wie im Fluge mit Claude... Ich stütze das Kinn auf die Handflächen, wie der Denker von Rodin, und schaue hinter den Vorhängen vom dunklen Zimmer aus in den Hof hinab. Eine große Lampe mit rotem Schirm wird eben gegenüber angezündet. – Ich döse ein bißchen vor mich hin. – Da klopft es heftig. Ist das Claire? – Bloß nicht: ich will ja mit Claude in die Bretagne!

Ich will all meine Liebe auf ihn loslassen, wie ich meinen Hund Flash auf jemanden loslasse.

Endlich kommt Anne! Dadurch wache ich auf. Sie hat einen ganz steifen Gang, hält den Kopf ganz gerade.

Ein kleines Abendessen für uns beide. Sie erzählt von

Claude. Seinem Hals geht es etwas besser, er hat endlich seinen »Luxus-Spirituskocher« gekriegt, damit er sich seine Suppe aufwärmen kann. Sie hat ihm meinen Brief überbracht. Er hat ihn sofort gelesen. Danach sah er glücklich aus.

Sie stockt plötzlich. Setzt erneut zum Reden an: »Ich habe dir geschrieben, daß ich dir gern etwas über mein Leben erzählen möchte«, sagt sie dann.

»Ja.«

»Hast du dir schon Gedanken gemacht, wie es bislang verlaufen sein könnte?«

»Nicht im geringsten. Das wirst du mir ja erzählen, wenn du den Zeitpunkt für gekommen erachtest.«

»Ich meine, du könntest es dir ja wohl ausmalen... (sie schluckt den Speichel hinunter) Es ist schwer... nun, um es kurz zu machen: Muriel, ich kenne die Liebe... das heißt, ich habe sie gelebt, schon seit drei Jahren, und ich habe überhaupt keine Gewissensbisse. Im Gegenteil! Ich habe drei Liebschaften gehabt.«

»Wenn du nicht Anne wärst, würde ich dir kein Wort davon glauben.«

»Ich bin Anne, und ich lege Wert darauf, daß du weißt... Was hältst du übrigens von Nicolas?«

»In seiner Gegenwart kamst du mir verändert vor... er macht dir den Hof... ich hab mir nichts dabei gedacht.«

»Er hat mir den Hof gemacht... und mit Erfolg.«

»Das hätte ich nie für möglich gehalten.«

»So unmöglich ist das gar nicht, Muriel.«

Ein offenes Lächeln breitet sich über ihr Gesicht. Martha hatte sich insgeheim schon gedacht, daß sie ein freizügiges Leben geführt hat. Ich habe immer das Gegenteil behauptet.

Plötzlich fühle ich, daß meine Woche mit Claude doch nicht stattfinden wird, ich weiß nicht weshalb, das alles hat ja nichts mit mir zu tun, auch nicht mit ihm, aber seit Anne mir das gesagt hat, kann ich nicht mehr mit Claude wegfahren.

»Warum erzählst du mir das alles heute abend, Anne?«

»Das hängt mit dem Brief zusammen, den du mir für Claude mitgegeben hast. Du hast mir erlaubt, alles zu hören, was er mir in bezug auf dich sagen möchte. Er bittet dich, mit ihm ans Meer zu fahren, und du hast zugesagt. Ich habe begriffen, was das für euch beide bedeuten kann. Und deshalb habe ich das Bedürfnis, dir zu sagen, was ich damit zu tun habe, wie ich zu alledem stehe.«

Schweigen.

»Fahr fort, Anne.«

»Erinnerst du dich an Mouff, mit dem ich dich eines Tages in London bekannt gemacht habe? Ihn habe ich auch geliebt.«

»Wie konntest du nur?«

»Das kann man sich nicht vorstellen, wenn man nicht wirklich gelebt hat.«

Jemand klopft viermal an die Tür. Es ist eine russische Freundin, die eine halbe Stunde bleibt. Danach erscheint mir Anne dermaßen erschöpft, daß ich ihr vorschlage, ihre vertraulichen Mitteilungen auf den nächsten Tag zu verschieben.

»Nein«, sagte sie, »ich muß alles erzählen.«

Sie legt sich hin, und ich setze mich zu ihr aufs Bett. Sie löscht die größere der beiden Lampen aus. Sie öffnet sich bereitwillig meinem Wunsch, sie zu verstehen. Sie ist meine ältere Schwester geworden. Sie erklärt mir, daß: »Liebe für mich und für viele nicht eine ausschließliche und endgültige Leidenschaft für ein einziges Wesen bedeutet, sondern ein Gefühl, das sich frei und ganz von selbst entwickelt, bisweilen in der gänzlichen Vereinigung beider Wesen gipfelt, sich aber auch wieder sättigen und verflüchtigen und für ein anderes Wesen aufflackern kann, wenn der Zeitpunkt gekommen ist. Allenfalls kann eine herzliche Freundschaft davon übrigbleiben. Jedes geliebte Wesen ist ein Schatz für sich und der Schlüssel zu einer eigenen Welt. Die Reichen, die sich so oft scheiden lassen, wissen das. Wir Künstler können uns die Scheidung finanziell nicht leisten. Also bleibt uns nichts anderes übrig, als eben nur dann zu heiraten, wenn wir Kinder wollen, was bei mir eines Tages durchaus der Fall sein kann.«

»Das hoffe ich«, sage ich.

»Ich werde sehen. – Die Liebe schlechthin und a priori? – Die gibt es nicht! – Eine sinnliche Phantasterei? – Nein! – Aber ein Versuch, der seinen naturgemäßen zeitlichen Verlauf nimmt. Es ist schon vier Jahre her, daß wir nicht mehr wirklich miteinander geredet haben, du und ich. Daher ist es auch nicht verwunderlich, daß einiges für dich überraschend klingt, Muriel.«

Geduldig schildert sie mir ihr Leben, erzählt, wie befreiend die Liebe auf sie gewirkt habe, was für ein Licht sie auf ihre Arbeit als Bildhauerin, auf jede Stunde ihres Daseins geworfen habe; in allem das Gegenteil von dem, was ich erlebt habe. Und doch fühle ich mich in meiner Haut wohler. Wir haben nicht mehr die selben Glaubensgrundsätze. Sie bringt Malthus ins Spiel.

Kinder vermeiden! Den großen Zweck verfehlen! Ich registriere das alles, ohne es zu werten. Es war die leibhaftige Anne, die so sprach... aber dachte Claude nicht auch so?

Anne schweigt jetzt. Aber nein, heute abend oder nie! Ich muß, und sei es auch nur eine Stunde lang, ihren Standpunkt zu begreifen suchen.

Ein Verdacht durchzuckt mich, ich dränge ihn zurück, er taucht erneut auf. Ich sehe sie an.

»Nun frag mich schon!« sagt sie und schaut mir gerade in die Augen.

»Anne, du hast da von drei Männern gesprochen. Wer ist der dritte?«

»Muriel, das weißt du doch...«

»Nein!... Mouff, Nicolas und...«

»Du weißt es... du weißt es...«

»Nein!«

»Ich kann es nicht sagen.«

»Dann ist es Claude?«

»Ja.«

Anne hörte mein Zähneklappern.

»Leg dich hin«, sagt sie. »Ich habe Angst. Du klapperst ja mit den Zähnen wie ein Totenschädel.« – Sie zündet die große Lampe wieder an.

Ich will aufstehen und zu meinem Bett gehen. Ich falle steif vornüber, schlage mit der Stirn gegen einen Schemel. Ich kann meine Zähne nicht anhalten. Ich schaudere am ganzen Leibe.

Anne verbindet meine blutende Stirn, bringt mich zu Bett, reibt mir die Füße warm und legt mir zwei Wärmeflaschen auf.

Ich, die ich mich so in der Hand zu haben *glaubte,* die ich all diese Jahre hindurch nichts an mich herangelassen hatte, habe mein Geheimnis mit einem Schlage preisgegeben, und in welch ungeheurem Maße!

18 *Durch Anne hindurch*

MURIEL AN CLAUDE.

Paris. 23. März 1907.

Während ich dies schreibe, sitze ich neben Anne, die schläft; erst vor wenigen Stunden habe ich erfahren, was zwischen *Anne und Ihnen* war. Sie hat mir alles gestanden, ohne mir damit wehtun zu wollen.

Für mich gibt das der Welt ein anderes Gesicht. Erst war ich von Grauen geschüttelt, jetzt bin ich ganz ruhig. Unser Kuß war ein Abschied. Alles Weitere wird mein Problem sein.

Anne hat geglaubt, ich hätte ihren Andeutungen schon alles entnommen. Aber nein. Vom Schock wurde ich ohnmächtig. Einst hatte ich es für möglich gehalten, daß Sie mich lieben, doch sowas nicht.

Sie hat sich Ihnen hingegeben. Erst hatte ich gedacht, sie habe Ihnen im Überschwang gestattet, ihr die körperliche Liebe beizubringen, sie habe daraufhin an anderen Männern mehr Gefallen gefunden als an Ihnen und habe mir ziemlich leichtfertig die Chance verbaut, mein Leben mit Ihnen zu leben. Aber leider ist dem nicht so!

Ich weiß nun, daß Anne Sie liebt. Ich akzeptiere das nicht nur, ich bin sogar glücklich darüber. Ich habe ihren Charakter verkannt. Ich wußte nichts von ihrer Großherzigkeit.

Anne hatte sich als erste in Sie verliebt, und sie hatte sich widerspruchslos zurückgezogen, als sie uns in Wales zusammen sah. Mein Egoismus ist schuld, daß ich nicht selbst darauf gekommen bin. Sie hat Sie mir nicht weggenommen, sondern zu mir gebracht, wie ein guter Jagdhund einem ein Rebhuhn apportiert. Als mir in der Schweiz der Verdacht kam, sie könne in Sie verliebt sein, ließ ich mich von ihrer jungenhaften Ungezwungenheit täuschen. Es ist ihr beinahe gelungen, uns zu verloben. Dann aber erfolgte unsere Trennung und später Ihre Entscheidung.

Anne ist so schön, daß Sie sie eines Tages lieben mußten – und hier liegt der Grund, weshalb ich ihr mein Gefühl für Sie verschwiegen habe, das vorhin unter ihren Augen unverhüllt zutage getreten ist. Sie werden das alles einmal in meinem Tagebuch nachlesen können. Mir war vor allem wichtig, daß ihr der Weg zu Ihnen frei bleibt.

Als ich im vergangenen Jahr, in Ihren Armen, begriff, daß Sie mich noch lieben, schien mir jegliche Liebe zwischen Ihnen und Anne ausgeschlossen. Gegen meinen Willen habe ich etwas von meiner Liebe durchschimmern lassen. Anne wollte immer nur mein Bestes, nie hätte sie sich meinem Glück in den Weg gestellt. Jetzt, da sie alles *weiß,* ist es nur noch schlimmer. Aber auf diesem Gebiet zählt nur der Instinkt. Er ist es, der sie Ihnen entgegentreibt; dabei möchte sie, daß ich handle, ohne auf sie Rücksicht zu nehmen. Sie gibt zu, daß sie nicht ganz aus freien Stücken heraus handelt, was ihren Teil betrifft. Es ist nunmehr unmöglich, daß *wir beide* je wieder zusammenkommen.

Stellen Sie sich einmal vor, Claude: Anne würde zeitweilig mit Ihnen zusammenleben, wie schon in den vergangenen Jahren, und immer nur dann, wenn euch eure jeweilige Arbeit Zeit dazu läßt; ich würde Sie ebenso lieben, und Sie schließlich müßten sich für uns beide aufteilen, mal die eine, mal die andere empfangen. – Dazu die Aussichtslosigkeit für jede von uns, glücklich zu sein, während es die andere gerade nicht ist. Selbst wenn wir uns innerlich dabei nicht schuldig fühlten, würde es sich in der Praxis als undurchführbar herausstellen.

Ich will damit nicht sagen, daß ich Sie deshalb nie wieder sehen kann. Wohl aber, daß wir uns nicht mehr küssen können.

In mein Gebet schließe ich euch beide immer nur als Ganzes ein: *»Claude und Anne«* heißt es da, oder *»Anne und Claude«*. In meinem Herzen habt ihr seit jeher eine Einheit gebildet.

So soll es auch bleiben.

Anne bedeutet für uns keine Trennung, sondern ein Band. Ich werde neben ihr sein, näher noch als Sie, jedoch auch nicht fern von Ihnen, und werde Sie anschauen, wann ich will.

Ich versuche es mit Ihren Worten zu sagen: »Ich liebe alles, was auf mich zukommt.«

Anne ist auch ziemlich erschöpft. Ich werde noch den ganzen morgigen Tag bei ihr bleiben.

Überzeugen Sie sie davon, daß sie mir nichts weggenommen hat.

Ich werde nicht aufhören, Sie zu lieben, wenngleich ich Sie für einige Zeit nicht sehen möchte.

Ich war Ihnen endlich näher gerückt, stieß aber auf ein letztes Hindernis, das unangetastet bleiben mußte.

Ich haben Ihnen schon mehrmals lebwohl gesagt, mich aber dann doch nicht daran gehalten. Ich werde Sie wohl mein ganzes Leben über immer wieder sehen, aber etwas in mir hat Sie heut abend für immer verlassen.

Anne macht im Schlaf von Zeit zu Zeit eine leichte Saugbewegung mit den Lippen.

Paris, 24. März 1907.

Diese unsichtbare Kraft, die uns voneinander ferngehalten hat, hatte nichts mit der Einmischung unserer Mütter zu tun, auch nicht mit materiellen Schwierigkeiten, noch mit den Hindernissen, die wir uns selbst geschaffen haben; diese Kraft war einzig und allein Annes Liebe zu Ihnen.

Wenn eine Frau wie Anne oder wie ich sich einem Mann hingibt, dann ist sie seine Frau. – Möchten Sie gern zwei Frauen haben, die außerdem noch wie Schwestern zu Ihnen sind?

Daß Anne und ich denselben Mann lieben, ist zwar tragisch, aber nicht außergewöhnlich.

Ich habe nichts verloren: das, worauf ich gewartet habe, konnte es gar nicht geben.

Ich bereue nichts, allenfalls die Tatsache, daß ich das alles nicht eher *erfahren* habe.

Ihr werdet die Wahrheit erfahren, und sie wird euch befreien, sagt mir meine Bibel.

Das ist geschehen.

In einer Stunde reise ich nach England ab.

MURIELS TAGEBUCH.

27. März 1907. Insel.

Nun bin ich wieder zu Hause. Es ist Frühling. Es ist alles schrecklich. Ich werde mein Glück in Annes Glück finden. Sie hat Claude meinetwegen verlassen. Ich gebe *ihn* ihr zurück. Ich habe sie mit einem Kummer geschlagen, der meinem gleicht. Ihre beiden Männer sind nur zur Ablenkung da.

Ich sage einem Lebensabschnitt von sechs Jahren lebwohl. Ich gehe wieder nach London arbeiten.

28. März.

Anne, ich wußte überhaupt nichts von dir. Ich erfahre eben, daß ihr euch liebt, Claude und du – denn du bist mir die Antwort schuldig geblieben, als ich dich fragte: »Liebst du ihn denn noch?«

Wie könnte ich mich nicht darüber freuen? Claude bringe ich nun meine liebende Zuneigung entgegen. Zwischen Liebe und Zuneigung gibt es eine Brücke, nicht einen Abgrund, wie ich bisher angenommen habe.

30. März.

Anne, vorhin habe ich das Mieder wieder angezogen, daß ich bei dir an dem Tag anhatte, als du mir alles erzählt hast. Es hat mich beengt, ich habe es sofort wieder ausgezogen und weggeräumt. Anne, ich habe das Bedürfnis, etwas für dich zu tun.

Ich habe den Brief, den Claude mir in Paris geschrieben hat, verbrannt. Es ist der erste Gegenstand von ihm, den ich verbrenne.

Die Stunde, die ich in Claudes Armen verbracht habe, ist die einzige, für die ich mich schäme und deretwegen ich ihn um Verzeihung bitten muß.

Ich bin dreißig, also in dem Alter, da Jesus sein Leben in der Öffentlichkeit begonnen hat. Ich werde mein Leben auf meine Weise an die Öffentlichkeit tragen.

2. April.

Meine *Vergißmeinnicht* sagen mir: »Du hast uns Claudes wegen gepflanzt. Wo ist er?«

Die Tür ist gerade ins Schloß gefallen. Ich habe sofort nachgesehen, ob es Claude ist. Man kann so eine Gewohnheit nicht auf einen Schlag ablegen.

Von dem Vergangenen bleibt mir ein Gefühl der Genugtuung: weder meine blinden Augen noch die Opfer, die Anne dafür gebracht hat, haben verhindern können, daß Anne und Claude sich liebten. Sie beide sind ruhig dahinfließende Ströme, ich bin ein tosender Wildbach.

Claude, ich werde dich nur mehr als Annes Schwester wiedersehen. Ach sieh, schon rede ich wieder mit dir!

Ich schlage einige Eintragungen nach. In München wartete ich im Park auf Anne, während sie durch beide Pinakotheken schlenderte und an dich dachte; ohne lange zu zögern, hat sie dich von dem Tag an geliebt, wo sie glaubte, ich liebte dich nicht mehr. Damals hatte ich mich bloß auf einer Vorstufe zu meiner späteren großen Liebe befunden. Wie recht habe ich doch daran getan, sie zu verbergen!

Wie kam es, daß ich so mit Blindheit geschlagen war? Meine körperliche Blindheit aber schrumpft zu nichts zusammen, angesichts meiner geistigen Blindheit. Alles ist gut, was für Anne gut ausgeht.

Claude, ich bewundere dich, daß du immer noch du selbst bleibst, und nicht in Unentschlossenheit verfällst. Ich ersticke mein Verlagen, mit dir zu leben, doch mich endgültig von dir trennen, das kann ich nicht.

3. April, im Morgengrauen.

Übermorgen kommt Anne! Ich schlüpfe freudig in meine Stiefel, die mir bislang immer zu schwer und wuchtig gewesen waren. Ich wage mich wieder ans Klavier. Ich erwache zu neuem Leben. Um zu seufzen? Anne wird ihren Claude kriegen, und ich muß mich mit der Hoffnung begnügen.

Am Abend.

Ich werde sie im blütenprangenden Obstgarten wie ein Kind verwöhnen. Warum sollte ich ihr den nicht gönnen, den ich liebe? Warum bin ich denn in ihrem Atelier in Ohnmacht gefallen?

Wie hätte sie mir auch ihre Wahrheit sagen können, wo ich die meine verheimlichte?

5. April 1907.

Wir haben uns beide aus der Hand lesen lassen. Alles in allem ein triumphaler Erfolg für Anne, und für mich eine totale Niederlage. Die gekreuzten Linien auf meinem Daumen bedeuten Unglück in der Liebe. »Doch das kann«, meinte die Handleserin, »durch den anderen Daumen wettgemacht werden.«

Nun, mein anderer Daumen hat auch so ein Kreuz.

»Es sieht aus, als seien Sie zweimal mit ein und demselben Mann verlobt gewesen«, sagt sie, »und außerdem neigen Sie dazu, sich ständig Kummer zu bereiten. Sie haben durchaus Erfolg in dem, was Sie beruflich machen, aber Sie müssen häufige Unterbrechungen in Kauf nehmen.«

Zu Anne hat die Handleserin gesagt: »Ihre augenblickliche Verwirrung hat offensichtliche Gründe. Sie sind jemand, der etwas langsam aufbaut. Sie finden erst nach und nach heraus, was und wohin Sie wollen. Sie werden einmal mehrere Männer lieben. Was die Leute sagen, ist Ihnen egal. Sie werden Ihr Glück in der Ehe finden.«

Ich schaue Anne zu, wie sie in unserem gemeinsamen Zimmer umhergeht. Sie empfindet mich nicht störender als damals, als sie noch ein Baby war und ich mitgeholfen habe, sie zu baden. Auf der nackten Haut trägt sie ein kleines Medaillon, in dessen Rückseite die Buchstaben A.C. eingraviert sind. Für mich kann das nur *»Anne-Claude«* heißen.

Abends schläft sie, die Wange auf dem Arm, am Tisch ein, wie früher. Das Landleben strengt sie mehr als mich an. Ich bringe sie zu Bett und kleide sie aus. Sie seufzt noch ein bißchen auf dem Kissen und schläft dann ein. Ich bügle ihr noch die Kleider.

Nein, sie hat durch das, was sie getan hat, keinen Schaden gelitten. Sie ist reiner als ich. Claude hat mir einmal gesagt, daß ich vor allem puritanisch sei. Anne bewegt sich im Schlaf, etwas bedrückt sie, und schon muß ich weinen.

6. April 1907.

In der schicksalhaften Stunde, wo ich Claudes Küsse erwiderte, habe ich mich durch meine unglaubliche Schwachheit gegen Anne und Claude versündigt.

Bisweilen flackert in einem Winkel meines Kopfes der nackte Schrecken auf. Könnte ich mit Claude und Anne darüber sprechen, würde das aufhören. Aber es könnte ihnen auch weh tun.

Meine Vergangenheit birgt Tote, die Kinder von Claude und mir. Er weiß nichts davon.

Ich sehe sie an. Da liegt eines, ein kleines, quer über dem Bett, es blutet, es liegt da mit dem Kopf nach unten, seine Hände sind eiskalt. Und hier die anderen…

Ich hätte sie so sehr geliebt!

7. April.

Ich bin eine Verbannte in meinem eigenen Zuhause.

Was einen wirklich trennt, ist nicht eine Wand. Es ist eine Tür, die man mit einem Schlüssel abgeschlossen hat.

Was würde Claire tun, wenn sie das alles wüßte?

8. April.

Wir nehmen die Gegenwart wahr, ohne sie zu begreifen. Die Zukunft wird alle dagewesenen Formen zerschlagen. Hüten wir uns davor, etwas voraussehen zu wollen. Laßt uns wie Früchte am Stamm reifen.

Ich werde im Gebet nicht mehr sagen: »Mein Gott, hilf mir, daß ich Claude nie mehr allein begegne.« – Ich werde beten: »Gottvater, hilf mir, daß ich Claude eine stille Schwester sein darf und daß ich Anne keinen Kummer bereite.«

9. April 1907.

Eben bin ich am Ferkelstall vorübergegangen, wo Claude einst verliebt war.

Der Verzicht auf ihn rückt in immer greifbarere Nähe.

Wenn die totale Vereinigung schon nicht möglich ist, heißt es wenigstens den Körper unter Kontrolle halten. Die Seele aber wird selbst dann weiterlieben, wenn der Körper einmal nicht mehr vorhanden ist, ja sogar darüber hinaus.

Die Liebesschreie des Körpers gehen die Seele nichts an.

Claude hält ja ohnehin nicht viel von dieser Unterscheidung.

In unserem Dasein gleichen wir Baumstämmen, die einen reißenden Fluß hinuntertreiben. Manchmal verfangen wir uns an einem Stamm, dann wieder treiben wir eine Weile einzeln und losgelöst dahin. Dann wieder kommt uns ein Stamm unter, den wir lieber haben, zu dem wir uns besonders hingezogen fühlen, von dem wir uns nur unter Schmerzen trennen können. Und die Herde von Baumstämmen treibt weiter und immer weiter den Fluß hinab ... wer weiß wohin?

MURIEL AN CLAUDE.

11. April 1907. Insel.

Ich bitte Sie nocheinmal um Verzeihung wegen unseres langen Kusses. Ich möchte ihn am liebsten ungeschehen machen.

Ihr Brief liegt vor mir. Sie schreiben da von einem Hindernis. Damit man von einem Hindernis reden kann, muß zuerst einmal ein Weg da sein, und zwischen uns gibt es keinen Weg mehr.

Nun sind es schon sieben Jahre, daß ich Sie liebe. Die beiden ersten Jahre nur als Schwester. Sie haben mir mehr angeboten, und ich habe es abgelehnt. In den darauffolgenden fünf Jahren habe ich nachgegeben. Sie hatten mich, ohne es zu wissen, ins Schlepptau genommen. Damit haben Sie mich an sich herangezogen. Bei Ihnen fand ich Anne vor; sie hatte Feuer im Leib, und Sie hatten ebenfalls Feuer im Leib. Dieses Feuer hat schließlich das Tau verbrannt.

Die reine Liebe überlebt.

Jetzt sind wir noch keine dreißig. Und eines Tages werden Sie merken, daß Anne, Sie und ich immer noch beisammen sind.

Anne gehört mir nicht mehr, sie liebt einen Mann mehr als mich, er aber hat keine Ahnung, welchen Schatz er da an ihr besitzt. Dieser Mann sind Sie. Die allzugroße körperliche Nähe, in der Sie zu ihr stehen, ist der Grund, weshalb sie Ihnen fremd bleibt.

12. April 1907.

Sie sagen, ich hätte nie die wirkliche Liebe kennengelernt, die alles aus den Angeln hebt. Das stimmt und es ist schlimm. Anne hingegen hat diese Liebe erfahren. Sie denkt genau wie ich: »Eine Frau wird nicht durch eine Zeremonie zur Gattin eines Mannes, sondern allein durch Warten und Entsagung.«

In meinen und in Annes Augen ist Anne Ihre Frau.

Es gibt kein Geheimnis mehr zwischen uns dreien.

ANNE AN CLAUDE *(in München).*

13. April 1907. Paris.

Ich bin froh, daß es dir in Bayern gefällt. Muriel schreibt mir viel, sie hat sich wieder gefangen. Es wäre schwierig gewesen, eher mit ihr zu reden. Nach Hause fahre ich nur ihretwegen.

Vorher aber möchte ich dich noch sehen, nicht weil ich dir etwas mitzuteilen hätte, sondern nur um dich deutlich klar in meinem Gedächtnis zu behalten, sobald ich mit Muriel zusammen bin.

Gestern hatten wir wieder einen fabelhaften russischen Abend. Ich war als Junge verkleidet. Du hast mir sehr gefehlt. Mouff auch.

Ich bin deine Anne. Willst du mich denn überhaupt sehen?

22. April 1907. (Von der Insel, an Claude in München.)

Ich habe Muriel erzählt, daß du mich eingeladen hattest, mich mit dir zu treffen, daß ich dich aber um einen Aufschub von zwei Wochen gebeten hatte, aufgrund dessen, was ich noch in Mutters Abwesenheit bei ihr zu erledigen hätte, und daß du aus Arbeitsgründen nach Wien mußtest.

Du kannst dir gar nicht vorstellen, wie verzweifelt und wütend sie war... Sie hat mir den Schwur abgenommen, daß ich nie wieder damit anfange. Sie hat mich tüchtig ausgeschimpft, obwohl sie allein gewesen ist. Sie hat mich angehalten, lange von dir und mir zu erzählen. Ich habe ihr daraufhin, so gut ich es eben vermochte, von unseren zehn Tagen erzählt, bin aber dabei nicht so weit gegangen, wie sie es sich erhofft hatte.

Ich bin in dem Bett, in dem du geschlafen hast, Muriel schreibt im Nebenzimmer. Wir kommen einander noch immer näher. Ihre Liebe zu dir geht durch mich. Sie möchte, daß wir einander alles sind, du und ich.

Ich habe einen hübschen Brief von Mouffs Ehefrau erhalten.

Mein Claude, auf bald!

1. Mai. Insel. (An Claude in Ungarn.)

Es wird sich sicher noch eine Gelegenheit finden, daß wir uns treffen können, nicht wahr? Nun bist du ja noch weiter weg!

Nach unser langen Trennung hatte ich befürchtet, daß du mich nicht mehr sinnlich liebst. Dann aber ist meine Befürchtung verflogen, ich habe sogar neue Entdeckungen bei dir gemacht.

2. Mai 1907. Insel.

Claude! Ich habe mich geirrt! Muriel ist unglücklich. Winzige Andeutungen, die ihr von Zeit zu Zeit entschlüpfen, sind der Beweis dafür. Sie hat nur Martha und mich. Sie wird sich dir gegenüber nicht ungezwungener verhalten können, solang wir uns lieben, du und ich.

Ich wäre eifersüchtig auf eine Frau, die mir gleicht. Muriel gleicht mir nicht.

Wenn ihr Glück es fordert, daß ich nicht mehr dir gehöre, so wisse, daß ich dazu bereit bin, was mich betrifft.

Sie liebt mich zu sehr. Mir kommt der ganze Überschuß zugute, alles wegen dir. Ich hätte aber gern ein bißchen weniger, weil es ungerecht ist. Ich liebe sie nicht so sehr, wie sie es eigentlich brauchte. Ich kann einfach nicht alle meine Gedanken mit einem anderen Menschen teilen, noch meine gesamte Zeit mit ihm verbringen, es sei denn, ich bin in ihn verliebt.

3. Mai 1907.

Muriel scheint ihre Zuversicht wiederzugewinnen. Wir haben ein neues Dienstmädchen, das ihr mehr Freizeit ermöglicht. Sie weiß noch nicht, was sie tun wird. Jedenfalls legt sie Wert auf die Feststellung, daß nicht *wir* über ihren Zustand zu befinden haben.

Wir haben über euch beide geredet. Ich habe gesagt, wie sehr ich es bedauere, daß ihr beide nicht in die Bretagne gefahren seid. Wo sie sich endlich einmal dazu aufgerafft hatte, und die Voraussetzungen für eine Annäherung zwischen euch beiden auch durchaus günstig gewesen wären! Sie meint dazu: »Gewiß! Aber ich bin jetzt auch sicher, daß ich das nie tun werde.«

Was mich betrifft, so bin ich gerade dabei, von meinem Gesicht eine Gipsmaske anzufertigen; sie hat einen nachdenklichen, erhabenen Ausdruck.

Es würde mich schmerzen, diesen Sommer über nicht dein zu sein.

9. Mai 1907.

Muriel fragt sich, ob sie wieder voll und ganz deine Schwester sein kann. Würdest du das überhaupt akzeptieren? Sie sagt, es sei ganz natürlich, daß sie sich damals verliebt hätte.

Die Glaubensgrundsätze, die sie befolgt, sind stufenweise aufeinander abgestimmt. Auch mich versetzen sie jedesmal in Zugzwang. Und sie geht nur davon ab, wenn ein nächsthöherer Grund vorliegt. Dabei kommt man nie besonders gut weg; sie selbst übrigens auch nicht.

Zu forsch vorgetragene Behauptungen erwecken Mißtrauen. Und das halte ich nunmehr bezüglich ihrer festesten Vorsätze für angebracht.

Bis zum Sommer, Claude!

MURIEL *(auf der Insel)* AN CLAUDE *(in Paris)*.

10. Mai 1907.

Umsonst sage ich mir immer wieder, daß mein Schicksal von dem deinen abgetrennt ist: wir hängen beide zu sehr an Anne. Selbst wenn du keine direkte Bedeutung für mich hattest, wirst du ein Pfeiler meines Lebens sein, schon wegen Anne. Sie ist alles, was ich noch habe. Ich lebe auf Sparflamme.

Anne zeigt Neigung, sich von mir zu entfernen. Wenn sie mich weinen sieht, dann tröstet sie mich natürlich. Sie lädt mich aber höchst selten ein, bei ihr in ihrem breiten Bett zu schlafen. Wenn ich dann so neben ihr im Bett liege und meine Angstzustände kriege, strecke ich meine Hand aus und berühre leicht die schlafende Anne. Ich nehme teil an ihrem Leben. Ich fühle, daß du in ihren Gedanken weilst, ohne daß sie etwas dazu tut, und so komme ich mir dank euch weniger elend vor.

In der Nacht erdrückt mich schier der Umstand, daß ich keinerlei Verlangen spüre.

Dieser bleierne Druck führt zur Einsicht, daß ich dich brauche, aber keine Hoffnung habe, dich zu kriegen. Du hast in meinem Herzen und in meinem Haus gelebt, du warst mir dort Licht und Wärme. Nur mehr ein kalter Schatten ist von dir geblieben.

Meine Bedürfnisse übertrage ich nun auf Anne. Manchmal bringe ich sie dazu, daß sie mir ganz diskret von eurer Hochzeitsnacht am Seeufer erzählt.

21. Mai.

Ich bin schon halb eingeschlafen. Ich ziehe den Vorhang zu, damit Anne nicht vom Mondlicht geweckt wird. Ein Zweig des Rosenstrauches schlägt sacht gegen die Fensterscheibe.

Ich war gerade an dem Punkt, wo ich zu dir entfliehen wollte. Wir waren gerade drauf und dran, uns endlich kennenzulernen...

Was kann ich euch beiden geben? Habt ihr schon soviel Liebe, daß ihr die meine nicht mehr braucht?

Welche Frau hat so eine Schwester wie ich?

Ich habe euch beide. Ich bin reich.

... ich bin wie ein Haufen Seetang, der vom Grund des Meeres ausgerissen worden ist, ich treibe im ruhigen Wasser dahin, wurzellos.

22. Mai 1907.

Ich bin mit Anne zum Strand hinuntergegangen, auf den harten Sand, wo ich mit dir getanzt habe.

Ich habe mein weißes Leinenkleid ausgebreitet. Ich habe es gebügelt. Anne knetet ihren Ton. Wir gehen zusammen auf Eiersuche. Nun klärt sich alles. Seit ich nicht mehr versuche zu verstehen, verstehe ich.

Anstatt zu sagen: »Wann ist das bloß alles zu Ende?« sage ich: »Es ist schön, dreißig zu sein!«

Mein Leben ist Anne-Claude.

Wer bist du, daß du uns dermaßen in Erregung versetzt?

ANNE AN CLAUDE.

23. Mai 1907.

Deine Briefe: ich gebe dir einen Kuß dafür!

Ich habe Muriel gefragt, wie es mit ihrer »Gewohnheit« steht. Seit achtzehn Monaten hat sich in dieser Hinsicht nichts mehr getan. Dann gab es zwei Rückfälle, an den zwei Tagen, wo sie bei der Heuernte geholfen hatte und vor Müdigkeit beinahe umfiel. Nun sind ihr die materiellen Begleitumstände wenigstens einsichtig geworden.

1. Juni 1907.

Ich habe geträumt, daß ich Muriel, an dem Tag, als sie verzweifelt über ihre Niederlage war, meine Hand flach auf den Bauch hätte legen mögen, fest überzeugt, daß sie nichts Schlimmes getan hat. Ich konnte mich nicht dazu überwinden: so eine Berührung, auch nur für kurze Zeit, ist ganz unvorstellbar zwischen uns, von ihr aus ebenso wie von mir.

Wenn ich einer Frau gegenüber ein Verlangen hätte, würde ich mich nicht zurückhalten. Ich habe nie ein solches Verlangen gehabt.

Ich küsse Muriel nicht gern. Es ist immer, als küßte ich meinen eigenen Arm.

Gestern ist ein Leierkastenmann vor unser Haus gekommen und hat gespielt. Muriel hat ihm ein Geldstück gegeben und ist ganz allein auf den Rasen hinter dem Haus tanzen gegangen. Ich stand, ohne daß sie es wußte, am Fenster meines Zimmers. Ihre Bewegungen waren langsam, geschmeidig, erhaben. Ich habe ihr bis zum Schluß zugesehen. Ich möchte versuchen, eine Statuette danach zu machen.

19. Juni.

Muriel ist wie ein einziger langsamer lächelnder Untergang...

Es ist durchaus möglich, daß sie nie jemanden anderen als dich lieben wird.

Bei mir ist das nicht so!

Ich habe alle meine Pläne geändert, unseren gemeinsamen Sommer eingeschlossen!

Ich weiß, daß du das verstehst.

20. Juni.

Mouff hatte mir nicht geantwortet, und ich hatte darunter gelitten.

Er war auf Reisen. Eben erhalte ich einen Brief von ihm. Er und seine Frau laden mich in den Kaukasus ein. Ich nehme die Einladung an.

Ich werde mich zwei Tage in Paris aufhalten, Mitte Juli.

21. Juni 1907.

Ich mache mir Sorgen um ihre Zukunft.

Ich möchte mich zwischen euch beiden auslöschen.

Warum solltest du nicht ihr gehören?

Ich weiß nicht, ob ich auf meiner Durchreise in Paris bei dir sein kann. Sehen will ich dich aber auf jeden Fall.

MURIEL AN CLAUDE.

22. Juni.

Unsere Anne schlief neben mir, plötzlich hat sie ein Auge geöffnet. Da habe ich zu ihr gesagt: »Herzlichen Glückwunsch zum Geburts- und Jahrestag!« Sie hat fröhlich und schläfrig gelacht, weil ihr plötzlich eingefallen ist, daß heute sowohl mein Geburtstag als auch der Jahrestag eurer Hochzeit ist.

29. Juni 1907.

Ich lag im großen Bett bei Anne, die schlief. Ich konnte nicht einschlafen. Ich bin leise aufgestanden und in den Garten gegangen. Es war dunkel, ein frisches Lüftchen wehte. Der Portalvorbau ist ganz von Rosen überwachsen, die der Wind schüttelte. Etwas Weiches liebkoste meine Lippen. War es dein Mund? – Ich biß sanft zu. Die Blütenblätter schmeckten herb ... Ich stellte mich auf die Zehenspitzen, um dich besser zu erreichen. Aber da fuhr ich ins Leere.

30. Juni.

Es ist fünf Uhr früh. Rate, wo ich bin? – In einem weidengeflochtenen Korbsessel, ganz hinten im Garten, in der Nähe der kleinen Brücke. Eine dünne Rauchsäule entsteigt dem Dach des Wirtschaftsgebäudes und weht in Richtung Süden, geradewegs zu dir. Links von mir stehen schön in Reih und Glied, von Rauhreif überzogen, die dreizehn Bienenkörbe, das Bienenvolk mitgerechnet, das Anne, du und ich eingefangen haben. Heute ist der Schwarm riesig und bösartig geworden. Gestern habe ich ihn wieder aufgespürt, ich glaubte, ihn heute früh noch schlafend vorzufinden. Weit gefehlt! Eine volle Stunde mußte ich mich abmühen, bis ich ihn schließlich so weit hatte, daß er wimmelnd auf ein weißes Laken herunterfiel, wobei ich vergessen hatte, daß man das eigentlich nachts machen soll.

Das Knäuel wird sich zu einer rötlichen Fußmatte ausbreiten und bei den ersten Sonnenstrahlen davonfliegen. Ich warte noch darauf, daß die Königin in ihrem kleinen Hirnkasten eine Entscheidung fällt und das Zeichen zum Abflug gibt, damit ich hinterherlaufen kann.

Ich stricke gerade einen Pullover für Anne und bereite mich auf meinen Sonntagsunterricht vor. Im Morgengrauen bin ich euch wieder ein Stück nähergerückt.

Anne hat mir deinen Brief überbracht.

MURIEL AN CLAUDE.

Insel. 1. Juli 1907.

Hast du Anne dieses Jahr schon auf dem Cello spielen gehört? Sie hat atemberaubende Fortschritte gemacht. Unser Professor hat gesagt, sie sei die begabteste von allen seinen Schülern.

Unsere alte Amme hat zu mir gesagt: »Ihr wart immer beisammen, wie Zwillinge. Sie, Muriel, haben immer breiten Raum für sich beansprucht, sie haben sich mehr gezeigt, aber wenn ihr beide uneins wart, hat Anne Ihnen alles erklärt, und Sie haben nachgegeben.«

Ich habe in der Schachtel gewühlt, wo wir die Fotos aus unserer Kindheit aufbewahren. Hier schicke ich dir zwei davon. Anne mit vier, sie sieht ganz lustig aus und ist schon ganz sie selbst. Schick die Fotos wieder zurück, wegen Mutter.

Ich war, ohne Würde und Geheimnis, die Freundin aller, die Babies gern hatten.

Ist Anne verschlossen? Ja, im allgemeinen. Aber sie versetzt die Leute in helle Begeisterung, wenn sie aus sich herausgeht. – Wie wird sie sein, wenn sie aus dem Orient zurück ist? Hier vier Briefe von ihr. Sie erlaubt es.

1. Sollte sie dir je sagen, daß sie nicht zu dir kommen kann, weil ich sie brauche, wie sie es – leider! – schon gemacht hat, dann teile mir das sofort mit.

2. Solltet ihr je in die Lage geraten, nicht genug Geld zu haben, um miteinander irgendwohin zu verreisen, dann macht mir die Freude und laßt es euch sofort von mir schicken.

2. Juli.

Anne und Mutter sind aus London zurück. Sie haben ein Stück von Bernard Shaw gesehen, und Anne sprudelt über von Erzählungen. Ich achtete nicht auf das, was sie sagte, sondern auf den Tonfall, in dem sie es vorbrachte. Im Grunde war nicht ich diejenige, an die diese Worte gerichtet waren, sondern du. Nicht meine Schulter wollte sie an der ihren spüren, sondern deine. Ich versuche, mir euch beide vorzustellen. Ich fühlte mich als reifere Frau, die ihre beiden Kinder liebt. Dein Haar war struppig, und du hattest deinen geheimnisvollen Zug um den Mund. In einer Woche werdet ihr beisammen sein!

4. Juli 1907.

Ich versuche, ehrlich zu Anne zu sein, selbst wenn mein Herz für dich schlägt. Nichts von dem, was es enthält, darf sie verletzen.

Hier mein jüngster Traum: ich kniete vor unserem kupfernen Kruzifix und verhielt mich so ruhig, daß Anne und Claude mich gar nicht bemerkten, als sie hereinkamen. Sie lächelten einander zu, ich hielt den Atem an. Durfte ich meiner verflossenen Liebe einen Kuß geben, ohne der weh zu tun, die ihn liebt? – Ich habe Anne mein Gesicht hingehalten, sie hat sich heruntergebeugt, hat mich geküßt und mir dabei zärtlich in die Wange gebissen, wie das so ihre Art ist. Du hattest deinen Arm um ihre Schulter gelegt, sie ihren um deine Taille. Ich habe dir mein Gesicht hingehalten, ich war etwas zu tief unten und habe mich daher – denn meine Lippen dürsteten nach deinen – zu deinem Gesicht hochgereckt. Der Nebel, der es umgab, wurde noch dichter. Du hast nicht gewollt. Um mich herum war nur mehr ein großes dunkles und leeres Zimmer, mit leuchtenden Bildnissen von Anne, die nacheinander in den Wänden versanken. Auch diese verschwanden bald darauf und ließen mich unter dem Himmelszelt und dessen ewigem Gesetz zurück.

Nicht einmal Christus selbst kann mir Claude geben.

ANNE AN CLAUDE.

4. Juli.

Ich komme Montag nach Paris. Ich werde zwei Tage mit dir verbringen, wenn wir das beide für gut halten.

Ich möchte Muriel nicht verlassen.

Es ist nicht deine Schuld, daß wir Schwestern sind.

Wir haben alle drei nicht genügend Mut.

Du bestehst auf nichts, du forderst nichts für dich. Du überläßt uns jede Entscheidung, sogar jene, dich auf der Stelle zu verlassen. Ich bewundere das. Du würdest augenblicklich in deiner geliebten Nationalbibliothek Trost finden. Die ist dir lieber als wir.

Damals, als wir noch mit den Schweinchen spielten, habe ich mir eines Tages gedacht, wir könnten doch zu dritt in meinem großen Himmelbett schlafen, dann könnten wir sogar in der Nacht noch miteinander reden, und es wäre die natürlichste Sache auf der Welt gewesen, wenn wir nicht so falsch erzogen wären.

Dann aber, als ich mir das in die Tat umgesetzt vorstellte, kam mir sehr bald der Gedanke, es sei doch besser, wenn ich mich zurückziehe und euch beide allein lasse. Ich war ganz sicher, Muriel würde uns in so einem Falle auch allein lassen, dich und mich.

Das alles ist bislang ja auch eingetroffen, genauso wie es bei Muriel zu erwarten stand.

Ich würde es nicht ertragen, wenn du uns alle beide an einem einzigen Tag küßt. Ich könnte mich damit abfinden, wenn du einige Wochen mit einer verbrächtest, und dann mit der anderen, und würde dem entgegensehen, was da unweigerlich auf uns zukommen müßte.

Ich muß das ausprobieren, um zu wissen, wie es ist.

Ich habe zwei Wochen lang Mouff und dich gleichzeitig gehabt. Für mich war es nicht dasselbe und auch nichts Gleichzeitiges. Ich tat es auch nicht mit Absicht. Es war durchaus ein Umweg für mich.

Wien. 12. Juli 1907.

In Paris hast du mich vom Bahnhof abgeholt, hast mich die beiden vollen Tage über, für die ich mich angesagt hatte, bei dir behalten, obwohl es dir gegen den Strich ging. Ich treffe immer feste Verabredungen, wie früher. Und hinterher bereue ich es dann... aber man braucht wohl einen Schutz gegen Gewohnheiten.

Dies also anstatt eines gemeinsamen Sommers...

Weil wir ungehindert aufgewachsen sind, so wie Gott uns geschaffen hat, und auf unsere Art auf Weisheit hoffen. Du bist mein Lehrmeister.

Sicher habe ich mich über das, was in mir angelegt ist, getäuscht. Nicht über dich.

Bedaure nicht, mich ins Offene gestoßen zu haben.

Ich kann Muriel den Teil von dir opfern, den du mir gibst.

Ich könnte es vielleicht nicht, wenn du mir mehr gegeben hättest.

Wien. 13. Juli.

Hier sitze ich nun in dem Künstlercafé, das du mir empfohlen hast. Der Café Crème schmeckt hier aber ganz anders. Ein junger Österreicher kommt und fragt, ob er sich mit an meinen Tisch setzen darf. Nein. Ich sitze lieber allein.

Drei ausgelassene junge Frauen, eine davon sehr schön, nehmen am Nebentisch Platz und stellen mir allerlei komische und indiskrete Fragen. Ich habe immer Erfolg, wenn du mich aus deinen Armen entläßt, du entzündest eine Phantasie in meinem Blick, die nur sehr langsam wieder erlischt. Der Oberkellner bringt mir eine in gestochener Handschrift abgefaßte Einladung zum Abendessen, von jenem besagten jungen Mann. Ich schicke sie zurück.

Deine Anne konnte weder Briefe schreiben noch Musik hören in diesem Café. Ich verlasse es und mache mich auf den Weg zu einem anderen. Auf der Straße holt mich der junge Mann wieder ein, er bittet höflich, mich begleiten zu dürfen. Ich bleibe hart. Er verabschiedet sich mit großer Geste und geht. Ich war nicht im geringsten aufgeregt.

Ich bin noch ganz erfüllt von dir. Bald werde ich von Mouff erfüllt sein. Ganz anders.

Kaukasus. 24. August 1907.

Die Berge sind vom Fuß bis zum Gipfel mit einem Zwergwald bedeckt, der ihnen bis in die Schluchten und Klüfte hinein wie eine Haut anliegt. Auch die Steppe ist etwas Unglaubliches, das wäre etwas für dich.

Ich liebe Mouff immer mehr. Seine Frau wird demnächst kommen. Ich werde sie kennenlernen. Ich freue mich darauf. Es ist immerhin ein Ereignis.

Seine Mutter ist eine gute und tüchtige Frau. Die Mahlzeiten nehmen wir alle in ihrem geräumigen Zimmer ein, gemeinsam mit Freunden. Beim Baden tragen wir keine Schwimmkleidung.

Ich könnte dir noch viel mehr schreiben, aber du kannst dir das ja alles selbst vorstellen.

Muriel hat wieder ihre traurige Phase. Schreib ihr doch.

Kaukasus. 26. Oktober 1907.

Mouffs Frau gefällt mir, und ich gefalle ihr.

Sie ist seine Geliebte und Ehefrau, lebt aber ganz unabhängig, hat ein sicheres Urteilsvermögen, ist so kräftig gebaut wie ihr Mann, trägt die Haare schulterlang und läuft rum wie ein Junge. Bei ihrer Ankunft habe ich sehr gelitten, da ich um Mouffs Liebe bangte. Aber nein, inzwischen hat sich alles gegeben. Sie lieben sich und lassen einander sämtliche Freiheiten. Das imponiert mir sehr. So sehr, daß ich mich (am 4. November) im Einverständnis mit den beiden, ganz aus ihrem Leben zurückziehen werde, in bester Freundschaft.

Einer ihrer Freunde, der gerade angekommen ist, fasziniert mich sehr.

Muriel hat mir geschrieben. Ihrem Wunsch gemäß soll ich dich davon überzeugen, daß sie nicht leidet.

Alex wird mit Mutter und Muriel die Leitung der Musterfarm von Mister Dale übernehmen.

MURIEL AN CLAUDE.

Insel. 15. August.

Du bist weit fort, du schreibst auch nicht. Du bist so unwirklich wie der Liebhaber, den ich mir als kleines Mädchen erfunden und für den ich gelebt habe. Früher oder später werde ich dich wiedersehen und werde wieder deine Schwester sein, in Gedanken und in Taten.

Insel. 25. September 1907.

Anne ist weit weg. Ich sitze da, den Bleistift in der Hand, und weiß nicht, was ich dir schreiben soll. Ich habe Lust, dich mit meiner Fingerspitze zu berühren. Erlaube, daß ich mich neben dir entspanne. Ich bin den ganzen Tag allein zu Hause, es ist ein Feiertag. Der Mond geht gerade hinter der Scheune auf. Vielleicht schaut ihn Anne dort drüben, wo sie jetzt ist, auch an wie ich hier. Claire mochte den Mond auch. Wenn sie ihre Einstellung Anne gegenüber doch ändern könnte...

Ich bin mit dem Rad zum Strand hinuntergefahren. Ich bin eben ein bißchen geschwommen. Hörst du das Schwappen der kleinen Wellen? Ich wollte, wir wären zu dritt hier.

Insel. 1. November 1907.

Noch ist es finstere Nacht, doch bald wird der Morgen grauen. Ich habe einen Traum gehabt: ich saß am niedrigen Tisch neben dem Kamin. Du saßest auf dem Boden, gegen den Tisch gelehnt, und starrtest ins Feuer. Ich genoß diese Stille und dein abgewandtes Gesicht. Du hattest weibliche Gestalt angenommen, trugst einen Radmantel aus schwarzer Seide. Aber du warst es, der da saß. Du fragtest mich, was ich wolle. Ich beugte mich vor, und meine Hand glitt auf deine zu.

Ich sprang auf und schrie: »Anne! Anne!« und hielt dabei meine rechte Hand mit der linken zurück.

Ich höre die Kühe auf der Weide und vier Glockenschläge vom Kirchturm. Heute ist Allerseelen. Unser Vater ist da oben im Himmel, bei Gott. Er schaut auf seine beiden Töchter herunter und versteht alles. Du mochtest sein Bild gut leiden. Ich stelle mir vor, wie ihr miteinander redet. Ich sehe euch beide lächeln.

ANNE AN CLAUDE.

Kaukasus. 2. Januar 1908.

Zwei Monate sind vergangen. Der Neuankömmling hat in mir Fuß gefaßt.

Es geht turbulent zu. Ich kann noch gar nichts sagen.

Muriel möchte dir gern meine Briefe von der Reise zu lesen geben. Wenn du magst. – Ich möchte dir nicht unnötig die Zeit stehlen.

Sie hofft, daß ich allein dich liebe, aus ganzem Herzen. Das würde ihr den Verzicht erleichtern. Aber du, Claude, bist nicht mein Ziel, und ich weiß noch nicht, was aus uns wird. Wir sehen uns ja so selten. Ich bin auch manchmal ungerecht zu dir. Unser letztes Zusammentreffen jedoch läßt sich nicht ungeschehen machen.

Schreib mir doch einen vertraulichen Brief.

MURIEL AN CLAUDE.

Musterfarm Dale. 23. Februar 1908.

Es ist Sonntag! Ich habe die Morgendämmerung gesehen! Dich nicht!

Flash, mein Hund, knurrt vor der Tür. Ich lasse ihn zweimal sehen, daß niemand davor steht. Es nützt nichts. Er knurrt weiter. Was ist das bloß?

Anne läßt immer ihre Sachen in allen Ecken liegen. Sie gibt sich zwar Mühe, Ordnung zu halten, aber es geht ihr gegen den Strich. »Da ist sie zu sehr Künstlerin«, meint unsere alte Schneiderin.

Als wir noch zur Schule gingen, zauderte sie immer, ehe sie ins Schwimmbecken sprang. Wir meinten alle, sie habe Angst. Aber dann kletterte sie plötzlich eine Stufe höher hinauf und sprang vom Trampolin.

27. Februar.

Wie soll man unter den Dingen, die sich einem anbieten, eine Wahl treffen? Soll man versuchen, alles zu verstehen, oder soll man sich lieber ein unbeschwertes Leben machen? Wer die Wahl hat, hat die Qual!

Wenn du mir in den Sinn kommst, schwelle ich an wie eine Woge.

Ich möchte mich noch nützlich machen, bevor ich zu Staub zerfalle.

Ich herrsche über mein Hühnervolk. Im Augenblick bilde ich eine Einheit mit Mutter, Alex und dem englischen Land.

Meine Armen in London gehen mir ab.

Musterfarm Dale. 2. April 1908.

Es bedeutet eine große Umstellung für mich, daß ich unsere liebe Insel verlassen habe.

Wir wohnen in der unmittelbaren Nachbarschaft von *Leuten der feinen Gesellschaft,* da kommt oft nobler Besuch. Wenn ich aber gerade bei der Arbeit bin, lasse ich meine Gärtnerkluft an.

Ich habe weder Anne noch dich: ich wünsche mir sonst auch niemand.

Wüßte ich nicht, daß ihr beide wahrheitsliebend seid, würde ich einen totalen Zusammenbruch erleiden.

19 *Anne heiratet*

MURIEL AN CLAUDE.

5. Mai 1908.

Eine unglaubliche Neuigkeit: unsere Anne hat sich verlobt. Er heißt Ivan.

Sie wird für zwei Wochen hierher kommen.

Möge *er* ihrer würdig sein!

6. Mai 1908.

Hättest du mir den Arm hingestreckt, wie du ihn eines Tages deiner jungen Braut aus dem Norden hinstrecken wirst, die wir uns gemeinsam ausgedacht haben, wäre ich dir zitternd entgegengelaufen.

Das wird nicht geschehen. Dennoch führe ich ein gutes und reiches Leben.

Claude, glaube bitte niemals, daß du mir etwas Böses angetan hast: du hast mein Leben mit Liebe gekrönt.

9. Mai 1908.

Ich habe mich weinend aufs Bett geworfen und nach dir gerufen. Nach dir, nicht nach Anne, denn ich habe bei dir weniger Angst, daß ich dir auf die Nerven fallen könnte.

Was mir zugestoßen ist? – Mein ganz kleiner Truthahn ist gestorben. Mit der Geflügelzucht wird es immer dramatischer. Täglich schlüpfen irgendwelche Mißgeburten oder kranke Tiere aus. Ich kann sie nicht alle retten.

Manche überleben für einige Zeit durch meine Hilfe, dafür gehen andere ein. Wenn ein Küken seine Mutter nicht mehr findet und sich verläuft, kann es vorkommen, daß eine andere Glucke es mit Schnabelhieben auf den Kopf tötet. Mein kleiner Truthahn ist von der Kralle seiner eigenen Mutter niedergestreckt worden. Ich habe ihn für eine Nacht in die Obhut einer Henne gegeben. Jetzt wird er wieder gesund. Ich gebe ihn wieder zu seiner Mutter; die aber tritt ihn wieder mit Füßen, aus Gründen, die wohl nur sie weiß, oder vielleicht, weil er ein Spätentwickler ist. Ich konnte ihn mit Mühe noch einmal gesundpflegen, habe ihn dann einem Gehilfen anvertraut, und der hat ihn leider in einen zu heißen Brutkasten getan... Heute morgen hat sich der kleine Truthahn noch ein bißchen auf einem Laken auf meinem Bett herumgeschleppt, dann ist er verendet.

Da zieht man Tiere auf, und dann werden sie doch nur gegessen!

10. Mai 1908.

Sonntag! Ich bin für eine Stunde in den Wald gegangen, mit Anne und dir, wir drei. Jeder von uns sitzt an einen Buchenstamm gelehnt auf dem Boden.... der welke Blätterteppich hat die Farbe, die du ja schon kennst... dazwischen sprießen feine grüne Grashalme hervor, ganz kerzengerade, und... Waldveilchen!

Weißt du, Claude, im Innersten meines Herzens bleibt noch etwas für uns zu tun... uns mit der Liebe zu bekleiden, wie diese Bäume es hier mit ihren durchscheinenden und im Sonnenlicht bebenden Blättern tun.

Ich habe noch nie so geschuftet. Heute nacht schreibe ich dir und Anne, morgen früh werde ich hundemüde sein. Wir werden nicht hierbleiben, Alex, Mutter und ich. Hier ist es uns zu modern. Wir haben ja gar keine

Zeit mehr füreinander und wir wollen uns doch sehen. Die Geflügelzucht lasse ich lieber bleiben. Das ist sowieso Männerarbeit. Alex ist schon um sechs Uhr auf den Beinen und abends um elf Uhr sitzt er noch über seinen Rechnungsbüchern im Büro. Er ist am Tisch eingeschlafen. Er redet auch nicht mehr mit unserem Hund. Abgesehen davon hat er mit seiner Betriebsführung großen Erfolg.

Schreib die Adresse auf deinen Briefen mit der Maschine: Mutter soll nicht unnötigen Kummer haben.

Und wärst du dunkler Wald auch noch so dicht,
Und fiel in dich auch nicht ein Fünkchen Tageslicht,
Du könntest meines Herzens Gram in dir doch nie verbergen …

Erinnerst du dich an die Musik, die Lulli dazu geschrieben hat?

Die Pfauen rufen nach mir. Die Zeit ist wie im Fluge vergangen. Gleich wird ein Regenschauer niedergehen, und ich habe dir noch nicht einmal das Wichtigste gesagt: ich begreife einfach nicht, weshalb du auf die Nachricht von Annes Verlobung mit einem so freudigen Brief geantwortet hast. Ich versuche erst gar nicht, eine Erklärung dafür zu finden.

Das Leben besteht aus lauter Puzzleteilen, die alle nicht zusammenpassen.

17. Mai 1908.

Ich singe ein altes schottisches Lied:

Oho, wer kommt mit in die Dünen?
Wer will mit mir reiten und springen?
Was wartet ihr Burschen, ihr kühnen,
Ein schönes Weib zu erringen?

Die Mutter verschloß unsre Pforte,
Der Vater nahm den Schlüssel an sich.
Doch was nützen Schloß, Schlüssel und Worte,
Mein Johnny findet trotzdem zu mir.

Anne ist mit Ivan hier. Sie lieben sich. Es ist ihr letzter gemeinsamer Sonntag. Er muß für eine Weile allein in sein Land zurück, um für ihren gemeinsamen Lebensunterhalt zu sorgen. Wie stehst du zu dem Ganzen?

Ivan hat vom Glück gekostet, doch welche Leere wird er hinterher erfahren...

22. Mai 1908.

Claude, hier mein Gebet für den heutigen Tag: »Mein Gott, gewähre den Sündern, daß sie sich mit deinen Ratschlüssen abfinden mögen.«

Sich mit dem zufriedengeben, was man hat, nicht sklavisch hinter etwas hersein, das man nicht hat, darauf kommt's an.

Dennoch fällt es einem im Unglück schwer, ans Glück zu glauben.

24. Mai 1908.

Ich wäre beinah nach Paris gekommen. Es hat nicht viel gefehlt.

Wenn du mit mir allein zusammen bist, Claude, sei so zu mir wie früher: hart. Ich werde versuchen, dich wie einen Bruder zu behandeln, aber ich empfinde mich nicht mehr als deine Schwester.

Du weißt, daß... Nein! Du sollst es auch nie wissen!

Als Anne mir von euch beiden erzählt hat, habe ich erkannt, daß es eigentlich um uns drei geht.

Ich fürchte mich nicht vor dir, nur vor mir selber.

Du hast mir gesagt: »Wenn wir in unserer Liebe nicht je wirklich bis zum Letzten gehen, dann sehen wir uns besser nicht.«

Ich war bereit, mit dir in die Bretagne zu fahren und mich dir ganz zu geben. Seelisch war ich schon deine Geliebte. Wäre es nach mir gegangen, wäre ich heute deine Frau.

Was ist die Liebe, Claude?

Von deinem Brief ist mir ganz schwindelig. Meine Arme umfangen dich. Gott behüte dich!

Ich kann ohne dich leben... wie man ohne Augen, ohne Beine leben kann.

Ohne dich, das ist so eine Redensart, denn du bist mir ja gegenwärtig. Aber du gehörst nicht mehr *mir,* wie das früher der Fall war.

Ich lese Kropotkin. Neben seinen Frauengestalten komme ich mir wie ein Hammel vor.

22. September 1908.

Wo bin ich? – Oben auf dem spitzen Hügel. Gerade war ich noch unten und habe mich ums Artischockenbeet gekümmert... – Ich habe mich davongemacht und nehme hier mein Mittagessen ein. Flash hat das aus meinem Blick gelesen, er hat gebellt, war also einverstanden. Er hat seine Hundekekse geknabbert, mir noch eine Weile Gesellschaft geleistet und ist dann den Hasen hinterhergelaufen.

Ich erblicke den Tümpel... hier warst du mir beinahe ausgeliefert... ich hatte dich ganz für mich allein... und ich habe nichts von dir wissen wollen.

ANNE AN CLAUDE.

Ungarn. 29. Juli 1908.

Nun habe ich dir schon fünf Monate nicht mehr geschrieben, so sehr habe ich mich dagegen gesträubt.

Außerdem sehe ich, daß mein sehr ausführlicher Brief, den ich dir postlagernd geschickt habe, während deiner Reise verlorengegangen ist und bin sehr traurig darüber. Ich versuche, den Brief hier noch einmal wiederzugeben.

Dein Schweigen hat mich beunruhigt. Hat dich Muriel über alles auf dem laufenden gehalten?

Ich werde *Ivan den Steinmetz* heiraten. Ich habe ihn damals in Paris kennengelernt. Er sprach weder Französisch noch Englisch. Er freute sich, wenn ich zu ihm ins Atelier kam: das konnte man sehen. Ich habe ihn wiedergetroffen. Lange Zeit hat unsere Liebe gezögert, währenddessen sie mich erschöpft hat. Ich liebte ihn, aber ich wollte deswegen nicht heiraten.

Ich habe zwei Monate allein mit ihm in einer wilden Gegend verlebt, dann bin ich zur Insel zurückgekehrt, um mir aus der Distanz ein Bild von ihm zu machen und um zu wissen, wie es sich ohne ihn lebt. Ich habe gespürt, daß unsere Liebe, jedenfalls bei ihm, etwas fürs ganze Leben ist, daher wollte ich ihn gern heiraten.

Wir werden auch bald heiraten. Stell dir das vor!

In seiner Heimat, in den Bergen, leitet er die Arbeiten in einem Steinbruch. Auch für den Eigenbedarf behaut er Steine, wenn er Zeit hat. Er spielt Cello wie ein Hexer. Wenn ich ihn leiden sehe, erreicht er alles bei mir. Anbei sein Foto. Nur seinetwegen kann ich nicht mehr dir gehören.

Alex besteht darauf, daß die Hochzeit zu Hause gefeiert wird. Mutter mag ihren zukünftigen Schwiegersohn, und ich glaube, du wirst ihn auch mögen.

3. Dezember 1908. Insel.

Mein Claude, den ich so sehr geliebt habe.

Nun bin ich verheiratet. Ich hätte nie geglaubt, daß ich mich einem Mann für so lange Zeit versprechen könnte.

Ich bin glücklich, manchmal sogar sehr glücklich, wenngleich ich nicht ganz sicher bin, ob meine Zukunft meine Vergangenheit aufwiegt.

Mein Mann liebt mich beinah ohne Grenzen. Gäbe ich mich einem anderen hin, ich würde ihm das Herz brechen. Er beschwört mich, das niemals zu tun. Er würde mich umbringen, sagt er. Alles was ihn betrifft, liest er aus mir heraus. Er versetzt mich in Erstaunen.

Er ist eine Fessel, aber ich liebe sie.

Er ist egoistisch, natürlich, nicht von der Kultur verbildet. Daher sein Bedürfnis, mich zu binden. Ich liebe ihn so wie er ist.

Daß es immer so bleiben möge!

15. März 1909. Polen.

Ich genieße die Ruhe nach heftigen Kämpfen. Er hat mir heftig zugesetzt.

Zwei Monate war ich krank, anfangs sogar sehr schwer, alles seinetwegen. Noch bin ich recht schwach auf den Beinen, ich kann kaum allein durchs Zimmer gehen.

Muriel ist gekommen und hat mich wie eine gute Fee gepflegt. Was hätte ich getan ohne sie? Nun liest sie mir ihrerseits stundenlag laut vor! Sie widmet sich immer mehr dem Dienst am Nächsten, nicht nur ihrem Gefühl nach, sondern auch aus ihrem Wollen heraus. Sie ist zugänglicher geworden, sie ist nicht mehr die *uneinnehmbare Festung* von früher. Ihr Interesse dreht sich nur noch um das, was sie einst kennen und lieben gelernt hat. Sie verbringt ihre ganze Zeit in meinem Zimmer. Sobald ich wieder hergestellt bin, wird sie umgehend wieder nach England zurückreisen. Sie hat nicht einmal unsere Stadt besichtigt. Sie war weder im Theater noch in Konzerten oder Museen.

Sie hatte schon jede Hoffnung aufgegeben, ihr Augenleiden könnte sich bessern. Die Heilung kam dann wie ein Wunder. Davon ist sie nur noch religiöser geworden, was mich eigentlich von ihr entfernen würde, wäre ich nicht von ihren anderen Tugenden so hingerissen.

Gehst du sie nicht besuchen?

Mutter mag Ivan, weil er mich verehrt. Ich kann dir gar nicht schildern, in welchem Maße ich geliebt werde, ich hätte das kaum für möglich gehalten.

Ivan beginnt erst jetzt langsam zu glauben, daß ich ihn liebe und wundert sich darüber.

Ich mag Menschen nicht, die mich zu sehr lieben, und siehe! da heirate ich ausgerechnet einen, der mich auf eine schon fast absurde Weise liebt. Ich füge mich.

Du hast mich auch geliebt, aber nie zu sehr!

Du hast uns erobert, indem du nichts von uns gefordert, uns aber trotzdem gebraucht hast.

Deine Wandlung zum Mönch während der Trennungszeit hat uns schwer beeindruckt. Du hättest notfalls keusch bleiben können, aber du tust es auch dann, wenn man dir etwas in Aussicht stellt, sogar wenn man dir nichts davon sagt. Für ein andauerndes Mönchsdasein bist du wohl nicht geeignet.

Unseren Höhepunkt hatten wir erreicht, als jeder deiner Besuche uns auf Tage hinaus mit Glück erfüllte, ehe ich schließlich nach mehr verlangte, und ehe auch du nach mehr verlangtest.

Ich war freudig überrascht über die Art, wie du dich in deinem Brief über unser letztes Zusammentreffen geäußert hast.

Ich wollte das Feuer kennenlernen. Du hast es entfacht. Ohne es zu wollen, hast du es vernachlässigt. Drei andere haben es wieder angefacht.

Das Feuer bedeutet nicht das Glück schlechthin, fehlt es einem jedoch, so ist das tödlich. Das ist der Grund, weshalb mir Muriel leid tut.

MURIEL AN CLAUDE.

Insel. 7. April 1909.

Oh Claude! Dein Brief von heut abend... Hurra! Ich komme.

Vierter Teil Muriel

20 *Die drei Tage*

CLAUDES TAGEBUCH.

Paris. 15. April 1909.

Muriel kommt auf dem Bahnhof mit zwei Koffern an, einer enthält ihre Sachen, der andere ein großes Landbrot, schön braun und knusprig und von ihr selbst aus Getreide ihrer Musterfarm eigenhändig gebacken. Zur Zeit, als wir noch mit den kleinen Schweinchen spielten, hatte ich ihr schon immer dabei zugeschaut, wie sie den Teig knetete, bis zu den Ellbogen ihre Arme hineinwühlte, den Teig mit Mehl bestäubte. Ich habe selbst auch versucht, zu kneten, war aber höchst erstaunt, wie anstrengend das ist. Muriel spannte alle Muskeln dabei an, ich konnte ihre Formen erahnen, ich hätte gerne die auf ihrer Haut klebenden Teigteilchen mit meinen Lippen eingesammelt, ich atmete ihren Geruch ein und den des Brotes. Rund war das Ofenmaul, und die Glut blendete mich. Muriel gab ihren Broten eine sonderbare Form: man hätte sie für Wickelkinder halten können.

Ich halte meine Nase an das Brot und atme tief ein. Muriel lacht.

Muriel bittet mich, aus ihrer Handtasche ein Foto von ihrem Freund Flash und ihr herauszuholen. Er hat große Schlappohren und riesige Pfoten. Er schaut Muriel wie ein Komplice an.

Ein kleiner Zeitungsausschnitt flattert zu Boden. Ich lese ihn:

»Solange es in der Welt arme, im Stich gelassene Kinder gibt, ist es die Pflicht eines jeden Christenmenschen, sich um sie zu kümmern und nicht neue in die Welt zu setzen.« TOLSTOI.

Ich lege den Zeitungsausschnitt wieder an seinen Platz.

Wir haben drei Tage vor uns. Draußen ist es kalt. Das Kaminfeuer prasselt. Muriel setzt sich auf den Boden, lehnt sich mit dem Rücken gegen den großen Divan und streckt ihre nackten Füße den Flammen entgegen; dabei spreizt sie die Zehen, um sie besser wärmen zu können. Auch ich wärme meine, ohne sie jedoch so spreizen zu können, wie sie es tut.

Unsere Schultern ruhen aneinander. Wir schauen ins Feuer. Was werden wir nur mit der ganzen Zeit anfangen? Uns in Sittsamkeit üben?

Ich schnappe mir das Brot, reiße einen Kanten davon ab und röste ihn am Feuer; wir beißen beide davon ab und lassen das einfache, auf dem Tisch angerichtete Essen stehen. Ich hätte ja auch Scheiben abschneiden und sie grillen können, doch dazu hätte ich mich von der Schulter lösen müssen. Wir trinken Wasser aus demselben Glas.

Wieder fällt mein Blick auf die Grübchen auf ihrem Handrücken, wie damals im Labyrinth. Ich spüre ihren Rücken wie damals, als wir *Zitronenpresse* spielten.

Mir wird zu heiß am Feuer. Ich stehe auf, ziehe mir meinen Rock aus und hänge ihn über die Lehne eines der beiden Stühle. Muriel folgt meinem Beispiel und hängt ihre Jacke über den anderen Stuhl. Ich entledige mich meiner wollenen Strickweste und meiner Krawatte, falte beides zusammen und lege es auf den Stuhl. Muriel zieht sich ihren Jerseypullover aus. Ich lege mein beiges

Hemd ab, Muriel ihre hellgrüne Bluse; sie faltet dieselbe so wie ich zusammen, ohne mich dabei anzusehen. Wir tun das Wesentliche, ohne dabei zu reden: wir legen ab, was uns voneinander trennt. Und es wird klar: sie wird es mir bis zum Schluß gleichtun.

Ich fahre also fort, mich zu entkleiden und meine Sachen zusammenzufalten, bis ich nackt bin, und Muriel ebenfalls. Es hat etwas von einer Zirkusnummer. Das Feuer taucht alles in mildes Licht. Schlagartig durchzuckt mich die Vorstellung, ich hätte eine kleine nordländische Venus vor mir.

Ich ziehe den Bettüberwurf und die Decken vom Bett, doch sie sind gut festgesteckt und geben nur zur Hälfte nach. Muriel schlüpft ins Bett, stemmt sich gegen den Deckenwust und macht das Bett so endgültig mit den Füßen frei, damit ich Platz habe. Dann schlagen wir wieder die Laken über uns und kuscheln uns zusammen.

Nach sieben Jahren halte ich Muriel endlich in meinen Armen. Die Schönheit von Pilar und Anne verblassen. Muriel ist wie frischgefallener Schnee in meinen Händen, den ich drücke, als wollte ich Schneebälle daraus formen. Ich hatte keine Ahnung, wie sie sich anfühlen würde. Muriel ist ein anderer Zustand von Materie, der mir ein Ziel setzt: sie selbst.

Sie zeigt keine Regung. Sie läßt mich machen. Ich habe volle Freiheit... wie ein Insekt unter dem Mikroskop. Ihre Ohren sind sinnlicher als meine. Dagegen wehrt sie sich.

Ich war seit jeher in ihren Nacken verschossen, in jenen einzigen Teil von ihr, den ich nach Lust und Laune betrachten konnte, ohne von ihr dabei gesehen zu werden. Ich dachte mir damals: »Werde ich diese Stelle eines Tages mit meinen Lippen berühren dürfen?« – Nun tue ich es nicht mehr, es ist gar nicht nötig, sie ist ein einziger Nacken.

Sie ist das Wunder nach einer langen Pilgerfahrt. Wir müssen nicht auf die Zeit achten. Es gibt keine Nägel mehr, die mich daran hindern könnten, meinen Arm um ihre Taille zu legen. Auch sie muß ihre Träume neu durchdenken. Ich mache mich also daran, sie überall zärtlich mit meinen Zähnen zu beknabbern, sie mit meinen Lippen zu berühren, sie wird mir aber dadurch nicht greifbarer. Wir sind eine einzige, langsam wogende Wolke. Sie ist dreißig, sieht aus wie zwanzig, sie ist ganz neu. Ihre Brüste sind zierlicher als der volle schöne Busen von Anne. Es ist ausgeschlossen, daß ich mit ihr schlafe: irgendwann vielleicht... wenn sie es ausdrücklich verlangt.

Ich fühle mich wie in den Mutterleib zurückversetzt, ein Wirbelwind erhebt sich in mir, eine stetig anschwellende Flut, die einen Stachel trägt und langsam in mich eindringt, wie damals in meinem Traum von Claire. Ich presse mich an Muriels Seite, drehe ihren Kopf zu mir hin, öffne ihren Mund mit den Händen, sie läßt es geschehen, ich öffne selbst weit den Mund, nähere ihn ihrer rötlich-rosigen Mundhöhle und brülle ganz leise hinein, während sich unsere Kinder auf ihren Bauch ergießen. Endlich ist es passiert, ich hatte es so lange zurückgehalten, und jetzt, wo es soweit ist, war es umsonst. Umso besser. Später wird sie darüber nachdenken.

Ich befinde mich im Hohen Norden, in einem unwegsamen Landstrich, der mir zwar nicht feindlich entgegensteht, aber wo ich verloren bin, wenn ich keinen Unterschlupf finde.

Wir gehen in den kleinen Laden gegenüber etwas Obst kaufen. Wir schauen zu unserem erleuchteten Zimmerfenster hoch. Und gehen wieder nach oben, um unser Abendessen einzunehmen.

»Und Anne? Sprich mit mir über sie. Erzähl mir von euch beiden am Seeufer. Sie hat nichts dagegen, wenn du mir alles sagst.«

»Sie war ganz sicher, daß du mich nicht liebst. Ich auch. Zuerst haben wir zu zweit gespielt, wie wir damals zu dritt, mit dir, mit Sachen und Tieren gespielt haben...«

Ich schildere ihr unsere Gespräche, unser Verhalten, so gut ich kann, ich erzähle, wie Anne mir ihr Leben auf der Insel beschrieben hat, wie wir bis zum vierten Tag artig blieben.

»Warum habt ihr eigentlich so lange gewartet?«

»Es ist alles im richtigen Augenblick passiert.«

»Sie sagt, du hast erst gezögert, sie war es, die dich dazu bringen mußte, es zu tun.«

»Das stimmt.«

»Warum konntet ihr euch denn nicht für immer lieben?«

»Anne hat mir gesagt: ›Ich habe dein Tagebuch von der Trennung gelesen. Die Philosophie, die du darin zitierst, hat mich umgekrempelt. Ich habe dich gut verstanden. Ich brauche einen Teil von dir. Nicht dich als Ganzes. Unsere Arbeit wird Vorrang haben.‹«

»Ihr seid also nur zehn Tage zusammengeblieben?«

»Ich habe Anne gebeten, noch etwas länger zu bleiben. Sie wollte nicht. Sie sagte, sie müsse sich *aus der Distanz ein Bild von uns beiden machen*. – Wir wollten uns bald danach in Belgien treffen. Aber am Vortag ihrer Ankunft kommt ein Brief von ihr: eure Mutter war nun auch noch krank geworden, und Anne reiste ab, um euch beide zu pflegen. Sie kam erst nach Weihnachten wieder.«

»Ja«, sagte Muriel und rang die Hände, »ja, wir sind krank gewesen. Ihr aber hättet eine Pflicht euch selbst gegenüber gehabt: heiraten. Alles wäre so einfach gewesen...«

»Wir hatten gar nicht den Wunsch, Anne noch weniger als ich.«

»Bist du sicher?«

»Ja.«

»Sie hat es mir gesagt. Ich werde es nie begreifen.«

»Anne sagte: ›Wir sind noch immer viel zu vernunftgesteuert, um wirklich verliebt zu sein.‹ Und ›Was wir jetzt getan haben, fügt unseren ersten Küssen nichts Wesentliches hinzu.‹ Als sie aber nach Weihnachten nach Paris kam, war sie eine richtige Frau geworden, und wir hatten drei herrliche Monate.«

»Endlich!« sagt Muriel. »Und dann?«

»Wir konnten nicht mehr höher hinaus.«

»Sie hat mir gesagt: ›Man weiß erst im nachhinein, was Glück ist.‹«

»Ich genügte ihr bald nicht mehr. Sie brauchte einen Mann, der mehr Zeit für sie hatte. Meine Arbeitswut wurde ein Problem. Sie befürchtete, mir lästig zu fallen. Dann streckte sie die Fühler nach anderen Dingen aus, wie die Handleserin ja vorausgesagt, und wie sie selbst ja auch zugegeben hat.«

»Hör auf«, sagte Muriel. »Es ist ein Sakrileg, und ihr müßtet eigentlich dafür bestraft werden. Sie hat mir gestanden, daß du sie auch nicht zurückgehalten hast.«

»Das wäre mir nicht im Traum eingefallen. Ich habe sie sogar mit Mouff zusammengebracht. Sie hat uns alle beide geliebt.«

»Nein«, sagt Muriel.

»Und dann ist sie mit ihm weggefahren.«

»Mouff habe ich einmal in London flüchtig kennengelernt, ich fand ihn ganz schrecklich.«

»Ich konnte ihn auch nicht leiden und wurde sehr eifersüchtig auf ihn. Ich habe gesehen, wie Annes Liebe zu ihm Gestalt annahm. Ohne es zu wollen, haben wir sie für Ivan vorbereitet.«

»Möchtest du sie immer noch in deinen Armen halten? Du wirst es nicht tun, aber möchtest du das?«

»Hätten wir beide überhaupt Lust dazu? Sie liebt doch Ivan, und ich habe mich dir zugewendet.«

»Die Kirche befiehlt es, aber euch beiden wohl nicht.«

»Anne und ich gehen gern ein Risiko ein.«

»Und soll man andere da auch mit hineinziehen?«

»Ja, wenn es sich nicht vermeiden läßt; aber man soll sie davon unterrichten.«

»Durch meine Schuld ist dein Zusammentreffen mit Anne vor zwei Jahren wiederholt nicht zustandegekommen. Ihr wärt reif gewesen für ein erneutes Zusammensein. Was hätte es wohl ergeben?«

»Liebe. Nicht aber eine tiefgreifende Veränderung, wie ich glaube.«

»Und letztes Jahr, als sie so plötzlich darauf verzichtete, die Ferien mit dir zu verbringen, und dafür wiederum mit Mouff verreiste? Da wußte sie schon von meiner Liebe zu dir. Sie hat mir zuliebe ein Opfer gebracht.«

»Und ich mit dir, denn an diesem gemeinsamen Urlaub hätte mir viel gelegen.«

»Ich mag es, wenn du sie liebst. Sie ist auch auf die Idee gekommen, daß du uns beide lieben könntest. Und wir zwei dich. Wir sind nun endlich so weit gekommen, daß wir offen miteinander reden. Anne ist mit dieser Ungezwungenheit geboren. Sie kann überall einschlafen. Sie gähnt einfach, wenn sie sich langweilt. Du lächelst über sowas, und ich auch. Aber sie ist der Meinung, daß man seinen Empfindungen freien Lauf lassen soll, daß es sich immer lohnt, Vertrauen zu jemand zu haben, daß wir drei eigentlich alles ausprobieren könnten. Wir hätten zweifellos danach wieder keusch werden müssen... aber wäre das natürlich? Kurz, ihr habt euch immer mehr geliebt, trotz Mouff.«

»Ja. Auf unsere Weise, ohne daß ich mein Leben mit ihrem vermischt hätte.«

»Weil du das nicht gewollt hast. Sie hat Ivan nur nachgegeben, weil er sie dazu gezwungen hat. Wir wollen gezwungen werden. Ich habe mir vorgestellt, du seist ein Pirat und entführtest mich mit Gewalt. In meinem Äußeren und in meinen Anschauungen gleiche ich meinem Vater, der ein Seefahrer war, Anne hingegen einer ihrer Tanten, die im Ruf steht, unkonventionell und eigenwillig zu sein. Ich finde, ihr geht beide fahrlässig mit euch um, aber ich halte euch dennoch für unschuldiger als mich.«

Eine Stunde später:

»Ich wünsche und beklage, daß du Anne immer noch liebst. Vor allem aber wünsche ich es.«

»Anne hat mir lebwohl gesagt.«

»Wegen ihres Mannes. Nicht in ihrem Herzen. Was mit euch noch wird, kann man noch nicht wissen.«

»Du hast einen runden Kopf. Anne und ich einen länglichen. Du bist viel intelligenter, viel energischer, viel gesetzter als wir. Du hast weniger Intuition, und du verläßt dich auch weniger darauf. Manchmal gehst du deiner eigenen Logik auf den Leim.«

»Ja. Tue ich dir deshalb leid?«

»Wenn du so selbstsicher bist.«

»Redest du auch so mit Anne?«

»Ganz genau so.«

»Etwa nur zu uns beiden allein?«

»Nur zu euch beiden.«

»Deshalb hören wir wohl auf dich. Tut dir Anne auch leid? Oder beneidest du sie?«

»Ich hänge an ihr und wünsche ihr das Beste.«

Zwischen diesen Gesprächen lag ein Gebirge von Schweigen, und auf Muriels Haut lag das Manna der Wüste.

Wir merkten gar nicht, daß die Zeit verging. Wir schliefen im selben Atem.

Nach und nach spürte ich, daß ich den Himmel in meinen Armen hielt, daß es aber noch etwas zu tun gab, ehe Muriel wieder abreiste.

»Aber was?«

Sie war, ohne daß ich das wußte, sechs Jahre von mir abhängig gewesen, genauso wie ich von ihr abhing, seit ich sie um ihre Hand gebeten hatte. Damit muß endlich Schluß sein. Gleichheit muß wieder hergestellt werden. Ich muß Muriel befreien. Da hilft nur ein Mittel. Das gleiche mit ihr zu tun, was ich auch mit Anne getan habe. Bei Anne hat das geholfen.

Sicher, es ist nicht dasselbe. Anne wollte es, obgleich sie Angst hatte. Muriel aber weiß nicht, daß sie es will.

Ich lasse mir nach und nach meine Absicht anmerken, damit Muriel sich mir entziehen kann, wenn sie will. Nein, sie drückt sich nicht vor mir. Ich versuche es behutsam. Sie ist bereit. Ich insistiere auch kaum und mache mich erneut auf Abwehr gefaßt. Nichts dergleichen. Wir haben beide einen klaren Kopf und blicken neugierig in den Brunnen hinein, ohne jedoch hinabzusteigen. ... wir werden die Entscheidung am Rand des Brunnens treffen. Muriel weicht der Begegnung mit mir kaum aus. Ich genausowenig der Begegnung mit ihr. Ich spüre, wie ganz leise ein Gefühl der Vertrautheit zwischen uns aufkommt, und dann ganz plötzlich – es ist mir unvergeßlich! – den deutlichen elastischen und zugleich herausfordernden Widerstand eines Bandes. Ein unbekannter Liebhaber spielt in uns und treibt uns mit jedem Mal einen Schritt weiter voran. Das Band zerreißt schließlich nach einigem Widerstand, der um vieles heftiger ist als bei Anne. Ich bin am Grunde des Brunnens, im Hohen Norden. Glück ist es nicht, was ich empfinde, mir ist aber nicht, als hätte ich etwas Nutzloses getan. Es ging nur darum, Muriel als Frau eine Waffe gegen mich in die Hand zu geben. Das ist nun geschehen. Jetzt heißt es, sich auf den Rückzug machen. Was ich gleich tun werde.

Ein roter Fleck auf dem Gold ihrer Scham.

Nun kann sie sich mir entwinden, wenn sie es will.

Pilar und Anne haben mich bezaubert. Aber ich hätte es vorgezogen, das alles mit Muriel zu entdecken.

»Wenn wir einmal Kinder wollen«, sagte sie, »werde ich dir helfen, sie mir zu schenken.«

»Ja«, antwortete ich, und stellte mir dabei ihren wiegenden Hüftgang vor.

»Ich bin deine Frau.«

»Ja«, sagte ich und dachte mir: »dann ist es Anne auch.«

»Wo bleibt deine asketische Lebensweise, Claude?«

»Sie umlauert mich ständig.«

»Kann man das, was du getan hast, asketisch nennen?«

»Du meinst, was *wir* getan haben? – Ja, zugleich asketisch und heroisch von beiden und uns beiden gegenüber.«

»Sprechen wir die gleiche Sprache?«

»Spricht man je die gleiche Sprache?«

Ich erzähle ihr eine Geschichte, die mir gerade einfällt.

In einem großen Zoo, in dessen Mitte eine künstliche Lagune mit Klippen angelegt war, gab es einen jungen schon geschlechtsreifen Seehund und zwei junge Seehundweibchen, die offensichtlich Geschwister waren. Ich betrachtete sie jeden Tag, wenn ich vorbeikam.

Der Seehund liebte die Ältere, die kaum merklich größer war, und wenn die Jüngere auf ihren Stummelflossen über den Abhang zu den beiden anderen auf die Plattform heraufgewatschelt kam, schubsten sie sie wieder ins Wasser hinunter. Sie tauchte mit einem graziösen Kopfsprung hinein, und sie seufzte dabei so menschlich, daß die Leute Mitleid bekamen oder auch lachen mußten. Nach einer Weile kletterte sie erneut hoch.

Das Paar bekam ein Junges; als es laufen konnte, half es auch schon seinen Eltern kräftig dabei, das hartnäckige jüngere Seehundweibchen ins Wasser zu schubsen. Die kleine Familie schlief zusammengekuschelt auf der Plattform, das Junge in der Mitte. Das jüngere Seehundweibchen ganz allein unten in seiner Grotte.

Einen Monat später fing der Seehund an, dem Seehundweibchen lange und verstohlene Besuche abzustatten. Zwei Wochen später lebte er bereits mit ihr zusammen, sah aber bisweilen nach der Älteren, die sehr abgeklärt und ruhig geworden war, und nach ihrem Sprößling, der prächtig gedieh.

Die Jüngere bekam auch ein Junges.

»Was schließt du daraus?« fragte Muriel.

»Gar nichts. Es gab eben nur ein einziges Männchen in Reichweite.«

»Sogar ein Seehund«, sagt sie, »kann nicht zwei Schwestern auf einmal lieben.«

21 Regungen

MURIEL *(auf der Insel)* AN CLAUDE *(in Paris).*

1. Mai. Morgens.

Ja, ich habe mich zugleich mit dir ausgezogen, aber nur, um mit dir zu plaudern und dann mit dir in einem Bett zu schlafen. Ich fand Spaß daran, dich zu überraschen. Ich war meiner ganz sicher.

Es ist unvorstellbar, daß wir uns überwältigen ließen. Wir waren einander ein Zaubertrank. Wir verließen uns aufeinander. Wir waren ruhig wie das Rinnsal der Wassermühle, das in Brettern zum Räderwerk fließt.

Wessen Zellen sind wir? Unsere eigenen Zellen sind auf ihre Weise unabhängig: das haben wir ja gemerkt!

Ich wußte, daß der Teufel einem ein schönes Gesicht macht und daß auch die Schlange einen Reiz ausübt. Ich habe die beiden nicht erkannt. Wir waren Adam und Eva. Gott hat sie so geformt, daß sie zueinander passen, aber er hat ihnen Gebote mit auf den Weg gegeben. Adam war es, der angefangen hat.

Unsere Drei Tage haben mir die Augen über das geöffnet, was mich deine und Annes Erzählungen nur haben erahnen lassen.

1. Mai 1909. Abends.

Ich möchte dir gestehen, daß ich äußerst verwirrt bin.

Du hast vorausgesehen, wie sehr ich darunter leiden

würde, nicht mehr das zu sein, wofür mich meine Umgebung immer gehalten hat: ein junges Mädchen. Ich habe nicht einmal mehr meinen Unterricht abhalten können.

Der Tatbestand ist folgender: ich habe etwas von schwerwiegender moralischer Bedeutung getan, was ich beschlossen hatte nicht zu tun.

Ich hatte mich darauf eingestellt, daß meine Liebe zu dir nur geistiger Natur sein solle, bevor ich innerlich so weit sein würde, sie aus Freude, Hochgefühl und Vergnügen heraus körperlich mit dir zu vollziehen. Worauf ich mich als deine Frau betrachtet und vor niemandem etwas zu verbergen gehabt hätte. Trennungen, auch von langer Dauer, hätten mich nicht mehr geschreckt.

Ich bin nun von meinem früheren Leben abgeschnitten, ohne etwas Neues zu haben, worauf ich mich stützen könnte, und daher drifte ich in mein früheres Leben zurück. Ich lese wieder meine Bibel.

Wir sind nicht vom selben Stamm. Man hat uns nicht dieselben Stammesriten beigebracht.

Mitternacht.

Ich würde niemals zu glauben wagen, du könntest mich als *die Deine* betrachten.

Da kommt dein Brief und wischt all diese Bedenken weg, und wieder ist alles eitel Freude, für eine Weile!

Ich finde nicht, daß ich schwierig bin und kein Vertrauen habe. Ich habe nur die Orientierung verloren. Ich fühlte mich sicher, was uns beide betraf. Nun empfinde ich Reue, ohne daß es mir jedoch leid täte; es geht mir dabei wie dem Heiligen Paulus.

Ich habe dir Glück und Kraft gegeben? Welch ein Wunder!

Während der Zeit unserer Trennung habe ich tunlichst vermieden, dich in meinen Gedanken mit etwas Körperlichem in Zusammenhang zu bringen. Ich hatte schon durch das, was ich dir erlaubt hatte, Schuld auf mich geladen. Mein Ideal war von deiner Wesensart erschüttert worden. Abgesehen davon waren unsere Drei Tage sanft und gut.

Die Milchstraße zieht mich sinnlich an.

Ich möchte gern eine große Fußwanderung mit dir machen.

Heute morgen habe ich zugeschaut, wie ein Lamm geboren wird; der Hirte hat mir beigebracht, wie ich dem Mutterschaf Geburtshilfe leisten kann. Das hat mich auf den Geschmack gebracht.

2. Mai 1909.

Du hast einmal von der Möglichkeit gesprochen, daß ich eines Tages, wie Anne, einen anderen Mann heirate. Das käme mir wie ein Ehebruch vor.

Als mir zu Bewußtsein kam, daß Anne dir ganz gehörte (wenigstens glaubte ich das) und als ich fühlte, daß davon meine Liebe zu dir nicht sterben würde, habe ich Gott um Beistand angefleht, damit ich mich in meinem Wunsch, dich zu küssen, nicht gegen Anne durch Ehebruch versündige.

Immer wenn ich mir eure Küsse mit meinen Lippen vorstellte, war das schon, nach der Lehre Christi, ein Ehebruch in Gedanken.

In deiner Nähe schrumpfen derlei Fragen zu nichts zusammen, sowie du weg bist, tauchen sie sofort wieder auf.

Es gibt auch unnötige Opfer. Hättest du mich um meine Meinung gefragt, ich hätte dir mit »Nein« geantwortet.

Hätte ich wie Anne Bedenken gehabt, mich dir hinzugeben, wäre das nicht ohne Verstümmelung meines Charakters abgegangen und uns beiden sicher nicht zugute gekommen.

Insel. 3. Mai 1909.

Soeben habe ich mein Tagebuch der Trennung von 1902 wiedergelesen. Was mich am meisten darin betroffen macht, ist meine Unentschiedenheit. Claire pflegte zu sagen: »Das ist eine schwerwiegende Charakterschwäche.«

Vergleich einmal das, was du mir 1906 in Paris über die Verwerflichkeit eines geruhsamen Lebens auf dem Lande gesagt hast (damals waren meine Augen erblindet) mit deinen jüngsten Äußerungen über das ach so vortreffliche und gesunde Landleben!

Du befandest dich im Zentrum meines Lebens (außer zur Zeit meiner Blindheit), und nun, wo ich endlich in deines eingedrungen bin, habe ich das verschwommene und sonderbare Gefühl, daß ich dich bald wieder verlieren muß.

Ich sehe das gelassen auf mich zukommen, weil ich auch nichts dazu tun kann.

Und ich werde weiterleben.

Der Wind pfeift, zerrt an meinem Haar und scheucht ganze Armeen welker Blätter vor sich her. Wenn ich heut abend, wie so oft, versuchte, ihm deinen Namen zuzurufen, würden meine Lippen ihn zwar formen, doch er würde nicht aus meinem Munde kommen...

Aber was erzähle ich dir da? Warum soll man auf Stimmen hören? Ich habe ja so viel im Haus zu tun. Mit Annes Kind und Ivan kommt genügend Arbeit auf mich zu. Das Kleine wird im Juni auf die Welt kommen. Anne wird es hier mit uns erwarten.

7. Mai.

Wir haben hier in unserem großen Keller einen Brandfall gehabt; Verpackungsmaterial und mit Hobelspänen gefüllte Säcke haben Feuer gefangen.

Ich war ganz allein zu Hause, im ersten Stock. Dort habe ich es gerochen. Durch das Kellerfenster habe ich dann den roten Feuerschein bemerkt. Ich schicke Tommy auf meinem Fahrrad ins Dorf um Hilfe und rücke dem Brand indessen mit meinen Mitteln zu Leibe: mit meinem Pyjama und meiner Betthaube, beide in den Brunnen getaucht und dann ausgewrungen, mit großen Brillen und Gartenschlauch bewaffnet.

Ich stoße die Tür auf und betrete den Keller. Ein enormer Luftzug. Das Feuer hat es auf mich abgesehen, es spuckt mir Flammen entgegen, es verwandelt sich in eine golddurchflitterte Rauchwolke und wälzt sich auf mich zu. Ich schreite zum Angriff wie ein Torero und steche das Ungeheuer mit meinem Wasserstrahl. Es hüllt mich ein. Der Rauch ist heiß. Meine Nase atmet ein bißchen davon ein. Ich spüre den Tod tief in der Brust. Ich schreie: »Mutter!« und kann mich gerade noch rechtzeitig mit meinen Waffen auf den Rückzug machen.

Draußen sitze ich hustend, halb erblindet und am Boden zerstört da und warte nur noch darauf, daß das ganze Haus abbrennt oder aber die Feuerwehr kommt. Und da kommt auch schon ein Feuerwehrmann auf meinem Rad daher, in seinem Umhängebeutel hat er eine Rauchschutzmaske. Er befeuchtet den Filter, setzt die Maske auf, nimmt den Gartenschlauch zur Hand, betritt den Keller und löscht das Feuer.

Das Feuer hat richtige Fangarme, wie die Liebe. Erst umkost es einen mit seinen Rauchschwaden, dann streckt es einen zu Boden.

Wir hatten im Bett keine Rauchschutzmasken auf.

Insel. 10. Mai 1909.

Hosianna! Dein Brief!

Claude, wiege mich. Umschließe mich. Ich drücke meine Stirn an dein Kinn. Wenn du willst, verbrenne alle meine Briefe seit unseren Drei Tagen. Vergiß sie. Vergib mir dafür. Lieb mich. Ich will nichts anderes.

Der Alptraum hat drei Wochen gedauert. Ich hätte dir nicht schreiben sollen, solang er anhielt.

Meine Liebe ist ruhig wie ein Kornfeld, meine Dankbarkeit singt dir wie eine Lerche, mein Stolz fegt mit der Stirn den Boden. Ich liege immer noch in unserem Zimmer, ruhe an dir, wir werden gleich einschlafen, ich bin's, Muriel. Mich gibt's gar nicht, ich bin mit dir verschmolzen.

12. Mai 1909.

Anne hat mir gesagt, eines Tages wirst du, ehe du dich versiehst, verheiratet sein, mit einer Frau ohne Belang, mit der das alles ganz plötzlich gekommen ist, ohne die Belastung durch eine hartnäckige Verlobte.

Jawohl, ich habe unseren ersten Kuß nicht wahrhaben wollen, jawohl, auch unsere Drei Tage habe ich aus meinem Bewußtsein verbannt, jawohl, und danach habe ich sie in den Himmel gehoben.

Du hast mir gesagt: »Du hast ein sonniges Lächeln, schaust pfiffig drein. Wo du gehst und stehst, ruhen aller Augen auf dir. Und plötzlich drängst du das alles weg: dein Gesicht kriegt einen herben Zug, und du gleichst dann eher dem alten Bildnis des Melanchton, nicht mehr dem Moses von Michelangelo. Dann haben deine Kiefer, aus einem gewissen Blickwinkel gesehen, etwas beinah

Männliches. In jedem der beiden Zustände beeindruckst du durch ein eigenwilliges Gebaren...«

Ich bin eine verliebte Puritanerin, weiter nichts.

Du liebst mich, weil du ein wenig verrückt bist.

16. Mai 1909.

Claude, Gott sei gepriesen! Ich bin schwanger... in acht Monaten wird unser Baby auf die Welt kommen, fünf Monate später als das von Anne...

Hier meine weiteren Pläne. Vom fünften Monat an werde ich in einem kleinen Dorf in der Bretagne, das ich gut kenne, Quartier beziehen, du wirst mich dann zwei Tage in der Woche besuchen kommen, die Tatsache, daß ich ein Kind erwarte, wird unsere Mütter versöhnen. Wir heiraten so schnell es geht, und werden das Kind hierauf in dem kleinen Haus am Meer erwarten, und dort werde ich es auch zur Welt bringen.

20. Mai 1909.

Deine Freude trägt mich. Du konntest es gar nicht fassen! Du warst ganz sicher, ich würde nicht schwanger sein! Genau wie du bedauere ich jetzt, daß wir so zurückhaltend waren. Ich hätte dir das Kind einfach entlockt, wenn ich sicher gewesen wäre, daß wir es gemeinsam wollen. Ja, Claude, ich komme zu dir, sowie du mich rufst.

Insel. 23. Mai 1909.

Ich schreibe dir einen schwarzumrandeten Brief. Nein, ich war nicht schwanger. Das weiß ich seit gestern. Außer meinem äußersten Wunsch, es zu sein, war da nichts gewesen.

Gott konnte unsere Sünde nicht auch noch belohnen.

Ein einziges Fleisch macht sich schuldig, indem es sich mit seinesgleichen außerhalb der Ehe vermischt.

24. Mai 1909.

Anne ist heimgekommen, sie war blaß. Sie ziert die anmutige Form bevorstehender Mutterschaft. Auch ich hätte sie haben können. Anne und Mutter nähen den ganzen Tag an den Babysachen.

Erinnerst du dich noch, wie wir mit den kleinen Kaulquappen gespielt haben? Da gab es diese halbvertrockneten Wasserlachen, in denen schon viele verendet waren, aus denen übersiedelten wir die überlebenden in einer Kasserolle in den Teich. Es gab so viele, daß wir ganz traurig waren.

Damals habe ich dir gesagt: »Um die kleinen Kaulquappen, die sowieso nicht überlebt hätten, braucht man sich nicht zu grämen. Es ist besser, man kümmert sich um die Frösche.«

Und dann habe ich dir von meinen Schützlingen erzählt.

Insel. 25. Mai 1909.

Ich wandere durch eine Wiese. Ganz plötzlich fühle ich mich als deine Frau. Ich bin kein junges Mädchen mehr, ich bin eine Braut. Ich trage den Kopf hoch und schreite bedächtig dahin. Das geht eine Minute lang so. Ich bewahre mir ein königliches Gefühl davon. Aus einem Weidenzweiglein habe ich mir einen Fingerring gemacht.

Claude, ich umfasse deine Knie, ich lehne den Kopf an dich. Ich möchte so gern, daß du verstehst. Hältst du mich für abtrünnig, wenn ich dir gestehe: »Du brauchst keine Frau, und ich kann nicht deine Geliebte sein?«

Claude, dein Name hat mir beinah wie Gott geklungen.

Claire-ohne Pierre ist zur *Claire-mit-Claude* geworden. Sie führt deinen Haushalt, sie ist immer da, sie wartet darauf, daß du endlich ein Buch schreibst, das ihr gefällt. Sie verzögert in deinem Interesse die Dringlichkeit, eine Ehefrau zu nehmen.

Du bist nicht für Nachkommenschaft gemacht. Du kannst größere Verdienste durch deine Gedanken erwerben, als durch Nachkommen.

Dennoch hätte man größte Lust, dir welche zu machen.

26. Mai 1909.

Mein Fuß berührt deinen. Ich sehe dir ins Gesicht, und du mir.

Das nächste Mal werden wir bei Tag zusammensein, und nachts fern voneinander wie die Sterne. Ich habe gegen meinen Führungsauftrag verstoßen, und ich schäme mich dafür.

Ich habe deinen Brief zerrissen. Du warst es nicht, der ihn schrieb, sondern ein erschrockener Splitter deiner Persönlichkeit, den du mir für einen kurzen Augenblick gezeigt hast, als wir miteinander im Bett lagen.

Es wäre schrecklich, wenn du und dein Werk nicht das wären, was ich erwarte.

Wenn einer von beiden nicht so viel Liebe aufbringt, daß er in erster Linie nach der Ehe strebt, dann ist es mit dieser Liebe nicht weit her.

Wirst du mir eines Tages den Arm hinstrecken und sagen: »Komm, meine Frau!« – Gott allein weiß es. Ich werde darauf warten bis zu meinem Tode.

Eine Liebe kann jungfräulich bleiben.

Hätten wir doch beieinander schlafen können wie

Kinder… wie wir es uns erhofft hatten… alles wäre gut gewesen.

Die körperliche Vereinigung (ich kenne sie nicht, wenngleich ich nicht mehr Jungfrau bin) muß die Krönung sein, nicht das Ziel. Claire hat bei Pierre nie etwas empfunden, und das hat ihr trotzdem nichts ausgemacht.

Ich habe mich durch meine Passivität schuldig gemacht.

Ich habe dir alles gesagt. Ich bin erleichtert.

Ich küsse dir die Hände, nicht die Lippen, die ja ohnehin noch voll von mir sind. Das wird schon irgendwann wiederkommen.

Bald wird Anne die Stimme ihres Kindes hören. Sie ist wundervoll. Ivan ist immer noch recht mager. Mutter hat ihn auf Diät gesetzt.

Insel. 26. Mai 1909.

Ich weiß etwas, was du nicht weißt…! Ich habe alle Voraussetzungen, Mutter werden zu können, und ich werde es auch sein… Wir werden zusammen zu den Grotten von Cornwall gehen und dort wirst du mir, so Gott will, aus eigenem Antrieb ein Kind machen.

Und dann wirst du, *falls du möchtest*… deiner Wege gehen…!

27. Mai 1909.

Meine Mutter hat dich mir entgegengetrieben.

Deine Mutter hat mich von dir abgeschnitten.

Ich bin glücklich heute abend, daß du mich als Jungfrau gehabt hast. Weil du derjenige warst, und weil du es so wolltest.

Du hast dich in mich gepflanzt, du hast in mir Wurzeln geschlagen. Das war kurz. Nun willst du schon wieder fort? Ich stamme von einer zähen und kernigen Rasse ab. Du kannst gern ziehen. Du wirst uns wehtun. Aber ausreißen wirst du dich nicht können.

Mein Hund versteht mein Schweigen. Er wühlt seine kühle Schnauze in meine Hand, schleckt sie ab und legt sein Kinn drauf.

Insel. 28. Mai 1909.

Du hast heute Geburtstag.

Ich reiche dir meine Lippen.

Wenn du deine kleine nordländische Braut später einmal triffst, wirst du schon für *euren* Hausstand arbeiten.

2. August 1909.

Ich bin für die Dauer einer Woche verantwortliche Leiterin des Waisenhauses, wo ich, unweit von dir, vor sieben Jahren gearbeitet habe.

Ich habe meine erste Zwischenprüfung als Operationsschwester bestanden. Ich möchte, daß das zu etwas nütze ist. Beiliegend ein Foto von mir im weißen Arbeitskittel.

Soll ich in die englische Klinik nach Paris arbeiten gehen?

Aber sowie wir allein sind, können wir einander jedoch nicht widerstehen. Ich werde dann deine Geliebte, und das will ich nicht. Die Gewissensbisse würden wiederkommen. Ich bin nun mal so.

Ich möchte dich so haben, wie du dich damals, als du um meine Hand anhieltest, dargestellt hast, als junger, von Kopf bis Fuß in meine Farben eingehüllter Ritter, der mein Land erobert.

Heute hätten deine Füße Mühe, Paris zu verlassen, meine London.

Ich bin dein Hoher Norden.
Du bist mein Kontinent.
Wir sind weit auseinander.

Ich mag Paris nicht mehr. Wie könnte ich dort auch leben?

1. Oktober 1909. CORNWALL.

Ich befinde mich an dem Ort, wo ich mir schon immer gern unseren Sohn von dir hätte machen lassen. Das ist wunderbar hier und schrecklich zugleich. Steilküsten aus Granit, Riffe, in Schichten übereinander liegende zerklüftete Felsblöcke, die Schatten der Seemöwen huschen darüber hinweg.

Ich sitze hoch oben auf grünem flechtenbewachsenem Boden und schaue auf einen Felszacken hinunter, der hoch wie eine Kirche einsam aus den anschwellenden Meeresfluten aufragt; weiße Gischt umbrodelt ihn, und der Wind jagt die Wellen an ihm hoch, die ihn im Zurückfließen mit einer grauen Wasserhaut überziehen, worauf der Felsen wieder zu glitzern beginnt und auf die nächste Welle wartet.

Welch ein Getöse! Dabei muß ich an *dich und mich* denken.

Ich bestürme dich wieder und wieder, biete mich dir all die schönen Jahre über immer wieder von neuem an. Du stehst frei da, dir selbst treu, und läßt mich immer wieder an dir abgleiten.

Ich bin bei Ebbe wieder an den selben Platz am Fuße der Steilküste zurückgekehrt. Ich bin über die Felsplatten gegangen, bis ich zu einem Strand kam, wo sonnendurchflirrte sanfte Wellen weich im Sand verliefen. Möwen fischten. Ich wußte nicht recht, ob ich nachdenken oder mich zerfließen lassen sollte. Ich habe Meertang aufgehoben und habe getanzt. Es ging nicht. Ich habe wieder aufgehört.

Ich habe die erste Grotte betreten, die niedrig und weitläufig war. Von der Grottenwölbung herab fielen blaue Wassertropfen in eine tiefgrüne Pfütze und zerstoben in kleinste Teilchen, die noch einen Augenblick in der Luft hingen, ehe sie verschwanden. Der hintere Teil der Grotte verlor sich im Dunkeln.

Ich habe einen Wall von Felsbrocken überklettert und bin in die zweite Grotte vorgedrungen. Diese war hoch und voll Sand und hatte die Form eines Kirchenschiffs. Ich habe versucht, zu einem Lichtloch hinaufzuklettern, ohne es jedoch zu erreichen. Nun hat mich seinerseits der harte Sandboden der Grotte aufgefordert: also habe ich getanzt, diesmal wie eine Flehende. Meine Stimme erklang, dank dem Echo, viel schöner aus meiner Kehle als sonst. Ich hörte erstaunt zu. Von dir erfüllt, stimmte ich ein altes Heldenlied an, das wir beide mögen: Es paßte gar nicht. Da sind mir die schlichten Kirchengesänge über die Lippen gekommen, womit ich in wenigen Worten vor dem Einschlafen mit Gott Zwiesprache halte. Ich hätte sie beinahe während unserer Drei Tage gesungen. Welche Pracht! – Und dann habe ich deinen Namen gerufen.

Und dann habe ich gerufen: *»Lebwohl!«*

Der tragische Eindruck verflog. Ich fühlte mich leicht und beschwingt, ich begriff, daß auch dein Leben, so voll es ist, und ohne Platz für mich, ein von Gott gelenktes ist. Die Wärme des Sonnenlichts, das durch das Loch in der Decke hereindrang, traf meinen Rücken. Ich entkleidete mich, rannte zu den Wellen hinunter und ließ mich von ihnen einhüllen. Ich drehte mir die Haare hoch, wrang meine Haare aus, und hinter mir lauerte mir mein eigener scharfkantiger kleiner Schatten auf.

Du mußt einmal hierher kommen, allein, wie auf Pilgerfahrt, wenn es dir dein Herz gebietet.

3. Oktober 1909.

Ich habe dich erst dann richtig zu lieben begonnen, als du mir, in deinem Tagebuch, ein *Nein* gesagt hast, das uns vor den Folgen meines *Ja* behütet hat.

Meine Liebe hätte ewig gedauert, wenn du *aus mir draußen* geblieben wärst. (*»O my prophetic soul!«*[1] dachte Claude.)

Habe ich es an Weiblichkeit mangeln lassen? – Das war vielleicht eine Niederlage, aber keine Schande.

5. Oktober 1909.

Claude, mein Vielgeliebter, ich möchte dich sehen, um uns zu begraben.

Im Prinzip ist es schon geschehen. Aber nur im Prinzip.

10. Oktober 1909.

Hier ein Foto von Annes und Ivans Baby. Sie überläßt es mir oft. Es ist hübsch, edel, voll Humor, es lacht, es kann schon allein reden.

12. Oktober 1909.

Ich habe Scheu vor deinem kleinen Zimmer in Paris. Wollen wir uns nicht lieber in Rouen treffen?

Der Vorfreude auf dieses Zusammentreffen wird der Schmerz folgen, daß es einmal zuende sein muß.

[1] O mein prophetisches Gemüt!

13. Oktober 1909.

Ich werde dich bitten, an einem Abend zu dir kommen zu dürfen, um dir lebwohl zu sagen. Du wirst sehen, daß ich recht habe. Unsere Drei Tage dürfen nicht der Schlußpunkt sein.

Ich werde nicht weinen. Du wirst mir noch ein Mal lange zuhören, was du ja gut kannst, und wie du es vor sieben Jahren getan hast, als ich dir gestand, daß die Liebe in mir erwachte. Nun werde ich dir sagen, wie sie wieder stirbt... damit ich leben kann.

Ich mache mir deinetwegen keine Sorgen: du brauchst mich nicht.

22. Oktober 1909.

Ich träume von einem anderen als von dir als Vater für meine Kinder. Er nimmt schon langsam Gestalt an.

Eine Gehorsam gebietende Stimme raunt mir zu: »Sag Claude lebwohl. Setz dieser verblassenden Liebe ein Ende.«

23. Oktober 1909.

Ich küsse dich, wie ich Annes Sohn küsse, dessen runde Knie, dessen Händchen, dessen Füße. Ich stelle ihn dir als Vorbild hin.

Eben habe ich einen Korb Gemüse nach Hause gebracht, zum Abendbrot. Ich kam mir vor wie die Frau eines Arbeiters und die Mutter seiner Kinder. Und die Freude kam diesmal nicht von dir.

Der Heilige Augustinus hat einmal gesagt: »Herr, Du hast uns Dir zum Gefallen erschaffen. Unser Herz ist unruhig, bis daß es in Dir Frieden findet.«

In Paris, in Annes Atelier, habe ich mir vor allem einen Kuß von dir gewünscht. Du hast ihn mir gegeben. Ich habe gespürt: »Gott erlaubt es.« – Das hast auch du gespürt. Aber ich habe seither zurückstecken müssen.

Ich werfe mich dir noch einmal an den Hals. Ich habe dich verehrt.

24. Oktober 1909.

Ich habe in deinem Leben verbleiben wollen, als deine Schwester oder als deine Dienerin, du hast die sieben Jahre meiner Liebe gehabt, und auch meine Jungfernschaft. Die Vorstellung, deine Geliebte zu sein, verwüsteht mich innerlich. Du sagst, ich sei es nicht mehr, und du verlangst es auch gar nicht.

Ich leide darunter, mit dir zusammenzusein, ohne daß wir offiziell vor anderen unsere Verlobung kundgetan haben. Schon angesichts deiner Hausbesorgerin hatte ich regelrechte Beklemmungen, bis ich schließlich abreiste.

Anne, das Baby und ich werden nach Ungarn reisen.

Ich habe keine Angst mehr vor einem Leben ohne dich.

25. Oktober 1909.

Ich habe dich geliebt, weil du mir wie ein Reformator vorgekommen bist. Du zogst seelenruhig alle alten Regeln in Zweifel. Du hast uns eine neue Sicht der Dinge beigebracht und uns gelehrt, unseren allzu wohlfeilen Lösungen zu mißtrauen. Zu dritt bildeten wir ein kleines Komitee für öffentliches Wohl. Meine Unwissenheit (siehe meine Beichte) hatte dir zu einem Sieg verholfen, auf den du dir nie etwas zugute gehalten hast.

Deine Ideen beeindrucken mich, wenn du da bist. Bist du nicht da, zerbrechen sie an meiner Religion.

Manchmal tue ich dir leid und manchmal tust du mir leid.

Unser Weg gabelt sich hier, wie der Fluß oberhalb der Insel.

ANNE *(auf der Insel)* AN CLAUDE *(in Paris)*.

17. November 1909.

Ich habe an dich gedacht. Ich habe niemandem geschrieben.

Mein Sohn ist lächelnd zur Welt gekommen. Ich stille ihn ganz allein.

Er ist der Mittelpunkt meines Lebens. Er ist mein Fleisch. Ich werde ihn für nichts auf der Welt im Stich lassen. Ich hatte das alles nie vorausgesehen.

Wir nehmen Muriel mit in die Karpaten.

Ivan erwartet uns dort.

Schreib. Stell Fragen. Erzähl von Muriel.

22 *Vier Jahre später*

MURIEL AN CLAUDE.

1. Januar 1913.

Claude, ich heirate Mr. Mitchell, den du 1901 in London kennengelernt hast. Ich habe ihn häufig gesehen. Er hat vier Jahre dazu gebraucht, bis er mir schließlich seinen Heiratsantrag gemacht hat, und er hat ihn gemacht, weil ich ihm so traurig vorkam. Er kennt unsere Geschichte. Er hat mir gesagt: »Ich habe in dem Augenblick, als Claude mir von euch erzählte, gespürt, daß er eine von euch liebt. Hätte Claude in London gewohnt, wäre es zu einer Ehe zwischen euch gekommen. Die Liebe zu eurer Aufgabe war es, die das verhindert hat. Es gibt keinen Grund, sich dessen zu schämen.«

CLAUDE AN MURIEL.

5. Januar 1913.

Mein Herz erschauert bei dieser Nachricht.

Du hast mich ihm vor zwölf Jahren vorgestellt, er hat einen Blumenstrauß in mein Zimmer gestellt. Am Teich, als ich ihm von dir und Anne erzählte, hat er über euch in so treffenden Worten gesprochen, daß ich mich sogleich als sein Freund gefühlt habe.

Er hat ein klares und aufrichtiges Lächeln. Seine Arbeit ist ihm heilig, er ist sehr schöpferisch darin. Ich versuche, mir euch zusammen vorzustellen.

Ich wohne immer noch bei Claire und meinen Büchern.

ANNE AN CLAUDE.

Insel. 8. März 1914.

Ich habe dir regelmäßig Fotos von meinen Kindern, Ivan und mir und meinen Skulpturen geschickt.

So kannst du den Werdegang unserer Familie verfolgen, des fröhlichen Haufens, der wir sind. Mutter ist glücklich inmitten ihrer Enkelkinder.

Nie erwähnt jemand *»Claude«* oder *»Paris«*.

Ich würde dich gern sehen. Ivan würde sehr darunter leiden.

Muriel hat eine hübsche kleine Tochter, Myriam, und einen Sohn, Tom. Ihr Mann ist ein bemerkenswerter und gütiger Mensch.

Alex rodet einen Wald in Afrika. Er hat eine ganz zierliche kleine Frau und zwei Töchter.

Charles ist Seemann und nie zuhause.

23 *Dreizehn Jahre danach*

ANNE AN CLAUDE.

Ontario. Canada. 10. Juli 1927.

Wir leben alle miteinander auf einer der *Tausend Inseln* im Sankt-Lorenz-Strom, sie ist hundertmal größer, als die *alte,* die du kennst.

Muriel hat Mitchell für die Kultur begeistert: zusammen haben sie eine rege Forschertätigkeit entfaltet und machen mancherlei Entdeckungen. Der kleine Tom assistiert dabei.

Die prachtvolle Natur ringsum wirkt direkt auf unsere Kinder ein: sie werden keine Künstler sein.

Die Plastiken und Holzschnitte, die Ivan und ich schaffen, werden von genügend Privatleuten und Museen angekauft.

Vielleicht möchtest du Muriels Tochter sehen? Myriam fährt mit einer älteren College-Freundin nach Paris, ich habe hier ihren Reiseplan, sie wird die Plastikensammlung im Trocadéro am 25. um elf Uhr besuchen.

CLAUDES TAGEBUCH.

27. Juli 1927.

Ich erkenne sie auf Anhieb.

Es ist Muriel mit dreizehn, es ist ihr strahlendes Fotogesicht, und sie sieht wie eine ausgelassene Prophetin aus.

Soll ich sie ansprechen? Ihre Stimme hören?

Ihr sagen: »Sind sie vielleicht Myriam, die Tochter von Muriel Mitchell?«

Nicht nötig. Es ist offensichtlich. Ich folge ihr durchs Museum.

Sie schaut, bleibt stehen, überlegt wie Muriel.

Nie hätte ich ihr eine so ähnliche Tochter machen können.

Beim Ausgang bläßt ein Windstoß dem jungen Mädchen, diesem halben Kind, den Strohhut vom Kopf und treibt ihn mir direkt vor die Füße. Sie lacht mich aus den Augen an, wegen des Hutes. Sie läuft hinterher, wie ihre Mutter lief. Mir wird ganz schwarz vor Augen.

Muriel kehrt für einen Augenblick in voller Gestalt zurück.

Diese plötzliche Anwandlung, die mich überkommt, drängt mich zu ihrer Tochter hin.

Myriam läuft dem entfliehenden Hut weit voraus, stellt sich ihm dann entgegen und stoppt ihn wie ein Fußballspieler.

Ich sehe sie an und sehe Muriel

Sie geraten mir durcheinander.

Ich habe plötzlich den Wunsch, *sie* bei der Hand zu nehmen.

Auf der Straße sehe ich mein Spiegelbild in den Schaufenstern: ich schwanke leicht.

Ich gehe nach Hause zu Claire.

Sie sagt zu mir: »Was ist denn los mit dir? Du siehst so alt aus heut abend.«

Nachwort

Seine beiden Romane *Jules und Jim* und *Die beiden Engländerinnen und der Kontinent* schrieb der französische Journalist, Literatur- und Kunstagent Henri-Pierre Roché als Siebzigjähriger. Die Erstausgaben, die 1953 bzw. 1956 bei Gallimard erschienen, blieben zunächst unbeachtet; so wie auch seine beiden ein Vierteljahrhundert zuvor verfaßten Prosawerke *Deux semaines à la conciergerie pendant la bataille de la Marne* (1916) und *Don Juan* (1920) kaum Leser gefunden haben. Erst die Verfilmungen von François Truffaut, der sich für die späten Romane begeisterte, brachten dem 1959 gestorbenen Autor beträchtlichen posthumen Ruhm.
Truffaut war es gelungen, die Leichtigkeit und die eminent verspielte Leidenschaftlichkeit der Romane in seinen Filmen zum Blühen zu bringen. Keine der jeweils drei im Mittelpunkt stehenden Liebenden ist nämlich von Roché bevorzugt oder benachteiligt behandelt, allen schenkt er die gleiche Aufmerksamkeit, so daß auch die Leser das Bedürfnis verspüren, diese ineinander Verliebten und so rätselhaft verstrickt Liebenden gleichermaßen zu lieben. In einer Besprechung des Films *The Naked Dawn* von Edgar Ulmer hatte Truffaut geschrieben: »Einer der schönsten modernen Romane, die ich kenne, ist *Jules und Jim* von Henri-Pierre Roché, der uns zeigt, wie sich zwei Freunde und ihre gemeinsame Gefährtin dank einer ästhetischen und neuen Moral, die immer wieder überdacht

wird, ein Leben lang in zärtlicher Liebe und fast ohne Reibungen zugetan sind.«
Jules und Jim ist die Geschichte »einer reinen Liebe zu dritt«. Deren Voraussetzung ist die Freundschaft von Jules und Jim, ein deutscher und ein französischer Künstler, die im Mai 1906 in Paris auf dem Bal des Quat-z'Arts Bekanntschaft schließen und von diesem Zusammentreffen an gemeinsam die Kunstszenen und Bohemekreise von Paris, München und Berlin durchstreifen, die Mädchen studierend und diese sich in der Regel wechselweise zuspielend. Jeder der beiden wünscht den anderen möglichst glücklich zu sehen. Nach Lucie, Gertrude, Odile und Magda taucht Kathe auf, die schönste und leidenschaftlichste Erscheinung im Umkreis ihrer Freunde, in die sich Jules und Jim verlieben. Und Kathe erwidert die Liebe zu beiden. Was immer sie beginnt, sie tut es gründlich; sie ist sich ihrer Macht über die Männer bewußt, sie nutzt sie aus, aber sie gibt sich ihnen auch gegen sich selbst rücksichtslos hin. Sie behindert beide in ihrer Neigung, das Leben in Ruhe und Frieden zu beschließen. Dank Kathe werden sie keine Spießer, in Kunstdingen können sie sich nie mit dem Erreichten zufrieden geben, und ihre Freundschaft bewährt sich in der Solidarität gegenüber dem »Unberechenbaren«, mit dem sie Kathe immer wieder überrascht.
Kathe heiratet Jules, den Deutschen, der bei Ausbruch des Ersten Krieges in seine Heimat zurückkehren muß. Nach Jahren der Trennung taucht Jim bei den Eheleuten in Deutschland auf und macht ihnen bewußt, daß sie einander nicht mehr viel zu sagen haben. Jules widmet sich seiner Arbeit, Kathe ihren beiden Töchtern, daneben leistet sie sich Eskapaden, um sich zu rächen. Die aufflammende Liebe zwischen Kathe und Jim gibt auch der Bindung von Kathe und Jules eine neue Richtung. Jules willigt in die Scheidung ein, zu der es aber nie kommt. Zwischen Jim und Kathe entstehen mit der Zeit ähnliche

Krisen der Erschöpfung und der Entfremdung wie zwischen Jules und Kathe. Die Funktion der Frau ist dann doch immer wieder die eines Katalysators für die Freundschaft von Jules und Jim, der von ihr sagt: »Sie ist ein Wesen, das allen gehört.« Und Jules erklärt: »Sie ist eine richtige Frau, eine Frau, die wir lieben ... und die alle Männer begehren ... Weil wir ihr vollkommen unsere Aufmerksamkeit schenkten, wie einer Königin.« Für Kathe, deren Leben die Liebe ist, gibt es, da sie nicht kapitulieren will, nur den Tod, in den sie Jim mitnimmt. Jules empfindet fast so etwas wie eine Erleichterung. Er und Jim hatten sich in zwanzig Jahren kein Leid angetan. »Gibt es das«, fragt er sich bei der Einäscherung, »in der Liebe nicht?«
Das Leben besteht aus Bruchstücken, die sich nicht zusammenfügen. Wird die Ehe zum Versuch, diese Wahrheit zu widerlegen, muß sie unweigerlich scheitern. Freiheit ist nur dort, wo Formulierungen noch nichts unverrückbar festgelegt haben. Liebe muß entstehen und nicht beglaubigt werden. Eine wunderbare Ergänzung (und die Darstellung des Themas aus einer anderen Erzählperspektive) ist Rochés zweiter Roman *Die beiden Engländerinnen und der Kontinent*. Hier lieben zwei Frauen denselben Mann: Zwei puritanisch erzogene Schwestern aus Wales, Muriel und Anne, verlieben sich in den Franzosen Claude, der sich für keine der beiden entscheiden kann. Sie bilden ein unternehmungslustiges, durch Europa reisendes Trio, dem sich zuweilen auch die Mutter von Claude oder die Mutter der beiden Engländerinnen zugesellt. Als die fast blinde Muriel sich von Claude trennt, wendet er sich Anne zu, die ihn in Paris besucht und seine Geliebte wird. Aber sie heiratet einen anderen Mann, und ihr Sohn wird zum Mittelpunkt ihres Lebens. Muriel erfährt von dem Zusammensein ihrer Schwester mit Claude. Auch sie trifft ihn wieder, erobert ihn zurück, lernt wie Anne ihren Empfindungen freien Lauf zu lassen: »Ein unbekannter

Liebhaber spielt in uns und treibt uns mit jedem Mal weiter voran.« Claude aber, solange er bei seiner Mutter wohnt, die in ihm die Dringlichkeit, eine Frau zu nehmen, hinauszögert, braucht keine Ehefrau, und Muriel will nicht seine Geliebte sein. Auch sie heiratet schließlich und bekommt Kinder.

Henri-Pierre Roché, 1879 geboren, verlor früh seinen Vater, so daß die Mutter für ihn die dominierende Gestalt wurde, deren protestantische Erziehungsvorstellungen von einem gesunden Leben, bestimmt durch Sport, Disziplin und Hygiene er sich nur bedingt zu eigen machte. Sein unstetes, bewegtes Liebesleben wusste er vor ihr verborgen zu halten. Sein aufwendiger Donjuanismus, dessen tiefenpsychologischer Urgrund ja auf einer starken Mutterbindung beruht, löste sozusagen den unausgesprochenen Auftrag ein, ihr Witwenleben ohne Liebe an der Welt zu rächen. Ihn zum Manne reifen zu sehen wie andere Männer, enttäuschte sie sehr: »Ich nehme es meinem Sohn sehr übel«, schrieb sie, »mich älter zu machen dadurch, daß er erwachsen wird; ich nehme es ihm übel, daß er mehr und mehr zu den Männern gehört, ihnen ähnlich wird.« Das Produkt ihrer Erziehung verzichtete auf die angestrebte seriöse Laufbahn im höheren diplomatischen Dienst, stattdessen reiste und schrieb er, geriet in den Sog des Pariser Kunstlebens und fand seine Berufung als Makler und Agent, er vermittelte Bilder an Kunsthändler, Theaterstücke an Bühnen, er verfasste Kunstkritiken und übersetzte deutsche Dramen ins Französische.

Gertrude Stein, die Roché mit Picasso zusammengebracht hatte, portraitierte in ihrer Autobiographie diesen gebildeten, einfühlsamen, vielgereisten Lebenskünstler: »Roché war eines von jenen Originalen, wie man sie immer in Paris antrifft. Er war sehr ernst, voller Ideale, Hingabe und

Begeisterung und Treue, und er machte jeden mit jedem bekannt. Er kannte jedermann, und zwar richtig, und er konnte wirklich jeden mit jedem bekannt machen. Er wollte Schriftsteller werden. Er war groß und rothaarig und sagte nie etwas anderes als gut, gut, ausgezeichnet und wohnte bei seiner Mutter und seiner Großmutter. Er hatte mancherlei in seinem Leben getan, er war mit Österreichern in die österreichischen Alpen gefahren, mit Deutschen nach Deutschland, mit Ungarn nach Ungarn und mit Engländern nach England. Nach Russland war er nicht gegangen, obwohl er in Paris mit Russen bekannt war. Picasso sagte immer von ihm, Roché ist sehr nett, aber er ist und bleibt eine Übersetzung.«

Roché fehlte zunächst die »Distanz« zum Schreiben, er nahm zu sehr am Leben und der Kunst teil, um sie sofort zum Gegenstand seiner Auseinandersetzung mit der Welt machen zu können. Seine literarische Aktivität beschränkte sich lange Zeit darauf, sich für die Werke anderer Autoren zu begeistern und sich deren Lebensphilosophie anzueignen. Er übersetzte das in Berlin Skandal machende und mit Aufführungsverbot belegte Reigen-Stück von Arthur Schnitzler und einige der wehmütig-resignierenden Erzählungen des Grafen Eduard von Keyserling, und er machte die französischen Leser mit den aphoristischen Stimmungsbildern des Wiener Lebenskünstlers Peter Altenberg bekannt. Mit Rücksicht auf seine Mutter publizierte er 1920 seine das Motiv »Verführung« variierenden *Don Juan*-Erzählungen unter dem Pseudonym Jean Roc. Sein Prinzip war, jede Frau zu lieben, die in seine Nähe kam. Er unterschied zwischen festen Liebschaften und Gelegenheitslieben. Von 1902 an gab es auch für Jahrzehnte einen ruhenden Pol in seinem nervenauftreibenden, unsteten »Jäger-Dasein«, die Puppenmacherin Germaine Bonnard, ein »jardin secret« in seinem sonst offen und offensiv geführten Liebesleben in, wie er fand, angemessen »sanfter

Polygamie«. Unter dem Zwang der äußeren Verhältnisse, der Okkupation, zog er sich in ein privates Eheleben zurück und arbeitete als Lehrer in einer französischen Kleinstadt. Seit etwa 1943 befaßte er sich mit der retrospektiven Darstellung der Liebesabenteuer seines Lebens.

Über sein bewegtes, auch viel Künstlerprominenz tangierendes Liebesleben schrieb Roché aber keine Memoiren wie Casanova, er verwandelte vielmehr seine penibel geführten Tagebucheintragungen in Romanhandlungen. Jim in *Jules und Jim* und Claude in *Die beiden Engländerinnen und der Kontinent* weisen unverkennbar die Züge ihres Erfinders vor, und auch für alle anderen Personen gibt es authentische Vorbilder. Nachdem sie den Film *Jules und Jim* gesehen hatte, schrieb die wirkliche Kathe an Truffaut: »In die Dunkelheit des Kinosaals getaucht, erkannte ich Vertrautes wie hinter einem Schleier und Parallelen, die mich mehr oder weniger verstörten: im Nu war ich gefesselt, gepackt von der wunderbaren Macht, die Sie und Jeanne Moreau besitzen, von uns blindlings Erlebtes wieder zum Leben zu erwecken. Daß Henri-Pierre Roché es verstanden hatte, unser dreier Geschichte ziemlich genau dem Ablauf der Ereignisse folgend zu erzählen, ist sicher kein Wunder. Aber wie ist es möglich, daß Sie dazu in der Lage waren? Von welcher Affinität müssen Sie beseelt gewesen sein, daß Sie es – von unvermeidlichen Abweichungen und Kompromissen abgesehen – fertig brachten, das Wesentliche unserer intimen Gefühle nachvollziehbar zu machen!«
Die Briefschreiberin war Helen Hessel, geborene Grund, die ehemalige Frau des deutschen Schriftstellers Franz Hessel, Autor der beiden der deutschen Hauptstadt flanierend huldigenden Bücher *Spazieren in Berlin* und *Heimliches Berlin*. Hessel, 1880 in Stettin geboren, dann in Berlin aufgewachsen, war in jungen Jahren in den Genuß

einer erheblichen Erbschaft gelangt und nach Paris übergesiedelt. Sein bester Freund dort wurde Henri-Pierre Roché. Erstmals erwähnt letzterer in seinem Tagebuch Franz Hessel am 10.11.1906: »Heute Abend habe ich meinen neuen Freund Glob mitgebracht, Jude, Deutscher, klein, rundlich, der großes Einfühlungsvermögen besitzt und eine charmante Sensibilität.« Ihre erste gemeinsame Liebe galt »Flap«, der Malerin Marie Laurencin, die Roché am 15.11.1906 seinem Freund vorstellte. Die Laurencin begeisterte sich für die Gedichte Hessels und illustrierte sie. Das Stammlokal des einvernehmlichen Trios hieß »Lapin agile«. Im Frühjahr 1907 führte Franz Hessel im Gegenzug den französischen Freund in die Münchner Boheme ein, er machte Roché mit seiner Freundin Luise Bücking (im Tagebuch Rochés heißt sie Wiesel, in *Jules und Jim* Lucie) und stellte ihm auch die selbstbewußt als alleinerziehende Frau und Mutter auftretende Dichterin Franziska Gräfin zu Reventlow vor (im Tagebuch Fabia genannt, im Roman Gertrude). Im Roman lässt Roché Gertrude aussprechen, wie die beiden Freundinnen Hessel einschätzten: »Ja, unser Jules ist doch ein netter Kerl. Er versteht die Frauen besser als irgendeiner, den ich kenne. Nur, wenn es darum geht, uns zu nehmen ... liebt er uns zu sehr und auch zu wenig. Er ist ganz Geist und ganz Begierde, immer zur falschen Zeit. Ich habe verzweifelt versucht, ihm zu helfen. Lucie ist für ihn ein geduldiges Idol. Jules ist ein kühner Entdecker, ein Poet, aber erst als Gatte würde seine Zärtlichkeit einen Heiligen aus ihm machen.«

Roché hatte keine Mühen und keine Skrupel, die Frauen zu erobern, er blieb mehr auf Distanz, um ihr Liebhaber zu werden; Hessel war der Verständnisvollere, der Empfindsamere; sein verständnisvoller Respekt prädestinierte ihn mehr zum Herzensfreund. Gertrude hält im Roman folgende »Lobrede« auf Jules: »Jules ist unser Vertrauter,

unser Spielleiter. Er hat eine fruchtbare Phantasie und eine Engelsgeduld. Er verewigt uns in seinen Romanen. Er tröstet uns, er gibt uns Ruhe. Er macht uns den Hof. Er fordert nichts von uns. Er vergisst nur eins: sich selbst.«
Roché beschränkte sich darauf, Tagebuch zu führen, Hessel entfaltete eine produktive literarische Aktivität, er scheiterte unmittelbar »im Leben« an seiner imaginativen Vorstellungskraft, sein Lieben blieb in der Regel mehr ein Hoffen und Sehnen. Bis es zur Begegnung mit Helen = Kathe kam, kreuzten noch viele gemeinsame Freundinnen ihr Leben. Sie pendelten zwischen Paris, München, Berlin, Marburg und fuhren gemeinsam nach Griechenland. Mit Franz Hessel verbrachte Roché mehr gemeinsame Zeit als mit seinen immer mindestens drei Geliebten zusammen.
Im Herbst 1912 kam Helen Grund mit zwei Berliner Malerfreundinnen nach Paris – mit Fanny Remak und Auguste von Zitzewitz. Roché war zunächst wenig begeistert, die drei Künstlerinnen, die in die Pariser Kunstszene eingeführt werden und Ateliers und Ausstellungsmöglichkeiten suchen wollten, störten ihn in seiner Beziehung zu Hessel, in ihrem durch die Griechenlandreise angeregten künstlerischen Gespräch. Es entstand eine Irritation zwischen den Freunden, weil Franz Hessel sich sichtlich in Helen Grund verliebte und vom Freund etwas sonst zwischen ihnen Unübliches verlangte: »Pierre, Helen nicht, ich bitte dich, sie nicht.« Und Roché entgegnete: »Klar, Franz, sie nicht.« Doch Helen legte es auf eine engere Beziehung zu Roché an, der sich aber an die Abmachung mit Hessel hielt, seinem Freund allerdings von einer festen Bindung abriet, als dieser ihm seine Heiratsabsicht mitteilte. Am 21. Mai zogen Roché, Hessel und der von Roché »Brüderchen« genannte Berliner Literat Thankmar von Münchhausen durchs Pariser Nachtleben, um das Junggesellendasein von Franz zu begraben. Die offizielle

Heirat fand im Juni 1913 in Berlin statt. Im Herbst 1913 nahmen die Freunde am Gare de Sceaux herzlich voneinander Abschied. Franz und Helen verbrachten den Winter 1913/14 auf dem Lande bei Berlin, im Frühjahr ließen sie sich für längere Zeit in Genf nieder, wo Ende Juli 1914 der Sohn Ulrich geboren wurde. Der ausbrechende Krieg verhinderte, daß Pierre die ihm zugedachte Rolle als Taufpate persönlich übernehmen konnte. Als die Freunde sich nach dem Krieg 1919 wiedersahen, war die Ehekrise längst offenbar. Auch die Geburt eines zweiten Sohns, 1917 in Berlin, hatte daran nichts zu ändern vermocht. Daß sie einander nichts mehr zu sagen hatten, machte ihnen Pierre Roché bewusst. Daß Helen jetzt die Geliebte von Pierre wurde, löste die Krise nicht, verlängerte sie nur. Stéphane Hessel schreibt in seinen Erinnerungen *Tanz mit dem Jahrhundert*, wie er die für ihn »banale Dreieckssituation« erlebte, deren romanhafte und spätere filmische Umsetzung zu einem Mythos wurde:

»Wie sollte der elegante und verführerische Franzose nicht der Geliebte der Frau seines alten Freundes werden? Doch das Dreiecksverhältnis trug eher tragische denn frivole Züge, indem es die Ecken und Kanten von denen, die sich darin verfangen hatten, zutage förderte. Mein Vater begriff, daß das, was mit seiner Frau und seinem Freund geschah, eine ernste und schöne Erfahrung war, die beide womöglich verändern würde. Er wollte nicht nur kein Hindernis, sondern vielmehr der literarische Mittler dieser Leidenschaft sein. Er ermutigte die beiden, sie minutiös in einem intimen Tagebuch zu schildern, woraus ein zu zweit oder vielmehr zu dritt geschriebenes Buch entstehen könne. Mein damals siebenjähriger Bruder und ich mit meinen vier Jahren nahmen an diesem seltsamen Abenteuer teil, das uns unsere Mutter hätte rauben können, wenn ihr Vorhaben, ein neues Leben zu beginnen und ein Kind mit Roché zu haben, Wirklichkeit geworden wäre. Mir ist von den Szenen, die Truffaut an die Öffentlichkeit gebracht hat, so gut wie nichts in Erinnerung geblieben, und ich ärgere mich, wenn ein neuer Gesprächspartner, der den Film gesehen hat, zu mir sagt: ›Ach, Sie sind das kleine Mädchen aus Jules et Jim!‹ Ich war ein kleiner Narr, der meinte, dieser große, hagere, hochaufgeschossene, sympathische Franzose mit den so natürlichen Bewegungen sei ein großartiger Spielkamerad auf den bayerischen Wiesen und am Ufer des Sees, wo er uns beibrachte, Steine auf dem Wasser hüpfen zu lassen. Ich überließ es meinem Bruder Ulrich, Franz beizustehen, wie er es sein ganzes Leben lang getan hat. Mir scheint, wir haben seit frühester Kindheit die Welt zweigeteilt: in die meines Bruders und in die meine. Sein Teil bestand aus Franz, aus Strenge, Rechtschaffenheit und Musik; meiner aus Helen, aus Respektlosigkeit, Einfallsreichtum und Poesie. Eine willkürliche, anfechtbare Teilung, die zu leugnen mir jedoch noch heute schwerfällt ...

Warum hatten meine Eltern beschlossen, sich in Paris niederzulassen? Ich habe mir die Frage niemals wirklich gestellt. Noch heute würde meine Analyse lediglich eine künstliche Rekonstruktion sein: Die fundamentalen Entscheidungen im Leben sind häufig am schwierigsten zu begründen. Mein Vater schwärmte für Paris und verdiente, nachdem er sein Vermögen verloren hatte, seinen Lebensunterhalt als Übersetzer. Meine Mutter liebte Henri-Pierre Roché und hatte den Wunsch, in seiner Nähe zu leben. War das ein Grund, ihre Kinder mitten im Schuljahr in ein anderes Land zu verpflanzen? Die Deutschen waren 1925 in Frankreich nicht sehr beliebt; wir galten unvermeidlich als Boches. Emmy, die mit uns zusammenlebte, sprach nur wenig Französisch.

Wenn ich mir diese Übersiedlung von Berlin nach Paris ins Gedächtnis zurückrufe, wird mir heute erstmals bewußt, wie unkonventionell sie gewesen ist. In meiner Erinnerung

war sie die natürlichste Sache der Welt. Und vor allem die hinreißendste. Wir hatten eine nach dem verlorenen Krieg vom Sittenverfall heimgesuchte Kulturhauptstadt verlassen, in der unsere Eltern an den Wirren einer verbitterten, revoltierenden und bisweilen zynischen, von Rilkes reiner Lyrik beflügelten und gleichzeitig durch die düsteren Prophezeiungen des Expressionismus verunsicherten Intelligenz beteiligt waren. Wir gelangten in das Paris von 1925, das stolz darauf war, wieder Zentrum einer neuen künstlerischen Richtung geworden zu sein, das radikal mit der Vergangenheit gebrochen hatte und bereit war, gemäß Apollinaires Formel, ›die Güte, das unermeßliche Gefilde, wo alles schweigt‹, zu ergründen. Eine Gewißheit hat mich nie verlassen: Das Leben hat nur dann einen Sinn, wenn es die Wege öffnet, die zu diesem Mehr an schöpferischer Freiheit führen, wenn es, über das Reale hinaus, den Zugang zu dem, was es vor allem determiniert, anstrebt. Diese Gewißheit habe ich meiner Kindheit im Berlin und Paris der zwanziger Jahre zu verdanken.«
Die Mutter von Ulrich Hessel, der Archivar wurde und von Stéphane, der seinen Weg als französischer Diplomat machte, überlebte ihre beiden Liebhaber. Sie erlebte auch noch deren literarische Verarbeitungen und abgeklärte Bewältigung ihres bewegten Lebens und sie sah sich auch noch mit dem ihre Person, ihre Passionen und ihrem Bedürfnis nach Ungebundenheit Ausdruck verleihenden Spiel von Jeanne Moreau als Kathe = Helen in Truffauts Film konfrontiert. Helen Grund-Hessel, 1886 geboren, starb 1982 in Paris. Franz Hessel lebte also von 1925 bis 1928 wieder in Paris, übersetzte u.a. mit Walter Benjamin die ersten Bände von Prousts *Auf der Suche nach der verlorenen Zeit*, einen Roman von Julien Green und mehrere Bücher von Jules Romains. Nach 1933 blieb Hessel hartnäckig in Berlin, obwohl er Publikationsverbot hatte. Er erledigte Lektoratsarbeiten für den Rowohlt-Verlag,

wo sein Sohn Ulrich bis 1935 als Lehrling beschäftigt wurde. Dann fuhr letzterer zur Mutter nach Paris. »Wie ein Mäuschen im Gebälk« blieb Franz Hessel bis 1938 noch in Berlin und gelangte dann, wie Benjamin an Gretel Adorno schrieb, »mit großen Legitimationen und unter mächtiger Protektion« nach Paris. Helen, Franz und Ulrich lebten 1940 eine Zeitlang in der Villa von Aldous Huxley in Sanary; als die Nazis in Frankreich einmarschierten, wurden Vater und Sohn interniert, kamen aber wieder frei. Am 6. Januar 1941 starb Hessel, erschöpft und müde. Hans Siemsen, der Hessel noch aus der Zeit vor 1914 in Paris kannte, hielt am Grab eine kleine Rede und zitierte Ringelnatz-Verse:

Wenn ich sterbe, darfst du niemals trauern,
Meine Liebe wird dich überdauern,
Weine gut, lache gut,
Mache deine Sache gut.

In der Zeit, in der Rochés Roman *Jules und Jim* spielt, schrieb Franz Hessel mehrere Bücher, die in ähnlicher Weise vom Glück und den Leiden der Liebe handeln: *Pariser Romanze* (in gewisser Weise das Gegenstück zu *Jules und Jim* – hier schreibt der zum Militärdienst verpflichtete Deutsche Briefe an den in Frankreich zurückgebliebenen Freund Claude und schildert die vergangenen Pariser Abenteuer), *Der Kramladen des Glücks* und *Von den Irrtümern der Liebenden.* Wie Roché zählte Hessel sich zu den »Spielerischen, Sentimentalen, Verfallenen«, die für die Liebe auch ihr Leben aufs Spiel zu setzen bereit waren: »Ach, wir waren Liebhaber, auch wenn wir wenig Talent zur Ausübung der Liebe hatten.«

Klaus Völker

Anm.
Stéphane Hessels Erinnerungen *Tanz mit dem Jahrhundert* erschienen 1997 in Paris, in deutscher Übersetzung 1998 im Arche Verlag, Zürich. – Auch Ulrich Hessel hat eine Autobiographie geschrieben, der erste Teil ist abgedruckt in dem die wahre Geschichte zu *Jules und Jim* erzählenden Buch von Manfred Flügge: *Gesprungene Liebe*. Aufbau Verlag, Berlin 1993.

Inhalt

Vierter Teil Muriel